My Diary

Le journal intime de la reine

(29 mars 2019 - 17 avril 2021)

Marion L'Hour

My Diary

roman

Flammarion

ISBN : 978-2-0802-5651-5

Les personnages

Le prince Philip

Mon cher époux depuis plus de soixante-dix ans, aussi éruptif que je suis calme et aussi blagueur que je suis (officiellement) sérieuse. Retraité en 2017, Philip passe le plus clair de son temps dans notre résidence de Sandringham, dans le Norfolk. Bien sûr, il apprécie de ne plus devoir m'accompagner partout – en marchant deux pas derrière moi, étiquette oblige – mais nous nous parlons presque chaque jour.

Le prince Charles

Mon fils et premier héritier est plus que prêt pour me succéder : il y a dédié sa vie, depuis sa plus tendre enfance. Excentrique, sensible, très engagé dans les causes environnementales, il m'exaspère parfois. Accompagné de son épouse Camilla Shand, duchesse de Cornouailles, il remplit malgré tout son rôle d'héritier avec sérieux. Un sérieux peu apprécié de mes sujets, qui lui en veulent encore d'avoir divorcé de Diana dans les années 1990.

Les Cambridge, William et Kate

William, mon petit-fils, enfant de Charles et Diana, est deuxième dans l'ordre de la succession. Malgré les rumeurs occasionnelles, William et son épouse Catherine, dite Kate, duchesse de Cambridge, forment un couple apparemment uni, soucieux de me représenter dignement lors de divers engagements publics et d'élever leurs trois enfants, George, Charlotte et Louis, dans un semblant de normalité. Ils incarnent la royauté à la perfection – ce qui est parfois agaçant.

Les Sussex, Harry et Meghan

Mon petit-fils préféré, ma royale crapule, fils de Charles et frère de William, mais très différent de ces deux-là : longtemps Harry a multiplié les frasques et les débordements. Il s'est rangé depuis son passage à l'armée et sa relation avec l'actrice américaine Meghan Markle, même si les tourtereaux ne semblent ne rien vouloir faire comme les autres et bousculent la royauté.

Andrew, duc d'York

Ai-je trop gâté mon cadet, né pendant mes années sereines de souveraine installée ? En tout cas il s'est toujours conduit comme un enfant terrible. Relation tumultueuse et divorce à grand fracas d'avec Sarah Ferguson, affaires parfois contestables et fréquentations détestables, comme celle du financier américain pédophile Jeffrey Epstein. Et voilà qu'il est accusé lui aussi d'avoir fricoté avec une mineure…

Sophie, comtesse de Wessex

Merveilleuse Sophie, épouse d'Edward, mon plus jeune fils, le seul qui n'aie pas divorcé. Ils ont ensemble deux adorables enfants : Lady Louise Windsor et James, viscount Severn. Sophie a la cinquantaine et s'occupe de pas moins de soixante-dix associations et organisations de charité en mon nom. Calme, souriante et digne de confiance, elle m'accompagne souvent lors des événements royaux et dans mon royal véhicule.

Edward Young

Edward est mon secrétaire privé, mon bras droit en quelque sorte, grand maître de l'agenda et rempart contre les catastrophes, il chapeaute de fait l'ensemble du personnel de la famille royale. Il a travaillé pour des partis politiques, puis dans le privé, avant de rejoindre la « firme » en 2004. Edward travaille depuis début 2019 en étroite collaboration avec Donal McCabe, mon responsable de la presse, ancien cadre de chez Ladbrokes, l'entreprise de paris sportifs.

Angela Kelly

Créatrice de mode, habilleuse, magicienne. Ma conseillère vestimentaire et confidente, rencontrée par hasard en 1992 alors qu'elle était femme de ménage chez un ambassadeur en Allemagne. Depuis, Angela a pris du galon, jusqu'à se retrouver responsable de ma royale garde-robe en 2002.

Boris Johnson

Rarement diplômé d'Eton aura été aussi ébouriffé et aussi mal fagoté. Boris Johnson, Premier ministre conservateur depuis l'été 2019, a survécu au Brexit et l'a même, en apparence, mené à son terme. Malgré les scandales, et malgré le coronavirus qui a bien failli avoir sa peau au printemps 2020.

Theresa May

Ma Première ministre pendant trois ans, de juillet 2016 à juillet 2019. Une grande sauterelle, fille de vicaire anglican, têtue, discrète et solitaire. Aussi austère dans son caractère qu'elle est exubérante dans ses choix vestimentaires. Arrivée au pouvoir dans la foulée du Brexit, ma rigide cheffe du gouvernement n'a pas trouvé la quadrature du cercle et a dû quitter son poste face à la contestation de sa majorité.

Les lieux

Palais de Buckingham

Siège de la royauté britannique depuis mon aïeule Victoria, ce palais londonien est celui des réceptions, des audiences officielles et des célébrations populaires comme « Trooping the colours », où la famille vient traditionnellement saluer la population sur le balcon. Buckingham se situe dans un cadre verdoyant entre St James Park et Green Park, mais il est proche aussi des pouvoirs exécutif et parlementaire. Avec ses 775 pièces, mon palais subit actuellement des travaux qui devraient durer jusqu'en 2026.

Château de Windsor

Mon plus ancien château puisqu'il date de l'époque médiévale et a donné son nom à ma famille. Situé dans le Berkshire, à moins d'une heure de Londres en voiture, ce palais de plus de 1 000 pièces a été entièrement restauré après un incendie en 1992, « *annus horribilis* ». Cela en fait une résidence idéale pour mes congés de printemps et mes week-ends royaux. Windsor a servi de refuge à ma famille pendant la Seconde Guerre mondiale, de lieu de confinement pour Philip et moi pendant la Covid, et de lieu de réjouissances, avec les mariages de mes petits-enfants Harry, Eugenie et Beatrice. Harry et Meghan ont brièvement résidé sur le domaine, au manoir de Frogmore Cottage.

Château de Balmoral

Mon paradis écossais, loin des tourments des villes et du pouvoir. Ce grand manoir racheté par mon arrière-arrière-grand-mère Victoria est entouré par le parc naturel des Cairngorms et par un domaine de 20 000 hectares de plaines, de terres agricoles et de forêts. Bref, un lieu de promenade, de pêche, de chasse et de jeux, idéal pour y passer l'été. Balmoral est synonyme de vie simple : Philip et moi y manions souvent les éponges à vaisselle et la pince à barbecue. Nous y recevons chaque année notre famille – dont Charles dans son propre manoir de Birkhall, sur le domaine – et, pour quelques jours, le Premier ministre en poste.

Château de Sandringham

Magnifique bâtiment en briques rouges du XIXe siècle situé dans le Norfolk, dans l'est de l'Angleterre. Le château de Sandringham me sert en général de résidence hivernale : Philip et moi nous y installons quelques jours avant Noël, pour en repartir après le 6 février, jour anniversaire de la mort de mon père George VI et de mon accession au trône. La famille au grand complet nous y rejoint traditionnellement pour le réveillon et la messe de Noël à St Marie-Madeleine, qui attire chaque année des dizaines de sujets. Dans le parc de Sandringham se trouvent Wood Farm, antre de retraite de Philip, et Anmer Hall, mon cadeau de mariage à Catherine et William et leur maison de vacances.

Clarence House

Résidence de mon fils Charles depuis 2003, cette maison royale à la façade de stuc blanc se trouve sur le Mall, à quelques minutes du palais de Buckingham, en carrosse, à cheval et même à pied ! Le premier héritier y a vécu avec ses fils William et Harry, il y habite toujours, avec Camilla ; il y reçoit aussi souvent des visiteurs officiels, de Donald Trump au dalaï-lama. Avant d'appartenir à Charles, la maison fut celle de ma mère, Elizabeth, pendant presque cinquante ans. Et avant cela encore, Philip et moi y avons vécu nos premières années de jeunes mariés. C'est d'ailleurs là qu'Anne a vu le jour.

10, Downing Street

Non loin de Buckingham Palace et du Parlement, au cœur de Whitehall, quartier du pouvoir à Londres, se situe depuis deux cents ans le lieu de travail principal du Premier ministre, le 10, Downing Street. Un « point de duplex » idéal pour les journalistes de télévision, mais aussi une rue privée soumise au contrôle policier. Le numéro 11 abrite notamment la résidence officielle du chef du gouvernement, et le 12 celle du « *Chief Whip* », chef de la majorité parlementaire.

Houses of Parliament

En bord de Tamise, au pied de Big Ben, le Parlement comprend chez nous deux Chambres, la très digne Chambre des lords, et la Chambre des communes, celle des députés, un véritable chaudron où (hors pandémie) l'on s'invective, s'interpelle et se bouscule. Les 650 députés de la Chambre des communes, initialement opposés au Brexit, ont mené la vie dure à Theresa May et à Boris Johnson avant la victoire de l'ébouriffé aux législatives fin 2019. Cette résistance a été incarnée notamment par le speaker John Bercow et son cri de guerre familier « *order,*

order ! » Quant à moi, je n'y mets les pieds que pour délivrer le très institutionnel discours d'ouverture, discours de politique générale rédigé par mon gouvernement.

Palais de Holyrood

Ma résidence principale et officielle à Édimbourg, en Écosse, estampillée « résidence royale » depuis le XVIe siècle. Je m'y rends en temps normal une fois par an au moins, lors de ma semaine écossaise : c'est là qu'ont lieu la garden-party annuelle et la rencontre avec la Première ministre. Mes enfants Charles et Anne y ont aussi leurs habitudes. Le palais se trouve en face du Parlement écossais, que l'on désigne aussi, parfois, par le terme « Hollyrood », avec deux *l*, ce qui peut être *confusing*…

29 mars 2019

Deux mille huit cent soixante-huit diamants, dix-sept saphirs, onze émeraudes, une centaine de perles. Plus d'un kilo d'or, de précieux, de brillant. Voilà le poids de ma couronne impériale. Trop lourd, bien trop lourd pour mon cou. À quatre-vingt-douze ans, cela n'est plus raisonnable, un diadème suffit amplement. Tant pis si cela choque quelques députés et mes sujets les plus traditionalistes. À l'ouverture du Parlement, la couronne reste là, posée sur la table, chargée d'Histoire. Je m'exprime, habillée d'hermine, coiffée de diamants éclatants, et c'est déjà bien assez.

Ce kilo de couronne importun n'est cela dit presque rien à côté du poids de ma couronne symbolique de souveraine britannique. Je sens plus que jamais l'unité du royaume reposer sur mes épaules : Angleterre, Écosse, Irlande du Nord, pays de Galles, toutes nations réunies par ma royale présence. Je suis le trait d'union entre anciennes et nouvelles générations. Et par-dessus le marché, depuis 2016, entre opposants et partisans de la sortie de l'Union européenne. Trait d'union ? Disons plutôt grand écart, quand on voit ce qui se passe aujourd'hui.

jour du Brexit ajourné… Et voyez-vous, le grand écart, à mon âge, cela n'a rien d'une sinécure.

Revenons un peu en arrière, vous comprendrez. Je ne vous fais pas l'insulte de vous rappeler la naissance du Brexit, 23 juin 2016, victoire au référendum du « Leave », ceux qui veulent quitter l'Union européenne, par près de 52 % des votes. N'allez pas me demander pour quoi ou pour qui j'ai voté : la souveraine ne vote pas, elle se doit d'être neutre. Et le journal eurosceptique le *Sun* a eu beau titrer trois mois avant le scrutin « La reine soutient le Brexit », rien n'a jamais été prouvé – rien ne le sera jamais. Mon métier n'est pas d'avoir un avis, vous l'avez compris, mais de prétendre n'en pas avoir et de réconcilier tant bien que mal ceux de mes sujets qui en auraient un trop tranché. D'ailleurs, suite à sa couverture, le *Sun* a dû publier un rectificatif à la demande d'Ipso, notre gendarme des médias. En page 2 du journal, l'article signalait l'« infraction à la clause numéro 1 du code des éditeurs de presse : l'exactitude ». Le réalisme de cette clause est évidemment discutable au pays des tabloïds, où les journaux se nourrissent des frasques princières, épient nos moindres bourdes et nos plus maigres écarts et érigent en icônes des Sarah Ferguson ou des Lady Di. Exactitude, *my foot*, mon œil, comme disent les Français.

À propos du Brexit, le 21 juin 2017, on m'a finalement supposée pro-européenne pour un imposant chapeau bleu fleuri de jaune posé sur ma royale chevelure. Il rappelait, j'en conviens, le drapeau de l'Union avec ses étoiles sur fond bleu. « Pure coïncidence », a juré en riant Angela Kelly, mon habilleuse favorite. Il s'agissait d'ouvrir la session parlementaire sans grande pompe ni diadème, pour ne pas faire de l'ombre à mon anniversaire tout juste passé ; et puis cela devait aussi me permettre de me changer rapidement pour filer au Royal Ascot voir le fringant destrier Ribchester remporter la course inaugurale.

Bref, neutre je suis, neutre je resterai, et ma famille avec moi, en principe en tout cas. Cela ne m'empêche pas de ressentir au plus profond cette fracture qui divise mon royaume et menace de le faire exploser. Il y a les opposants au Brexit, ceux qui réclament un deuxième référendum, ceux qui tous les jours se postent devant la Chambre des communes, de bleu et doré vêtus, chapeau sur la tête et porte-voix en main. Ceux qu'on entend tonner « *Stop Brexit !* » en fond sonore de toutes les interviews télévisées. Et puis il y a les partisans les plus fervents. Je les observe en ce moment même sur mon écran de télévision. Une boîte de chocolats à la menthe devant moi, Candy, mon chien de race dorgi, sous le coude, et un autre dorgi, le vieux Vulcan, à mes pieds. Aujourd'hui, des milliers de sujets sont arrivés de Sunderland et se sont rassemblés sur la place du Parlement, mêlés à leurs camarades du parti populiste Ukip et sa manifestation « Faites le Brexit ». Ces militants-là ont laissé au placard leur *british self-control* et défilent avec des cercueils censés incarner la sépulture de notre démocratie britannique.

— Ces démonstrations me semblent d'un goût discutable, fais-je remarquer.

— Hélas ! madame[1], il faut que le peuple s'exprime, même si cela sort des canons de la bienséance.

---

1. En anglais, le protocole veut que l'on s'adresse à la reine en disant *ma'am*, ce qui pourrait sembler familier au lecteur français. Aussi avons-nous fait le choix d'employer « madame » tout au long du livre. [NdA.]

Cet ennuyeux philosophe, c'est Edward Young, mon secrétaire privé. Sourcils en accent circonflexe, lunettes, cou grassouillet et costume sombre. Toujours tapi dans l'ombre, à quelques pas de moi. Et tiré à quatre épingles, bien loin des militants qui envahissent la capitale aujourd'hui. Il y a là des hooligans, des jeunes filles en mini-kilts, des costauds, des tatoués, des retraités, dans une forêt d'Union Jack et de drapeaux violet et jaune frappés de l'écusson Ukip. Et au milieu, le faraud député européen Nigel Farage, peut-être bien l'inventeur du Brexit, félicitant la foule pour son courage : « Je sais qu'en étant à Westminster, nous sommes en territoire ennemi, martèle le petit bonhomme sous les hourras. C'est courageux de venir ! » Et voilà le jardinier maudit arrosant la discorde qui pousse entre le « peuple », mes sujets, et les députés qu'ils ont pourtant élus. « On ne sait pas quand on va quitter l'Union européenne », grogne un sexagénaire sans lèvres et aux profondes pattes d'oie. Il s'appelle Gérard Batten, leader du parti Ukip, du moins, paraît-il. Difficile de le différencier de ses congénères : le chef de cette formation change tous les ans. Celui qu'on reconnaît, en revanche, c'est le costaud tatoué en t-shirt blanc, lunettes sur la tête : il s'agit de Tommy Robinson, fondateur de l'« English Defence League », ex-détenu, ex-membre du parti national anglais, une formation fasciste et admirative du Troisième Reich, bref un jeune malotru que l'on n'aurait pas envie de convier pour le thé.

Difficile d'imaginer cette troupe bigarrée face aux bleuets étoilés pro-européens. Ils sont pourtant d'accord sur une chose, au-delà de Ma gracieuse Majesté : ni dans un camp ni dans l'autre on ne veut de l'accord de divorce avec Bruxelles, proposé au vote pour la troisième fois ce vendredi 29 mars par Theresa May.

Brave et solide Theresa ! Est-ce le fait d'être la treizième Première ministre de mon règne ? Elle semble maudite. Trois votes, je dis bien trois, sur l'accord de divorce trouvé avec l'Union européenne, trois rejets. Pas faute de s'être accrochée. À l'automne 2017, elle a survécu à l'humiliation du congrès annuel du parti conservateur, où les lettres du décor s'étaient une à une écroulées derrière elle pendant qu'elle perdait sa voix, et pour tout dire sa dignité. Dignité bafouée également un an plus tard, au sommet européen de Salzburg en Autriche, d'où elle est revenue mouchée, notamment par l'as du baisemain, le président français Emmanuel Macron. Ce séduisant impudent l'avait – à mots à peine couverts – traitée de menteuse. Qualificatif bien injuste ! Ma Première ministre est si prudente qu'elle ne saurait proférer ni mensonge, ni vérité. À sa prise de fonction en 2016, elle s'est contentée d'expliquer publiquement « *Brexit means Brexit* », le Brexit signifie le Brexit. Même en privé, lors de son premier séjour à Balmoral, notre royale résidence d'été écossaise, elle n'a pas été plus loquace sur le sujet en réponse à mes questions. En tant que souveraine, la Constitution m'autorise « à être consultée, à encourager et à avertir ». Mais impossible de réaliser l'un ou l'autre, vu le mutisme de cette grande sauterelle à souliers pointus.

— Bonjour, madame la Première ministre.

— Bonjour, Votre Majesté.

— Alors, qu'entendez-vous faire pour réconcilier notre pays et accomplir votre mission ?

— Le Brexit signifie le Brexit, madame.

Moi, la reine, je n'avais aucune idée des plans de ma cheffe de gouvernement sur la réalisation du Brexit. Pire, peut-être n'en avait-elle aucune idée elle-même. Comment diriger un parti, un pays, aussi profondément divisé sur la sortie de l'Union européenne, sans laisser planer une forme d'ambiguïté sur le sujet ?

C'est ainsi quand on est à la tête d'un gouvernement qui compte dans ses rangs à la fois le très francophile et gominé Dominic Grieve et le très eurosceptique et ébouriffé Boris Johnson. Incompatibilité capillaire.

Le vieux parti conservateur n'a pas su gré à Theresa de sa souplesse, remarquez : motion de défiance enclenchée en décembre 2018, ratée, tant personne n'imaginait comment la remplacer. Puis ces trois votes donc, sur l'accord déjà décroché de haute lutte avec les pays européens. Le premier le 16 janvier, « une catastrophique défaite », selon le leader de ma royale opposition, Jeremy Corbyn. L'ex-syndicaliste, cravate de travers, a savouré l'échec d'une Theresa May défaite par deux cent trente voix, le pire score d'un Premier ministre depuis le début de l'ère démocratique. Deuxième vote, le 12 mars : défaite à peine moins cinglante par cent quarante-neuf voix. Le lendemain, les députés ont aussi rejeté une sortie sans accord de l'Union européenne ; ce scénario catastrophe où les transports se retrouveraient pour partie à l'arrêt, les contrôles douaniers débordés, les routes embouteillées, avec à la clé des pénuries de produits frais et de médicaments dans les supermarchés…

Résumons : pas de majorité pour un accord, pas de majorité pour divorcer de Bruxelles sans accord. Mes sujets sont parfois contradictoires. Sans compter qu'à chaque fois la cheffe de mon gouvernement s'est retrouvée abandonnée de part et d'autre, par les plus féroces partisans du Brexit comme par ses plus acharnés opposants. Même scénario aujourd'hui. Theresa a dû promettre de lâcher les rênes du pouvoir si son accord était enfin adopté. Peine perdue. Les pro et les anti applaudissent ensemble sur mon écran de télévision quand dans l'après-midi les parlementaires rejettent le texte mis au point avec les dirigeants européens, par cinquante-huit voix encore. Désormais, chaque fois qu'une option est présentée à la Chambre des communes, la réponse fuse : c'est *no*. Toujours *no*. Nous voilà condamnés à sortir sans accord le 12 avril – un bref sursis arraché à Bruxelles – ou à organiser des élections européennes, ce qui revient à envoyer au pub des ex-alcooliques en pleine rémission.

Rebondissements, blocages, révoltes… Quelle fatigue pour ma Première ministre, dont les cernes se creusent et dont le dos se voûte à chaque nouveau rejet ! Quelle fatigue pour moi aussi, chargée de cette lourde couronne. Et comme je suis nostalgique de ma journée d'hier, escapade en tailleur champêtre à Somerset par le train royal, avec pour seul programme un chœur d'écoliers, une parade de chevaux, un destrier à baptiser… Voilà à quoi la vie devrait ressembler.

Mercredi 8 mai 2019

Archie.

Archie !

Est-ce vraiment un nom ou une abréviation ? Une race de chien ? Un cocktail ? Ou un métier ? Quel choix de prénom particulier ! Au moins le patronyme dans son intégralité fait-il plaisir à Philip qui tient à voir son nom survivre dans la lignée. Dans « Archie Harrison Mountbatten-Windsor », Mountbatten est bien placé ; l'arrière-grand-père, mon mari, est ravi. Cependant, ce drôle de choix de prénom montre bien que Harry et Meghan veulent faire les choses différemment, à leur sauce qui n'est pas – figurez-vous – une sauce à la menthe. Ou alors mâtinée de sauce barbecue, à l'image de cette Californienne qui nous bouscule quelque peu.

Et Harrison comme deuxième prénom ?

Harrison !

On croirait un acteur américain ! Quelle étrangeté !

Histoire de perpétuer malgré tout notre tradition britannique, un chevalet doré trône toute une journée, mercredi, dans la cour de mon palais de Buckingham, pour officialiser la nouvelle, au plus grand bonheur de mes fervents sujets.

« La reine et la famille royale sont ravies d'apprendre que Son Altesse la duchesse de Sussex a donné naissance à un fils à 5 heures 26 du matin aujourd'hui. Son Altesse et son enfant se portent bien. »

Ovation des passants et des plus démonstratifs partisans de notre monarchie. En dehors de cela, Harry et Meghan ont bien changé les habitudes qu'avaient installées mon petit-fils William et même mon fils Charles avant lui.

Tout a vraiment commencé il y a un mois, quand ils ont déménagé à Frogmore Cottage. Le nom « frogmore » pourrait, certes, en rebuter certains, mais l'endroit n'a rien du marais putride pour grenouilles (*frogs*). Mes propres parents ont passé une partie de leur lune de miel à Frogmore Cottage, sur les terres de Windsor, autant dire que le domaine ne ressemble guère à un marais putride. Un manoir XVIIe, avec de hauts murs couleur crème et de grandes cheminées de briques, dix-huit chambres et des peintures de maître. Mon arrière-arrière-grand-mère Victoria se réjouissait, paraît-il, de n'y percevoir que « le bourdonnement des abeilles et le chant des oiseaux ». On y entend désormais les exclamations de la duchesse. Quoi qu'il en soit, mon petit-fils a donc décidé de s'y installer, mais à sa façon et à celle de son épouse, avec salle de yoga et nurserie « non genrée » dans un camaïeu de gris, conçue, paraît-il, par une championne de tennis, amie de Meghan. Il a aussi fallu insonoriser les murs pour que l'enfant royal échappe au bruit des avions qui survolent Windsor. Montant de la facture : près de trois millions d'euros. Allez expliquer cela au contribuable britannique, celui-là même qui réclamait à cor et à cri dans les années 1990 que je paie des impôts sur le revenu. C'est chose faite, je remplis désormais mon devoir de citoyenne contribuable chaque année, mais cela n'empêche pas ce genre de dépense somptuaire de mal passer auprès du public. J'ai discrètement mis la main au porte-monnaie, mais je préférerais donc que cela reste privé. Et puis, ajoutez la fête organisée par Meghan avant la naissance, un aller-retour à New York en avion privé et quelques nuitées en hôtel cinq étoiles, soit plus de 400 000 euros, puis l'escapade avec Harry dans un spa du Hampshire, 36 000 euros, des vêtements pour femmes enceintes sur mesure pour un demi-million d'euros, soit plusieurs fois le montant payé par mon autre belle-petite-fille, Catherine, lors de ses grossesses… Entendez-vous le tiroir-caisse ? Et pourtant, Kate sera sans doute amenée à monter sur le trône avec William, alors qu'un couronnement de Harry et Meghan reste de l'ordre de la fiction ou du scénario catastrophe : cette royale fripouille arrive sixième dans l'ordre de la succession.

Hélas, ou tant mieux, selon mon humeur, tout le monde ne peut pas être comme Catherine et ses tenues sages et classiques, portées pour certaines à plusieurs reprises. À peine ai-je dû, une ou deux fois, demander qu'une jupe soit allongée… L'épouse de William méritait bien de recevoir le mois dernier ma plus haute distinction, la dame grand-croix de l'ordre victorien, pour service rendu à ma personne – et à la famille royale. Sourire parfait et attention aux autres, en toutes circonstances, famille parfaite, avec le petit George – qui me rappelle tant William –, sa sœur Charlotte, qui veille sur lui et sait déjà bien saluer les caméras, et puis Louis, le dernier de la fratrie. Tous nés rapidement, sans scandale et dans la plus parfaite organisation. Certes, de mon temps on donnait naissance à la maison, à Buckingham ou, au pire, à Clarence House, s'il était impossible d'accoucher dans l'espace du palais. Catherine a préféré, comme sa belle-mère Diana, la Lindo Wing de l'hôpital St Mary, dans le quartier de Paddington, moins simple, disons, mais absolument millimétré, prévu et publiquement maîtrisé. Entrée le matin, sortie quelques heures plus tard, parfait couple héritier du trône sous l'œil des médias ravis. Rien à voir avec ce Portland Hospital où Meghan a donné la vie à

Archie. Un établissement américain, une arrivée imprévue en pleine nuit alors que la rumeur faisait état d'une naissance planifiée « à domicile », une grille tarifaire impressionnante, comptez 7 000 euros *a minima* pour la prestation basique. On dit que des chanteuses et des actrices connues ont accouché là-bas. En tout cas, l'hôpital sert du champagne, du foie gras et du homard aux jeunes mères. Du homard ! Comme si ce genre de mets pouvait réconforter une parturiente alors que tout le monde sait bien que seul du sommeil peut vous remettre d'aplomb… Et que les crustacés nous sont déconseillés, à nous autres *royals*, pour éviter toute intoxication alimentaire.

Mais que voulez-vous, Harry et sa femme se veulent hors-normes et c'est ainsi qu'ils agissent, quelles que puissent être mes réserves. C'est aussi leur force, savoir renouveler le genre et baigner de modernité notre vieille royauté.

Il y a deux jours, ils m'ont appelée pour annoncer la naissance d'Archie. Enfin, *Harry* m'a appelée.

— Bonjour, Granny !

— Bonjour Harry, comment se portent Meghan et le bébé ?

— Je vous appelle pour vous confirmer la naissance, Gran. Meghan va bien, merci. Elle se repose avec Archie.

— Quel intéressant choix de nom.

— Nous l'avons choisi ensemble, Meghan et moi. Ravi que cela vous plaise.

— Je n'ai pas dit ça. Mais je suis ravie pour vous.

Quelques heures plus tard, ils annonçaient la naissance d'Archie – mon Dieu, ce prénom, je ne m'y habituerai jamais – par Internet, sur leur compte Instagram. Une petite publication très simple, « C'est un garçon », sur fond bleu, assorti du poids, 3,3 kilos, et d'un remerciement au public, indispensable. Cet allant numérique commence à m'inspirer ! J'ai moi-même publié mon premier « post » sur ce réseau social à la mode, il y a deux mois seulement, après quelques cours accélérés avec Harry et ses cousines. Premier message, donc, pendant une visite au musée de la Science. Le personnel me tend un objet plat et long, « une tablette » disent-ils. Il suffit de pianoter, comme sur un téléphone, plus facile qu'une machine à écrire. J'ai dû ôter mes gants, mais le message a, je dois dire, remporté son petit succès. Cinq ans après mon premier tweet, douze ans après avoir lancé ma chaîne YouTube sur les conseils avisés de mes petites filles, Beatrice et Eugenie. Vive mes petits-enfants et leur savoir-faire numérique ! Je m'applique sur ce plan à suivre l'exemple de Harry et de son épouse, qui ont d'ailleurs posté un adorable message pour mon anniversaire il y a deux semaines : « Joyeux anniversaire, Votre Majesté, madame, Granny. Nous vous souhaitons la plus merveilleuse des journées ! Harry & Meghan. » Le tout assorti d'une photo de moi, très joli cliché en noir et blanc je dois dire, avec rangs de perles et bibi fleuri. J'étais si jeune, alors… Qui donc a pris la photo ? À l'époque, pas de selfie. Était-ce le temps où je réparais des camions pour l'armée de terre, en pleine guerre mondiale ? Quand je conduisais une ambulance ?

Je n'ai pas eu le permis depuis, mais j'ai toujours apprécié de prendre le volant. Néanmoins, je dois me résoudre à ne plus pratiquer ce loisir que sur mes propres terres. Impensable, impossible de me retrouver dans la même situation que Philip il y a deux mois : sortie de route en Land Rover, tonneaux, collision avec une petite voiture citadine qui transportait un bébé de neuf mois. J'ai dû priver mon époux de volant sur la voie publique, en dépit de ses récriminations. Alors le même genre d'aventure, la souveraine d'Angleterre, d'Écosse et d'Irlande du Nord impliquée dans un accident de voiture, vous imaginez ? La dirigeante du Commonwealth, emboutir ainsi le véhicule d'un de ses sujets ? Mais je m'égare.

Aujourd'hui l'heure est aux réjouissances. Je suis donc ravie d'avoir pu rencontrer cet après-midi mon arrière-petit-fils nouveau-né, le fils de ce vaurien de Harry. Et ce, malgré son prénom absurde. Quel joli cadeau, à deux semaines à peine de mon anniversaire ! Encore une fois, William et Catherine ont fait mieux, bien sûr ; le prince Louis, leur troisième, est arrivé, lui, à deux jours seulement de ma date de naissance, comme un ravissant présent. Qu'importe au fond, puisque mon anniversaire officiel, le vrai, le public, est célébré le deuxième samedi de juin. J'ai pu rencontrer Archie après le *photocall* parental à St George's Hall. C'est Harry, le père, l'homme donc, qui a présenté le bébé sous l'œil des caméras. Quelle marque de modernité ! Moi-même j'avais dû me battre pour que Philip assiste finalement à la naissance d'Edward, notre dernier… Je me rappelle encore notre dispute.

— Lilibeth, pas question d'être présent dans la chambre pour l'arrivée de notre fils ! Ce sont des moments qui requièrent une certaine intimité !

— Philip, c'est vous mon intimité.

— Merci beaucoup, chou, mais c'est non ! Que le mystère soit préservé.

— C'est votre souveraine qui l'ordonne !

Carte maîtresse : ici, au Royaume-Uni, la dame l'emporte à tous les coups. Et Philip avait dû obtempérer.

Mais revenons aux parents modernes.

Juste après leur petit intermède télévisé, trois minutes à peine, Harry et Meghan nous ont donné rendez-vous dans une pièce privée de Windsor pour nous présenter notre huitième arrière-petit-fils, à Philip et moi. Un rendez-vous délicieux et très détendu. Nul besoin de porter tailleur et chapeau, il m'a suffi d'un doux gilet de mamie. Quelle joie ! Quel joli bambin à la peau de lait, et quel heureux tempérament ! On pourrait penser que la félicité s'émousse au bout de quelques naissances d'arrière-petits-enfants, mais il n'en est rien. Doria Ragland, la mère de Meghan, était présente également. Une femme charmante, quoiqu'un peu particulière avec son parfum d'huiles essentielles et son tapis de yoga toujours en bandoulière. Moi, la reine, j'ai donc donné ma bénédiction à cet étonnant prénom que mon petit-fils a trouvé, et validé son choix de ne pas demander de titre de noblesse pour le petit Archie.

— Granny, vous comprenez, avec le souvenir de maman, je préfère que mon fils échappe aux flashs et aux caméras.

— Évidemment, Harry. Vous n'êtes pas le seul de la famille à faire ce choix et il me semble tout à fait sain.

Cela m'épargne aussi d'autres réflexions. J'en suis bien consciente en tant que souveraine : une famille royale resserrée nous donnera plus d'efficacité, et cela ne m'empêchera pas de voir cet arrière-petit-fils que ses parents souhaitent protéger des princières lumières. Voilà donc les nouvelles de ces derniers jours, qui ne m'ont guère laissé le temps de coucher mes occupations sur le papier.

Oh, parmi les autres informations récentes, les vingt-sept pays de l'Union viennent de proposer à ma Première ministre un nouveau type incongru de gymnastique. Cela s'appelle la « flextension » : il s'agit en fait de reporter le Brexit pour une durée indéterminée, pour peu que la rupture intervienne avant le 31 octobre. Je dois admettre que le procédé est astucieux. Il y a un mois, Theresa May réclamait un délai jusqu'à la fin juin. Elle assurait même à Donald Tusk, le président du Conseil européen, qu'elle commençait à préparer les élections européennes. Élire donc des parlementaires européens dans un pays qui a choisi de quitter l'Europe. Au pays de l'humour absurde, l'histoire atteint un sommet et je n'aimerais pas être dans la peau de nos eurodéputés britanniques envoyés à Bruxelles et à Strasbourg pour quelques semaines seulement, en pleine séparation houleuse… Comme elle l'avait évoqué lors d'un de nos rendez-vous hebdomadaires à Buckingham, la Première ministre a donc sollicité il y a un mois auprès des Européens ce report de la séparation officielle.

— Dites-moi, madame la Première ministre, quelles nouvelles ?

— Madame, afin d'être sûre que le Brexit se passe de façon fluide, je compte demander un délai qui permettrait d'obtenir un accord convenable pour une majorité.

— Mais cela nous obligera à organiser un scrutin européen, n'est-ce pas ?

— En effet, madame.

— Ne trouvez-vous pas cela… particulier ?

Silence de Theresa. Parfois le « gouvernement de Sa Majesté » est fort loin de moi dans ses *desiderata.*

Que croyez-vous qu'il arriva ? Comme souvent, les dirigeants européens semblent avoir pris un malin plaisir à ne pas se conformer aux souhaits de ma cheffe du gouvernement. Ou serait-ce même Londres et tout mon royaume qu'ils souhaitent contrarier ? En tout cas, le président du Conseil européen a offert, en lieu et place de la solution de Theresa May, cette étrange « flextension » qui permet de repousser le Brexit jusqu'à ce que les parlementaires valident l'accord de sortie négocié par ma Première ministre. Si tant est qu'ils finissent par le faire. Nous voilà donc quasi assurés de participer au scrutin européen dans moins de trois semaines. Troisième appel aux urnes en quatre ans pour l'ensemble de mes sujets. Sans la présence joyeuse de mes arrière-petits-enfants, je serais moi-même – quoique je ne vote pas – envahie par la « Brexit fatigue »…

Vendredi 24 mai 2019

Il était écrit que 2019 serait une année où je perdrais plusieurs membres de mon entourage proche. En octobre dernier, déjà, ma dernière chienne corgi, Whisper, m'a quittée après m'avoir suivie partout pendant deux ans, yeux brillants et queue ballottant, des couloirs de Buckingham à ceux de ma résidence écossaise de

Balmoral. Ce fut un motif d'immense tristesse pour moi, d'autant que la pauvre petite chienne n'avait que douze ans. En janvier, c'est Keston, l'un des chevaux de Scotland Yard qui a disparu. Un beau destrier blanc, l'un des plus facétieux membres de mon escorte royale lors de grands événements. Et c'est maintenant au tour de Theresa May. Elle vient à l'instant de faire ses adieux sur le perron de Downing Street. Tailleur rouge, les larmes aux yeux.

« J'ai tout fait pour convaincre les députés de soutenir mon accord, articule-t-elle d'une voix serrée. Hélas, je n'ai pas pu les convaincre de le faire. [...] Maintenant il est clair pour moi qu'un nouveau Premier ministre doit conduire ces efforts, dans l'intérêt du pays. J'annonce donc aujourd'hui que je vais démissionner de mon poste de dirigeante du parti conservateur et unioniste, vendredi 7 juin, pour qu'un successeur puisse être choisi. »

Une nouvelle guère surprenante en ce qui me concerne, puisque la Première ministre a soulevé le sujet lors de notre rendez-vous hebdomadaire mercredi. Je n'ai pas cherché à l'en dissuader, ce n'est pas mon rôle. Mais je vais regretter nos tête-à-tête chaque semaine, entre les murs bleu pâle et familiers de ma jolie salle d'audience privée, nos échanges pudiques et corrects, mais enrichissants, et même son goût pour les chaussures extravagantes, comme ces intéressants escarpins imprimés léopard. J'appréciais sa volonté de ne pas dépendre des courants et des factions de son parti, ni d'amis à qui elle devrait rendre services et faveurs. Peut-être nous trouvais-je quelque point commun. C'est sans doute cela, aussi, qui l'a perdue.

Hélas, moi qui me réjouissais d'adopter pour quelque temps un régime sans Brexit, en compagnie de mes arrière-petits-enfants, d'admirer des pur-sang aux muscles dessinés, lancés en pleine course, me revoilà plongée dans le bain politique contre mon gré. Comme si les travaux en cours dans l'aile est de Buckingham ne suffisaient pas, c'est tout mon royaume qui semble en pleine recomposition. Pour le meilleur ou pour le pire, l'Histoire le dira.

La période a commencé par une polémique, sans lien avec le Brexit mais fort incommodante : des militants ont critiqué et même condamné, l'invitation que j'ai faite au roi du Bahreïn au traditionnel spectacle équestre de Windsor. J'entends leurs arguments : ils estiment que convier le souverain lui donne une occasion de communiquer, alors même qu'il se trouve à la tête d'un régime de plus en plus répressif. Il ne m'appartient pas d'en juger. Et ce n'est pas moi qui incite mon gouvernement à vendre chaque année des millions de livres sterling d'armement au Bahreïn. Je ne m'étais d'ailleurs pas mise en frais pour mon homologue : manteau sombre, talons plats et foulard de soie noué sur la tête, une tenue simple et sans grand protocole pour un week-end sans pompe à Windsor. Je ne pouvais pas non plus interdire au prince Salman bin Hamad al-Khalifa de participer à cet événement équestre auquel il a plusieurs fois assisté. Nos liens remontent à plusieurs années, le prince du Bahreïn était invité au mariage de mon petit-fils William, il m'a offert plusieurs chevaux, il s'entend bien avec mon cher fils Andrew. Chapitre clos, donc. Je n'ai pas laissé ses opposants gagner la fête. J'ai pu assister au spectacle comme prévu, et même y retrouver Harry, tout de bleu vêtu comme moi, un discret hommage à son petit garçon.

— Alors, Harry, comment se passe cette vie de jeune papa ?

— Oh, les choses sont fantastiques, Granny, même si… (il bâille) j'aimerais dormir un peu plus. Je vous prie de m'excuser.

— Les pères modernes ne sont plus ce qu'ils étaient autrefois. J'aurais aimé que votre grand-père soit fatigué comme cela…

— Oui ! Bravo ! Formidable !!

C'est Philip qui tressaille d'allégresse devant la démonstration de saut, ignorant qu'il est l'ironique sujet de notre conversation. Je m'abstiens de lui en faire part : pour une fois que mon époux apprécie une démonstration équestre, sans lui-même manquer de s'endormir !

Au chapitre des réjouissances printanières, Catherine m'accueille quelques jours plus tard au spectacle floral de Chelsea, dans un jardin de sa création, évidemment à son image, très doux, docile et chic, tout le contraire de ces mauvaises herbes que j'aime malmener dans ma pelouse lorsque l'humeur se fait maussade. Ma garden-party me donne d'ailleurs l'occasion de porter l'un de mes chapeaux fleuris favoris – deuxième garden-party, car j'ai confié à Charles la première de l'année, il y a dix jours. Le prince de Galles doit s'entraîner à affronter ces événements charmants mais épuisants. Vingt-sept mille tasses de thé, vingt mille tranches de gâteau, plusieurs milliers de membres du public invités et, *last but not least*, des sujets de conversation à trouver pour chacun…

Je n'aurais donc manqué cette deuxième garden-party pour rien au monde, mais encore une fois, la politique est venue gâter l'ambiance pourtant douce et ensoleillée. Un discours de Theresa May, à *4 pm*, pile à l'heure de la réception. Quelques minutes avant, la foule semble bruisser, les dames s'intéresser brusquement à leur sac à main, et les hommes palper leur poche de poitrine. Je soupçonne certains invités de suivre l'intervention de la Première ministre par Internet, sur leur téléphone portable, bien que le réseau soit farceur sur les pelouses du palais de Buckingham. Heureusement, personne n'a le mauvais goût de mentionner le sujet auprès de moi ou d'autres membres de la famille royale. Y penser toujours, n'en parler jamais ? Il flotte en tout cas dans l'air comme un parfum de fin de règne, sauf que ce n'est pas le mien, *thank God*, qui se termine. Piquée par la curiosité, dès que les invités sont partis je me jette sur la transcription du discours de ma Première ministre, en sirotant mon gin de *7.30 pm*. Une sorte de discours de la dernière chance, où Theresa May semble prête à tout concéder pour faire enfin adopter l'accord de sortie de l'Union européenne. Pour l'Histoire, en voici quelques extraits.

« Aujourd'hui je fais une offre sérieuse aux parlementaires de tous bords : un nouvel accord sur le Brexit. […] J'ai écouté les inquiétudes des unionistes irlandais à propos de la solution irlandaise. Alors le nouvel accord Brexit va plus loin, pour y répondre. Si cette solution irlandaise doit être appliquée, le gouvernement s'assurera que la Grande-Bretagne reste alignée avec l'Irlande du Nord. […] Le nouvel accord obligera aussi le gouvernement à chercher un commerce physique avec l'UE aussi fluide que possible. […] J'ai également écouté attentivement ceux qui défendent un deuxième référendum. Ma propre opinion est connue, je ne crois pas que nous devrions en passer par là, parce que je pense que nous devrions appliquer les résultats du premier référendum et ne pas demander aux Britanniques de voter dans un second scrutin.

« Mais j'admets qu'il y a des sentiments sincères et authentiques concernant ce sujet important dans tous les camps à la Chambre des communes. Le gouvernement inclura par conséquent dans la loi sur le Brexit l'obligation [pour le Parlement] de se prononcer sur le fait d'organiser ou non un second référendum, avant que l'accord soit ratifié. [...]

« Alors pour ces députés qui veulent un deuxième référendum pour confirmer l'accord obtenu avec Bruxelles : [...] il faut adopter la loi de retrait pour que ce deuxième référendum ait lieu. »

Je n'apprécie guère l'idée de ce nouveau scrutin, qui risquerait de creuser encore la fracture au sein de mon royaume. À mon âge, je ne sais jusqu'à quand je peux jouer le pont qui relie mes sujets par-dessus le « *Brexit divide* ». Mais je comprends que la Première ministre dispose de peu de recours pour faire passer l'accord sur le Brexit et quitter, enfin, l'Union européenne, sans être obligée d'organiser des élections législatives. Elle a beau dire, Theresa, que « c'est un moment formidable pour être en vie », et qu'« un futur formidable attend le Royaume-Uni », force est de constater qu'en ce moment, mon royaume est un immense chantier.

« Le plus gros problème du Royaume-Uni aujourd'hui, c'est sa politique. » Là, je ne peux que lui donner raison. Problème pour le royaume *et* pour la cheffe de mon gouvernement, d'ailleurs. Car le discours ne suffit pas. *Too little, too late ?* Trop peu, trop tard ? Ces élections européennes absurdes ont lieu. De dépit – et cela ne me ressemble pas – je suis tentée de garder le lit (et ma robe de nuit) toute la journée. Mais, comme chaque matin, une soubrette m'apporte pour mon réveil thé et biscuits. Lady Mary-Ann Morrison, l'une de mes femmes de chambre, fait ensuite son entrée. Boudeuse, je commence par ne pas prononcer un mot, sachant fort bien qu'aucun de mes sujets ne peut me parler sans que j'aie moi-même entamé la conversation. Mais le respect des convenances l'emporte.

— Bonjour, Lady Morrison.

— Bonjour, madame. Comment allez-vous ?

— Je n'ai guère envie de me lever ce matin, les affaires politiques et la destinée du pays me pèsent.

— Vous êtes pourtant réputée pour le respect de vos engagements officiels, madame. Et vous en avez plusieurs aujourd'hui.

— Je sais, je sais. Mais n'ai-je pas le droit parfois de rester au lit avec mes biscuits et mes dorgis ?

— Madame, respectueusement, les affaires politiques sont éphémères et les tourments disparaîtront avec le temps. Le peuple britannique est éternel et il compte sur vous.

Je croque silencieusement dans un *shortbread* et jette un regard par l'immense fenêtre. Lady Morrison est ennuyeuse mais pleine de sagesse. Le respect des engagements pris l'emporte. J'enfile finalement un bel ensemble bleu ciel et dégaine mon plus vaillant sourire malgré mes sombres pensées. Dans quels tourments mon pays se retrouve-t-il plongé !

Quelques heures plus tard, le résultat du vote est sans appel : une embarrassante défaite pour les partis travailliste et conservateur, respectivement l'opposition traditionnelle et le parti de gouvernement, et une notable percée pour les partis aux opinions très tranchées sur l'Europe, le Brexit Party (comme son nom l'indique) et les libéraux-démocrates, très attachés à Bruxelles. Avec ce parti du Brexit en tête de gondole, piloté par le trop bruyant Nigel Farage, près de la moitié des élus britanniques à Bruxelles et à Strasbourg sont maintenant opposés à l'Union européenne – on n'en est pas à un paradoxe près.

Ce genre d'événement, trop récurrent récemment, me donne parfois envie de m'envoler loin, vers la Jamaïque par exemple, où j'ai effectué mon premier voyage de souveraine, en 1953. Je viens justement de récupérer le billet-souvenir, le jour des élections étant aussi jour de fête à Heathrow : la compagnie British Airways célébrait son centenaire. Je préfère le tarmac à l'isoloir.

Que je vote ou non n'aurait pas changé le destin de Theresa May. Aujourd'hui, 24 mai, ma Première ministre abandonne donc. Moi qui suis une amoureuse des chiens, j'appréciais son côté « chat à neuf vies ». Mais elle est arrivée au bout de ses chances, de son courage et du soutien des militants de son parti. Jusqu'ici, sans doute les conservateurs la soutenaient-ils faute de mieux, mais conservateur échaudé craint la nouvelle défaite.

Vers 10 heures, la cheffe du gouvernement sort à nouveau, en tailleur rouge, sur le perron de Downing Street, théâtre de son supplice, avec l'un de ces colliers géants dont elle a le secret. La démission de la ministre en charge des relations avec le Parlement avait donné le ton quelques heures plus tôt : pas de soutien pour l'accord Brexit revisité de Theresa May. La Première ministre m'a ensuite contactée pour me tenir informée.

S'ensuit une douloureuse matinée. Je ne peux m'occuper de mon courrier, hypnotisée par cette actrice tragique, victime expiatoire, raidie sous l'œil de la BBC, visiblement émue à défaut d'être émouvante. « Il est désormais clair pour moi qu'il faut, dans l'intérêt du pays, un nouveau Premier ministre… […] Ne pas avoir été capable de mettre en œuvre le Brexit restera toujours pour moi un grand motif de regret. » Theresa May se penche sur ses notes et lit une citation d'une grande sagesse. « Le compromis n'est pas un gros mot. » Amen. Le brexiter Nigel Farage ne l'entendrait sans doute pas de cette oreille.

Theresa May annonce sa démission pour le 7 juin prochain, coup d'envoi officiel d'une nouvelle course au leadership au sein de son parti conservateur. Elle craque. « Je vais bientôt quitter le travail qui a été le grand honneur de ma vie. La deuxième Première ministre femme, mais certainement pas la dernière. Je le fais sans amertume, mais avec une énorme et durable gratitude pour avoir eu la chance de servir le pays que j'aime. » La voilà en larmes, ce qui me met fort mal à l'aise. Tempête sur les réseaux sociaux.

Peut-être aurais-je dû porter assistance à Theresa May en danger. La conseiller un peu plus, comme le permet la Constitution. Voyez, depuis quelques jours le palais trie les CV des meilleurs communicants numériques, recrutés par petite annonce. J'aurais pu partager avec Theresa les bons profils, dans Ma grande Majesté…

Vendredi 7 juin 2019

Pour son dernier bond, cette grande sauterelle de Theresa May sera donc allée se jeter dans les bras d'un primate au poil orange, en l'espèce le président des États-Unis lui-même. Certes, je n'avais guère apprécié la familiarité de la famille Obama, Michèle surtout, qui m'avait gratifiée, lors de la visite du couple, d'un *hug* fort peu protocolaire. Cette effusion d'affection sous l'œil des caméras m'avait quelque peu incommodée, je dois l'admettre. Mais elle ne m'avait pas choquée. Contrairement au culot de Donald Trump, parti plusieurs pas devant moi en juillet dernier inspecter les troupes royales – MES troupes – sans se poser aucune question. Si je ne jouis même plus du privilège d'aller en tête vérifier l'état de mes soldats, j'ignore ce qu'il me reste, hormis mes palais, mes chiens et mes inépuisables « *red boxes* » ! Ces valisettes tendues de cuir rouge et frappées d'une couronne dorée sous laquelle trônent mes initiales me sont chaque jour envoyées par des fonctionnaires du gouvernement. Elles parviennent le matin à la « *Privy Purse door* », la porte du palais de Buckingham réservée aux émissaires du gouvernement, et le page qui y monte la garde me les apporte aussi vite que possible. Célérité nécessaire : ces boîtes rouges contiennent tous les documents importants du royaume, qu'ils émanent du gouvernement, de sources diplomatiques, d'autorités locales ou de celles du Commonwealth. Comme mon père me l'a appris, lui qui se méfiait des petites mains gouvernementales, je commence toujours ma lecture par le dernier document de la pile. Les comptes rendus de réunions ministérielles et de débats parlementaires, les décrets à lire, les lois à valider, en apposant mon *royal assent*, quatre mots au bas de la page : « La reyne le veult. ». Je sais donc tout des affaires et des secrets de l'État, sans pouvoir prononcer un mot sur le sujet.

Bon. Donald Trump est revenu, et cela me met d'une humeur de dogue, quoique un dogue serait plus câlin. N'avais-je pas eu assez avec le thé offert à Mr. President l'an dernier et cette scandaleuse inspection militaire ratée ? J'ai eu beau rencontrer tous les présidents américains, depuis les années 1950, seuls trois ont eu droit à des visites d'État ; que Donald Trump fasse partie de ceux-là me donne envie de bouder mes œufs au plat. Si seulement je pouvais, comme cette effrontée de Meghan, me prévaloir d'un congé maternité pour échapper aux festivités ! Pas question, bien sûr. Theresa May a décidé, et bien que je règne depuis soixante-six ans, je me dois d'exécuter.

Le voilà qui atterrit dans les jardins de Buckingham, à bord de son impressionnant hélicoptère bicolore. Quel bruit, quel vent ! Surtout je songe à mon gazon, mon pauvre beau gazon qui a survécu aux dernières garden-parties mais pourrait ne pas se remettre de ce dernier affront. Charles et Camilla bravent les courants d'air pour aller cueillir les deux géants au pied de l'appareil. Camilla et Melania portent des tenues écrue pour l'une, blanche pour l'autre, ce qui frôle la faute de goût, mais enfin les femmes de chambre n'allaient pas s'appeler le matin pour s'accorder sur les tenues alors que l'équipe présidentielle américaine mettait toute son énergie dans la diplomatie du coup médiatique. Des interviews déjà, de Donald Trump, le week-end dernier, pour dire tout le mal qu'il pense de notre diplomatie brexitienne, mais aussi son impatience à voir arriver au pouvoir l'« excellent » Boris Johnson et à la tête des négociations ce mal élevé de Nigel Farage « qui a beaucoup à offrir ». Premier avant-goût dans la presse de l'arrivée de l'orang-outan à gros sabots. Un accrochage ensuite – était-ce à bord de l'hélicoptère ? – du Président avec le maire de Londres, un poids lourd et un poids plume, aux poings sur le ring numérique : Sadiq Khan qualifie Donald Trump d'« exemple de menace globale grandissante » ; Trump lui répond en le traitant de « mauvais perdant » et lui dit qu'il « ferait mieux de s'occuper de la criminalité à Londres ». Tout cela en public, et sur les réseaux sociaux, cela fait désordre, et ne laisse pas, malheureusement pour les caméras et le personnel de maison, le temps de discuter chiffons.

Charles, lui, porte son costume bleu rayé. Aucune chance, là, de se heurter au bleu marine de la tenue présidentielle du « leader du monde libre » comme on disait sous la guerre froide – concept aujourd'hui galvaudé. Quant à moi, mon habilleuse en chef, Angela Kelly, m'a choisi un ensemble chartreuse, presque assorti à ma pelouse, bel hommage à mon gazon sacrifié. Sourire à pleines dents, ne pas me créer un torticolis en levant la tête vers mes très grands hôtes.

Vient le moment délicat pour Mr. President d'inspecter la garde royale. Quel régal pour les yeux, mes soldats, en veste rouge et bonnet fourré, debout sur la pelouse, dos cambré et armes à la main ! Cette fois, c'est Charles qui mène la danse. Encore une fois, le président des États-Unis part en tête. Perchée sur le perron entre les deux dames blanches, j'apprécie la patiente bonhomie de mon héritier pendant que le chef d'État géant se pavane et lance des plaisanteries à mes gardes impassibles. Là-haut sur le balcon, une autre géante blonde attifée de blanc observe. C'est Ivanka Trump – car, non content de m'imposer sa présence, le président des États-Unis me gratifie de celle de ses quatre plus grands enfants. Mais mon royal estomac gargouille, il est temps de déjeuner.

— Bonjour, Votre Majesté !

— Bonjour, vous avez fait bon voyage, j'espère.

— Excellent ! Fantastique, Majesté ! Je suis extatique d'être enfin avec vous à Buckingham !

— Très bien, alors je vous emmène voir l'intérieur.

J'entraîne mes hôtes dans le labyrinthe du palais pour un repas comme toujours impeccablement chorégraphié. Les invités sont reçus avec les honneurs dus à leur rang – un ballet bien connu du personnel puisque Donald Trump est mon douzième président américain. Courtoisie sans servilité : il n'est nullement question de servir à ces Yankees le ketchup qu'ils adulent en guise de condiment. Nous nous en tenons à une viande et un légume, ainsi qu'au traditionnel échange de cadeaux. Les Trump m'offrent une broche coquelicot en argent et soie, et à Philip un blouson et une biographie d'aviateur. Pour ma part, j'ai choisi pour le chef d'État américain une version originale de *La Deuxième Guerre mondiale*, de Winston Churchill, ce cher vieux Winston… Il paraît que Donald Trump n'aime pas lire. Mais de ma part, qui oserait y voir malice ? D'autant que mes commissaires et responsables de collection royaux ont choisi avec soin tout un tas d'objets à exhiber au couple présidentiel dans la Picture Gallery. Une version de la déclaration d'indépendance, par exemple, posée comme un cheveu sur la soupe au milieu de nos Rubens et Van Dyck. Donald Trump et son épouse font mine de s'émerveiller pendant que Harry parle poliment de tout et de rien, surtout de rien, à la jeune et blonde Ivanka.

Puis Andrew à son tour donne de sa personne. Mon fils, le cher duc d'York, accompagne les Yankees pressés de déposer une gerbe dans le silence de l'abbaye de Westminster. Une manière, peut-être, d'échapper aux clameurs quelques rues plus loin ? Les manifestations ont déjà commencé. Un hideux bébé Trump en baudruche survole les rues de la capitale, avec la bénédiction du maire travailliste. Demain, les manifestants seront des milliers, mais à l'arrière de sa berline noire aux vitres fumées, le chef de l'État américain n'en rencontrera aucun. Son parcours balisé, bordé de barrières et de policiers l'en tiendra à l'écart.

Quelques centaines de mètres et voilà Donald et Melania à Clarence House pour *tea time* avec Charles et Camilla. Sourires, photos, encore… Puis un moment en privé. Je m'inquiéterais presque de ce que peuvent se dire hors caméra mon écolo de fils et le président climato-sceptique…

— Qu'en pensez-vous, Philip ? Charles serait-il capable d'un nouveau faux pas diplomatique ?

— Rassurez-vous, chou, il a passé l'âge. Et puis il sait que s'il doit en venir aux mains, il n'a aucune chance ! Ah, ah, ah !

— Philip !

— Allez, chou, pour une fois que je suis à Buckingham, je vais profiter des jardins !

Cette conversation me soulage un peu, mais je n'ai guère le temps de m'appesantir. Le climat qui m'intéresse ce soir, c'est l'atmosphère de la salle de bal du palais, et la végétation qui m'importe, ce sont les bouquets de fleurs qui vont adoucir l'ambiance entre mes sujets et les ressortissants de nos anciennes colonies d'outre-Atlantique. Cinq jours que le personnel prépare les festivités, et bien que j'affiche au compteur plus d'une centaine de banquets, pas question de me laisser aller. Un subtil mélange de pois de senteur, pivoines et pieds-d'alouette dans un camaïeu de rose, des candélabres par dizaines, le grand service d'argenterie début XIXe… Tout doit être parfait, même pour des Américains qui n'y comprennent goutte. Le Yeoman de la vaisselle du garde-manger et du verre plie chaque serviette comme un bonnet d'évêque. Je rectifie l'inclinaison d'une fleur, le positionnement d'un micro, m'inquiète d'un petit courant d'air. Au menu : filet de flétan vapeur et mousse de cresson, selle d'agneau Windsor, pomme Elizabeth et *tarte aux fraises sablée*, en français dans le texte, pour cent cinquante personnes. Il est temps d'enfiler, avec l'aide de Lady Morrison, ma tenue de gala, une longue robe blanche ornée de marguerites en cristal, assortie de longs gants, blancs également. La voix flûtée d'Angela Kelly résonne dans ma tête, souvenir de nos essayages il y a quelques jours :

— Dans une foule, il faut que l'on vous voie, madame. Alors la couleur s'impose. Mais pour un tel dîner de gala, l'absence de couleur permet de ne jamais se tromper.

Angela a toujours raison. D'ailleurs, une bonne partie des invitées arrivent vêtues de blanc, cette chère Catherine par exemple, Camilla, et Melania également. Quelques exceptions tout de même : Ivanka, fagotée de bleu, et Theresa, moulée de noir comme si elle portait le deuil pour son dernier dîner d'État. Les plus attentifs auront remarqué que sous les lustres, ma tiare en rubis de Birmanie scintille de mille feux. Elle est réputée protéger celle qui la porte contre la maladie et le mal. S'agit-il d'un message codé ? Bien malin qui peut se prononcer.

Le Président brise le protocole, encore une fois : une esquisse d'accolade à la fin de nos deux toasts – échange d'amabilités banales et adaptées à cette commémoration du débarquement. Je feins de l'ignorer. Chacun rend hommage à l'autre, à son peuple courageux, à son passé glorieux. *Alright.* Le gorille ne profitera pas davantage de la dévotion de mes personnels royaux. Les travaux d'électricité et de plomberie de l'aile est du palais tombent à point nommé pour ne pas pouvoir l'inviter à coucher. Cette tranquillité vaut bien des travaux à 411 millions d'euros. Ni Philip ni moi n'avions envie de tomber par hasard sur l'animal en pleine nuit, hirsute et en pyjama, au détour d'un couloir.

Ce mardi, c'est relâche. Je laisse l'atroce « bébé » à Theresa May, comme un cadeau d'adieu empoisonné. Mais c'est bien elle qui l'a souhaité ! Le chef d'État américain la prive d'entretien en aparté, un presque affront diplomatique mais au fond un répit bien mérité pour cette pauvre May, forcée malgré tout de jouer le jeu de la conférence de presse commune. « J'ai toujours parlé ouvertement avec toi, Donald, quand nous avions des différends, et tu as fait de même »... Ma future ex-Première ministre se lâche, on dirait. Tout ouïe devant la BBC, je grignote un sandwich au concombre en caressant distraitement Vulcan. La sauterelle parle Otan, Iran, environnement, relations avec la Chine et... Brexit. « Nous devrions viser un traité de libre-échange ambitieux quand le Royaume-Uni quittera l'UE. » L'orang-outan répond... en me remerciant : « Merci à Sa Majesté la reine avec qui j'ai passé un charmant dîner hier, une personne fantastique. » Au diable les cent cinquante invités, nous voilà décrits comme un duo en tête à tête, comment dit-on chabadabada en américain ? *Anyway.* Je perds patience, et coupe le sifflet à la BBC, Auntie, « Tantine », comme on la surnomme ici. Enfin quelques minutes pour me plonger dans les mots croisés du *Daily Telegraph.* Ce soir, c'est Charles qui s'y colle et assure – en mon nom – le dîner pour l'hominidé.

Mercredi, dernier jour de ce calvaire transatlantique, Angela a fort opportunément choisi un tailleur rose pour me permettre de garder le sourire. Pour qu'on puisse me repérer dans la foule aussi ; c'est, vous l'avez compris, le secret de mes tenues chamarrées. Un bouquet de plumes sur le chapeau comme un panache victorieux, et direction Portsmouth pour célébrer les soixante-quinze ans du D-Day, le débarquement des forces alliées en Normandie, qui a défait la barbarie nazie. À nouveau, je dois saluer à la chaîne les chefs d'État endimanchés, tout de sombre vêtus. Theresa et moi sommes seules à détonner, moi en rose pour l'humeur, elle en vert comme la sauterelle qu'elle est, peut-être aussi comme l'espoir qu'elle a dans son avenir politique bientôt achevé. En cette grise journée, la vision de ma garde d'honneur me redonne le sourire.

Qu'ils sont beaux, mes soldats, en veste rouge et bonnet fourré, debout sur la pelouse, dos cambré et armes à la main ! – ceux à casquette, ceux à béret, ceux à grand bonnet fourré ! Ils défilent entre les rangs des invités pour marquer ma royale arrivée. Derrière eux, un film raconte le débarquement de Normandie. Arrivent les trois cents vétérans de la Seconde Guerre mondiale. Ils avancent à petits pas, lourds de médailles et d'Histoire. Je quitte mon siège pour leur offrir une *standing ovation*. Deux fois je me lève, dans l'après-midi, pour les acclamer. Un honneur mérité.

Le spectacle continue. Donald Trump lit une prière de Roosevelt sur fond de drapeau américain. Bon. Theresa parvient presque à m'arracher une larme, avec une lettre de soldat. Une autre missive, en français, est lue par Emmanuel Macron qui fait tout de même l'effort dans notre langue de nous « remercier au nom de sa nation ». La fin arrive. Et devant tant de solennité, c'est le moment, je crois, d'esquisser une pirouette. Oh, à peine une boutade, pour refaire pétiller le regard de ces vétérans larmoyants. Je commence. « Quand j'ai assisté au soixantième anniversaire du D-Day, certains pensaient que ce serait le dernier. Mais la génération de la guerre, ma génération, est résiliente. » Les voilà revigorés. Mon discours continue, très court. « L'héroïsme, le courage, le sacrifice de ceux qui ont perdu la vie, ne sera jamais oublié. » Applaudissements.

Sur la scène de Portsmouth, face à la mer, une voluptueuse actrice en talons aiguilles et robe fifties entonne cette chanson qui me ramène soixante-quinze ans en arrière : « *We'll meet again, don't know where, don't know when…* » On se reverra, je ne sais pas où, je ne sais pas quand… Je jette un regard en coin à Donald Trump, mon voisin de gauche, et je me prends à penser « pourvu que non ! ».

Vendredi 21 juin 2019

Oh dear, qu'il est doux de s'étourdir dans les festivités, en occultant quelques instants les nuages noirs qui s'amoncellent à l'horizon ! Voilà quelles douces pensées je caresse ce soir, ma flûte de champagne vespérale à la main. Cela fait quelques heures maintenant que Philip doit ronfler dans sa chambre de Wood Farm, loin, si loin, dans ma propriété de Sandringham. Nu dans ses draps, comme au jour de sa naissance, malgré ses quatre-vingt-dix-huit ans fêtés tout récemment. Parfois, mon époux et son tempérament entier me manquent, voyez-vous. Et depuis sa retraite, nous ne nous croisons plus si souvent. Le temps me file entre les doigts. Nous venons de mettre en vente la belle villa maltaise où nous avons vécu si heureux avant mon couronnement. Une maison d'enchères a même adjugé récemment pour plusieurs milliers de livres sterling des petites robes en liberty, portées par ma défunte sœur Margaret et moi-même, ainsi que des tenues ayant appartenu à feue ma belle-fille la princesse Diana. Nostalgie et embêtements. Mais ces jours derniers m'ont donné quelque occasion de m'en distraire.

Oh, rien d'inattendu, mais ce fut toutefois fort amusant. Il y eut d'abord, le 8 juin, Trooping the Colours, « Salut aux couleurs », la parade militaire traditionnelle du mois de juin, à Londres, sur le Mall et Horse Guards Parade, mon deuxième anniversaire. C'est ainsi, quand on est souverain d'Angleterre : on fête deux fois sa naissance, une fois en privé, le jour J, et une fois en public, le deuxième samedi de juin, en comptant sur le printemps pour apporter une météo clémente. Cette fois-ci, ce fut le cas. Quelle belle fête ! Inutile de décrire en détail cette cérémonie qui se déroule tous les ans, bien sûr. C'est ma soixante-septième, un record inégalé, mais je crois que jamais je ne me lasserai de voir mes gardes défiler face à Buckingham sur le Mall, en rangs bien ordonnés, qu'il pleuve, qu'il vente ou que le soleil brille.

Dès le matin, je publie la liste des royales récompenses délivrées à mes sujets. Le présentateur Bear Grylls, le musicien Elvis Costello et, tiens, l'actrice Olivia Colman, celle-là même qui sera amenée à m'incarner dans la série *The Crown*. Peut-être la comédienne me fera-t-elle cadeau en échange d'une interprétation indulgente, qui sait ? Je le saurai bientôt, en regardant (en cachette) la troisième saison…

Le long de la route bien dégagée, l'Union Jack flotte dans la verdure. Ne pas oublier ce jour-là de prendre un bon petit déjeuner : il faudra saluer tant et plus, des milliers de sujets rassemblés. Exceptionnellement, j'ajoute à mes habituelles céréales quelques toasts à la marmelade.

Dans un coin, Edward veille.

— Que se passe-t-il, Edward ?

— Avez-vous assez à manger, madame ?

— Évidemment, Edward, j'ai fait l'équivalent de deux fois un petit déjeuner habituel. Bientôt je serai si lourde que je ne pourrai plus lever le bras !

Fort heureusement, mes aïeux ont inventé une façon de saluer sans trop se fatiguer. Le bras légèrement levé, la main glissant en l'air sans solliciter le poignet : le fameux *royal wave*.

La fanfare entonne *God Save the Queen* et voilà que trois calèches s'élancent. Les vedettes du jour, moi exceptée, se trouvent dans le premier : Harry et Meghan, de bleu marine vêtus, assis en face de Camilla et de la souriante Catherine qui tranche en tenue claire. Sous son béret, la duchesse de Sussex tient bien son rang, il faut l'admettre, pour son retour de congé maternité. Et cette cape bleue tout à fait pudique tranche avec l'inconvenant décolleté couleur pêche de l'an passé. Ouf, un souci envolé. Deux autres calèches suivent. À bord, notamment, mes autres petites-filles, les enfants d'Andrew, Beatrice et Eugenie. Avec leurs couvre-chefs et leurs silhouettes dodues, elles ressemblent de plus en plus à Amélie et Amélia, les deux oies du film *Les Aristochats,* de Walt Disney.

Je réprime un sourire. Cela ne ferait pas sérieux, alors que mon carrosse d'État écossais s'élance à son tour, au son du *royal salute*. Angela m'a dégoté un tailleur en tweed beige parfaitement assorti aux sièges de mon carrosse. Je me sens comme un caméléon dont on verrait seulement la tête, et la main qui salue. Triple rang de perles traditionnel pour habiller le tout, et cette broche de ma grand-mère, épinglée sur ma tenue tous les ans à la même date : blason en diamants de mes cinq régiments, Grenadiers, Coldstream, Écossais, Irlandais et Gallois, encadrés dans un ovale avec cette devise « Cinq en un ». C'est le deuxième Trooping the Colours sans Philip et sa présence brute me manque un peu. Mais en même temps cela me ravit de voir mon cadet Andrew, colonel des Grenadiers, chevaucher fièrement Darby, l'un de mes pur-sang. Dans l'escorte trottent aussi mon petit-fils William et mes autres enfants, Charles et Anne. Elle ne manque pas d'allure, ma fille, avec son bicorne et sa veste de colonel des Blues and Royal. Sacrée cavalière. Ah, comme j'aimerais pouvoir encore mener à cheval ce glorieux tintamarre… Mais depuis quelques décennies, cela ne m'est plus permis : la sécurité de la souveraine prévaut.

La cérémonie se poursuit, triomphale routine. De loin, j'entends les sabots des chevaux rythmer le *God Save the Queen*, et l'arrivée des trois premières calèches sur Horse Guards Parade. Quelle meilleure escorte que mes magnifiques soldats en tunique, casque et plumeau, blanc ou rouge selon les divisions ? À son tour, mon carrosse traverse en musique cette marée de séduisants militaires. Philip doit regarder tout cela à la BBC depuis Sandringham. Je l'imagine, très fier, devant sa télévision. On me dépose sur une estrade blanche surmontée d'un dais et équipée d'un grand fauteuil – moins royal qu'un trône mais immensément plus ergonomique. Les régiments se succèdent, bien rangés, sous leurs casques et leurs bonnets. Je les inspecte un par un. Bien sûr, l'allure de certains de mes soldats ne me laisse pas indifférente. Mais ce sont leurs trois cents destriers, surtout, qui me séduisent. Graciles, musculeux et brillants. Un délice pour les yeux.

Garde-à-vous, présentez armes, *God Save the Queen*… Reformation. Enfin, je peux à nouveau m'asseoir. Tout ce temps debout, à mon âge, c'est joyeux mais fatigant. Le soleil nous a offert l'un des plus beaux spectacles de ces dernières années. Pas d'évanouissement cette fois-ci, comme il y en eut autrefois. Un médecin a même été spécialement mandaté pour veiller à ce que mes grands bonnets restent bien hydratés. Remède miracle. Et excellente parade. Tout ce beau monde repart le long du Mall, encadré par la garde galloise, pendant que d'autres jolis soldats font parler le canon. À mon anniversaire, j'ai droit à des coups de canon comme d'autres soufflent des bougies. Quarante et une détonations : vingt et une pour mon anniversaire, vingt supplémentaires parce que cela se passe dans un parc royal, Green Park, le jardin voisin du palais. J'en entends murmurer que je n'ai pas quarante et un ans, mais quatre-vingt-treize. Chut !

Voilà le moment où toute la famille se réunit sur le balcon, pour le plus grand plaisir des sujets britanniques. Révérence, à mon arrivée. Catherine en jaune pâle, Camilla en vert amande, Charlotte en liberty, Charles et Andrew en rouge. Belle brochette bigarrée de marshmallows. Passent les hélicoptères et les Red Arrows de la Royal Air Force.

— Regardez ! pointe Catherine, de sa voix flûtée.

Le petit Louis salue et applaudit, il a cela dans le sang, pendant que sa sœur Charlotte pratique avec talent le signe de la main. En voilà, une princesse !

Autre célébration, mais en petit comité, quelques jours plus tard : les quatre-vingt-dix-huit ans de Philip. L'occasion de se retrouver, enfin, tous les deux dans le calme de Windsor, alors que tous nos enfants et petits-enfants nous envoient des photos sur les réseaux sociaux. Nous nous promenons en calèche et devisons du temps qui passe.

— Comment se passe votre retraite, Philip ?

— J'avoue, ma chère Lilibeth, que je ne suis pas fâché de pouvoir marcher sans avoir en permanence quelqu'un devant moi.

— Moi, en l'espèce ? !

— En effet, chou. Respectueusement.

— Philip !

— Je suis très heureux de vous voir par choix, aujourd'hui.

— Il faudra songer à organiser les festivités pour votre centième anniversaire. Cela approche, qu'est-ce qui vous ferait plaisir ?

— Pas question, chou. Je refuse d'atteindre cet âge canonique.

Mes protestations se perdent dans le bruit des sabots. À Londres, justement, les troupes tirent cent trois, oui cent trois coups de canon : quarante et un à Hyde Park, soit vingt et un auxquels s'ajoutent les vingt du Parc royal, et soixante-deux coups à la Tour de Londres, tarif normal des anniversaires royaux. Fort heureusement, Philip a seulement quatre-vingt-dix-huit ans…

Ajoutez, au chapitre des festivités, le 13 juin, une petite sauterie pour les quatre-vingts ans de Jack Stewart, ce jeunot, vous savez ? L'ancien coureur automobile, parrain de ma petite-fille Zara, la benjamine de ma fille Anne. Lui ne court plus si vite, mais sortir dans le monde, à l'Automobile Club et en célibataire, c'est tordant. Cela me rappelle mes jeunes années et notre escapade dans les dancings avec Margaret, une unique soirée de liberté, pour fêter la Libération. À l'époque, un seul de mes cavaliers m'avait reconnue ! Cette fois-ci, avec mon petit ensemble bleu pâle, j'aurais presque pu passer inaperçue. Presque.

Les bulles de champagne explosent doucement sous ma langue, sans m'enivrer. Quelles belles fêtes, quels beaux anniversaires ! Et comme le reste a failli les gâcher…

Commençons par le cas Harry et Meghan. Je disais plus haut que la starlette avait fort bien réussi son retour de congé maternité. Si bien, en effet, qu'elle semble avoir des envies d'indépendance diablement contagieuses… Mon petit-fils et elle viennent d'annoncer, le 20 juin, leur départ de la Royal Foundation où ils œuvraient avec William et Kate. Fini, *les Fab Four*, les « Quatre fantastiques », mes petits-enfants et leurs valeurs ajoutées, en ligne rangée contre les maladies mentales, pour la petite enfance et les services de secours. Ils étaient magnifiques pourtant, bien habillés, jeunes et frais, merveilleuse campagne de publicité pour les Windsor. C'en est donc terminé. Sur fond de tensions supposées, Harry et Meghan s'envolent de leurs propres ailes, tout en gardant le personnel de leur service de communication dans mon palais de Buckingham, *thank God.* Il importe que je conserve un œil attentif sur tout cela.

De son côté, le grand frère, William, a publiquement dérapé. 11 juin, voyage du couple parfait dans le Lake District, à la rencontre des fermiers. Comme d'habitude, les Cambridge portent la tenue adéquate, champêtre mais chic, élégante car adaptée. Ils discutent paisiblement avec des éleveurs, quand soudain… le « B-word ». Le mot que l'on ne doit jamais prononcer, comme le nom d'un monstre dans un film d'horreur. La scène de crime : Ullswater, et la cuisine d'une gentille famille de fermiers. Question de mon petit-fils le prince : « Est-ce que le Brexit vous inquiète ? » Réponse d'un des hôtes : « Ça m'a beaucoup surpris que les fermiers votent pour le Brexit, c'est comme si des dindes votaient pour Noël. » Suit la description des possibles 40 % de droits de douane infligés aux éleveurs en cas de sortie sans accord de l'Union européenne. Je demande à Charles d'envoyer un message à son fils. Après tout, c'est à lui, le père, de gérer cette minicrise : pas plus que moi, les membres de la famille ne peuvent prononcer impunément ce « B-word », surtout s'ils paraissent avoir un avis. Je ne publierai pas de communiqué pour ne pas être soupçonnée d'interférer. Fort heureusement, William a semblé acquiescer sur le moment, mais il a gardé son quant-à-soi et son opinion pour lui. D'autant que l'un de ses interlocuteurs, ce jour-là, avait voté pour le divorce d'avec les vingt-sept.

À propos du Brexit, autre épine de plus en plus piquante dans mon royal soulier : ça s'agite et ça grenouille côté conservateurs. *Exit* Theresa, place à la compétition très testostéronée pour le poste de dirigeant du parti – et donc de Premier ministre. Je vous le donne en mille : le ministre des Affaires étrangères Jeremy Hunt affronte en finale de cette course de canassons l'inénarrable rustaud Boris Johnson ! Oui, oui, la blague mal placée, le mensonge invétéré, la tignasse peroxydée. Pire, l'ex-diplômé d'Eton mal fagoté a remporté, lors des derniers tours de vote, deux fois plus de voix dans son parti que son adversaire plus smart et modéré.

Conséquence : chacun fait dans la surenchère. Boris menace de ne pas payer à Bruxelles les 40 milliards d'euros du divorce, et Jeremy se dit certain qu'on peut renégocier l'accord arraché à grand-peine par Theresa May l'an dernier. Le changement de visage britannique ne modifiera en rien la négociation, avance la Commission européenne – et qui pourrait l'en blâmer ?

Les diplomates observent le temps de la négociation s'écouler dans le sablier politique. Avec une pointe de déception, j'ai vu les candidates féminines disparaître dès les premières étapes du vote – sans m'en étonner outre mesure. Il s'agit des conservateurs, après tout. Dès le départ, chacun semble avoir trouvé l'arbre magique où pousse l'argent. À longueur de discours et de débats, les candidats étalent leurs promesses sous mes yeux amusés et sous le regard effaré du ministre des Finances sortant, l'élégant Philip Hammond. Réduction de l'impôt sur le revenu, baisse de la TVA, diminution des taxes pour les plus riches. Je vous passe les détails croustillants, le favori Johnson questionné sur un éventuel usage de cocaïne, *shocking* une fois encore. Je reconnais que ses ruades dans l'*establishment* et le bon goût peuvent m'amuser. Le jeune et brillant Rory

Stewart, lui, me rappelle étrangement un personnage de *Harry Potter*, cet enfant sorcier dont mes petits-enfants m'ont infligé les aventures – dois-je préciser que vu mon emploi du temps et mon peu d'appétence pour le sujet, je me suis arrêtée au premier film ? Quand Rory Stewart, donc, propose de remettre aux voix l'accord Brexit de Theresa May maintes fois rejeté, Boris Johnson, lui, fait dans la rodomontade : il peut avoir plus, il peut avoir mieux, c'est possible ! Cette fierté britannique me parle, tout comme son pied de nez aux journalistes quand il refuse de participer au débat d'idées télévisé avec les quatre autres candidats à la tête du parti conservateur. Là où mes dents commencent à grincer, c'est lorsque l'animal laisse entendre « en privé » devant des députés que lui, Premier ministre, pourrait suspendre le Parlement si les élus du peuple voulaient bloquer un divorce brutal entre Londres et Bruxelles. Car techniquement, ce n'est pas lui qui interromprait dans leur minutieux travail les Lords et la Chambre des communes, non : c'est moi. Prérogative royale. Certes à la demande du Premier ministre, mais moi malgré tout. Traînée dans l'arène politique. Ce serait une fort cavalière façon de traiter une souveraine.

Premier tour, deuxième tour, troisième tour de vote, chez les conservateurs. 19 juin, le petit Rory Stewart est éliminé ; trop vert, trop modéré peut-être, pas au goût du jour. 20 juin, quatrième et cinquième tour de scrutin, au revoir Sajid Javid, le fils de Pakistanais chauffeur d'autobus. Au revoir Michael Gove, ex-journaliste aux yeux globuleux et rival historique de Johnson depuis la campagne du Brexit. Sur mon écran, toujours branché évidemment sur la BBC, la blonde et gironde Cheryl Gillan, présidente adjointe du comité 1922, base parlementaire du parti conservateur, remercie le personnel de la Chambre des communes. Le message est clair : les finalistes sont désignés. « 313 votes dont un nul. Pour Michael Gove, 75 voix. Pour Jeremy Hunt, 77. » Rumeur dans la salle tout de bois et de vert. « Boris Johnson, 160. » Entre Michael Gove et Jeremy Hunt, cela s'est joué à un cheveu. L'équipe de Gove rapporte de possibles manipulations, voix prêtées au finaliste par l'équipe Johnson pour faire sortir l'ennemi juré. Impossible à prouver. Chacun envoie ses messages sur les réseaux sociaux. Boris Johnson remercie, Jeremy Hunt se présente comme le « compétiteur », la chaîne ITV annonce le débat entre les finalistes pour le 9 juillet.

Quelque chose me dit que le cachalot sera bientôt dans mon bureau. Sauf... sauf si l'ex-maire de Londres se laisse submerger par ses démons. Dès le lendemain de ce résultat, la police débarque au domicile de Boris Johnson, appelée par des voisins qui l'ont entendu se disputer avec sa petite amie, Carrie Symonds. Des cris, des assiettes et des verres cassés, des « Lâche-moi », des « Sors de là »... Rien qu'on n'ait vécu dans nos palais royaux, mais entre des murs plus épais... Différence fondamentale.

— Tout de même, Philip, vous imaginez ? Le futur Premier ministre et sa compagne, s'envoyer des assiettes à la figure, à quelques jours d'une prise de fonction !

— Amusant, ça me rappelle quand ma compagne m'a jeté des chaussures de tennis lors d'une dispute.

— Je ne vois pas à quoi vous faites allusion.

— Vous avez la mémoire courte, chou, c'était il y a à peine soixante-dix ans !

Vendredi 21 juin 2019

Violence domestique et violence politique : opposition ou transposition ? Cette dualité invite à la réflexion. De ces inquiétantes pensées, les festivités du Royal Ascot ont bien failli me distraire. Quelle belle édition encore ! Je ne me lasse pas d'admirer mes pur-sang et les autres, sur cette merveilleuse pelouse, de jauger les élégantes et leurs bibis, et de discuter avec mon conseiller équestre, John Warren, l'un des meilleurs spécialistes que j'aie jamais rencontrés. C'est aussi l'occasion de retrouver la famille. Andrew, Charles, William, Catherine, le si drôle Michael Tindall, mari de ma petite-fille Zara. L'ex-rugbyman parvient à me faire éclater de rire en dévoilant un chapeau miniature sous son haut-de-forme. Je rejoins aussi ma mignonne petite belle-fille Sophie Wessex et mon fils Edward, qui fêtent leur anniversaire de mariage, mon autre fils Andrew avec son ex-femme Sarah Ferguson, qui ne fêtent plus leur anniversaire de divorce, et puis Maxima des Pays-Bas, venue nous rejoindre pour la première journée, avec cet étonnant chapeau, aussi large et débordant qu'une énorme tarte aux fruits. Je rencontre également ce minuscule jockey néo-zélandais, James McDonald, l'homme idéal, paraît-il, pour conduire mon merveilleux pur-sang Eightsome Reel. Un peu de pluie cette année.

— Voilà le mauvais temps, quelle surprise !

— Vous avez raison madame, c'est très inhabituel par ici, réplique ma bru en souriant. Souhaitez-vous que je demande un imperméable pour vous ?

— Pas question Sophie, à Royal Ascot comme ailleurs, il me faut une tenue impeccable et bien visible des spectateurs.

— Bien sûr madame, comme vous dites : il faut vous voir pour vous croire.

— *Indeed*. Et puis j'ai toujours mon parapluie *made in UK*.

— Quel patriotisme de votre part ! s'esclaffe ma délicieuse belle-fille.

La marque Fulton, qui produit mes royaux accessoires, présente un autre avantage : les parapluies sont à la fois transparents, ce qui permet de me voir, et ornés d'un liséré de couleur parfaitement assorti à mes tenues.

J'ai failli me laisser distraire, oui, mais l'orage gronde. Nous voilà donc avec un candidat Premier ministre accusé de consommation de drogue, pris en flagrant délit de dispute conjugale, et qui serait capable de me traîner dans la fange du Brexit. Nous voilà avec des cadres du parti travailliste, comme Tom Watson, qui parlent de réorganiser un référendum sur le Brexit – Dieu nous en garde ! L'économie s'ébroue et ralentit, le constructeur automobile Ford vient d'annoncer la fermeture d'une usine de moteurs à Bridgend, au pays de Galles, mille sept cents emplois supprimés. D'après un sondage, un tiers de mes sujets se met désormais en quarantaine de l'information pour échapper au thème du Brexit ! Mon Royaume-Uni ressemble à une infernale dystopie. Comme dans cette série catastrophe qui vient de se terminer à la BBC, *Years and Years*, série dont je n'ai réussi à décrocher qu'une fois le dernier épisode passé. Désastre en vue. Et dire que toute ma famille me croit plantée devant les aristocrates de *Downton Abbey*…

Mercredi 24 juillet 2019

Pour sûr, si je choisissais mes interlocuteurs, je ne l'aurais pas choisi, lui.

Par quel miracle, Dieu seul le sait, cet individu parvient-il à dénicher des costumes systématiquement mal coupés ? Et par quel mystère, même en sortant de chez le coiffeur, sa tignasse donne-t-elle l'impression de n'avoir jamais croisé un peigne ? Ne parlons pas de sa prestance dépenaillée, de ses blagues parfois osées, ni de sa progéniture, éparpillée à tous les vents. La légende raconte qu'il ne saurait pas lui-même combien il compte d'enfants. Avec son visage innocent et sa raie sur le côté, le fils de militaire Jeremy Hunt me semblait plus adapté. Mais enfin, le parti conservateur a tranché, et il va bien falloir m'accommoder de ce quatorzième Premier ministre. Quand bien même Boris Johnson – car il s'agit bien de lui – me force à partir en congé à Balmoral plus tard que je ne l'aurais souhaité.

Ce matin, j'ai donc décidé d'accueillir le plus gracieusement possible le nouveau venu. Comme chaque jour, mon habilleuse a descendu de l'étage supérieur de Buckingham, dédié aux vêtements, deux tenues entre lesquelles choisir. Elle m'a tendu les deux croquis, accompagnés de coupons de tissu. Courte hésitation. Vu la chaleur et les circonstances, j'ai opté pour la robe en liberty bleu. Elle m'a été descendue sur-le-champ de mon dressing sous les toits. Ainsi, mon nouveau Premier ministre peut se sentir comme un chien fou dans un champ de fleurs sous canicule, aéré par le ventilateur Dyson du salon où je le reçois à Buckingham.

Vingt-cinq minutes d'entretien, vingt-cinq télévisions sous nos fenêtres, un baisemain bancal et trois bégaiements de l'animal… On le dit érudit mais impossible d'en juger. Il semble là un peu perdu, entre borborygmes et bafouilles.

— Félicitations, Monsieur le Premier ministre. Il fait beau pour votre entrée en fonction.

— Merci, euh, merci madame.

— J'espère que votre chien Dilyn va bien. Vous l'avez prévenu qu'il allait devoir s'entendre avec Larry The Cat ?

— Larry… ?

— Le chef souricier du 10, Downing Street. Un chat tigré, en poste depuis neuf ans. Quant à moi, comme vous, je préfère les chiens, mais les dorgis plutôt que les jack russel.

— Euh, Dilyn appartient à Carrie, madame.

— Carrie ? Oh, *that's right*, votre *girlfriend.*

— En quelque sorte, madame.

Cette blondinette serait plus mignonne si elle épousait le Premier ministre, naturellement, mais enfin les temps ont changé… Et qui suis-je pour objecter, moi, mère de trois enfants divorcés ? Les chiens, donc, la chaleur, à peine un mot du Brexit, le temps d'une petite plaisanterie : « Je n'aimerais pas être à votre place, d'ailleurs à part Jeremy Hunt, je ne sais pas qui voudrait l'être ! » Boris Johnson sourit comme un élève gourd et gourmand, tire sur le col de sa chemise en transpirant. « *You're right, Ma'am.* » Boris a dû oublier son sens de la repartie en arrivant, à moins qu'il se demande lui-même ce qu'il vient faire dans cette galère. Il n'avait pourtant trouvé sur sa route, entre Downing

Street et Buckingham, que quelques hélicoptères et une poignée de manifestants pour le climat.

Comment en est-il arrivé à franchir la porte de mon royal bureau ? J'essaie de me souvenir…

Il y a eu des conventions de conservateurs dans plusieurs villes, avec les deux finalistes de la course à la direction. Mr Johnson a de façon répétée refusé de répondre sur l'altercation supposée avec sa *girlfriend*. « Je ne crois pas que les militants conservateurs veuillent entendre parler de ce genre de chose. » Croyez-moi, je pense qu'ils le voulaient, au contraire. Mes sujets sont, hélas, friands de scandales. Le *Guardian* a aussi publié une vidéo prouvant les liens entre Boris Johnson et Steve Bannon, le comparse de l'orang-outan américain. Mr Johnson a menti sur ses relations avec ce monsieur. Il a refusé de débattre avec son adversaire, Jeremy Hunt, sur une chaîne de télé. N'importe qui d'autre en mon royaume en eût été flétri, et rendu inéligible. Mais lui, non. Tout cela lui glisse sur les plumes, comme sur celles d'un caneton.

Je dois avouer que sa performance m'intrigue. Premier ministre désigné par l'intermédiaire de 159 000 militants conservateurs seulement, pour guider quatre nations et 66 millions de personnes. Plusieurs semaines de compétition, pas le moindre suspens. Et les résultats, annoncés le 23 juillet, sous les applaudissements, dans ce centre de conférences qui porte mon nom, tout près de la Chambre des communes. La famille Johnson au grand complet derrière l'impétrant, tous blonds, le frère, la sœur, et le père grisonnant. Et tout cela, comment ? En promettant ce que Bruxelles a toujours décrit comme impossible : la renégociation de l'accord du Brexit.

Notre première rencontre ne m'aura pas permis de comprendre le phénomène. Mais il nous reste *a minima* quelques semaines ou quelques mois.

Voici venu, enfin, le temps de me reposer. De préparer nos valises pour aller passer quelques jours à Balmoral, mon palais, deux cents kilomètres carrés de terrain dans la verdure écossaise, loin, très loin des ennuis londoniens. Là-bas, tout n'est qu'ordre et beauté, chacun débarrasse son assiette sans l'intervention d'un valet. Je peux me détendre en faisant la vaisselle en gants de caoutchouc, et les seuls importuns sont les chauves-souris que je m'amuse parfois à attraper à l'épuisette, comme des papillons, pour mieux les libérer et les expulser du palais. Mon esprit est fort épris de ce paradis champêtre où mon personnel épure même le contenu des boîtes rouges officielles, pour ne me laisser que quelques documents essentiels à éplucher. Havre de repos, maison familiale, où mes petits-enfants et arrière-petits-enfants ont appris à chevaucher leurs premiers poneys. Il me faut au moins cela pour me détendre après les semaines passées. Encore des histoires de gros sous et de drames familiaux.

Tout a commencé le 23 juin par une mésaventure métaphorique. Le décor : finale de polo de la Royal Windsor Cup. Comme souvent, j'ai choisi une tenue rose, pour trancher sur le vert gazon. Mocassins noirs, sac assorti. Je côtoie la très chic foule des invités – pas de trop près. Pas de trop près ? Voire ! En quelques secondes à peine, un coup de vent m'envoie dans la figure l'écharpe d'un invité inconnu. Scandale dans mon entourage. Je reste imperturbable, *of course*, quoique mortifiée. À l'image de ce qui se passera pendant tout le mois, contre vents et marées.

Donc, gros sous, pour commencer. Comme chaque année, nous publions les comptes de la famille pour informer le contribuable. 75 millions d'euros dépensés sur une année. Quand on y pense, je ne compte même plus parmi les plus riches souverains du monde… Nous ne coûtons même pas une livre et demie par Britannique et par an, et nous rapportons tant, en touristes, visiteurs, objets dérivés… Mais la presse à scandale a une autre perspective. Elle remarque que nous, famille royale, avons augmenté nos émissions de gaz à effet de serre l'année passée. L'œil aiguisé comme un couteau dans la plaie des 2 millions 700 mille euros dépensés par mon petit-fils Harry pour rafraîchir sa résidence de Frogmore. J'en parlais il y a quelque temps ; ces travaux n'avaient, à mes yeux, rien d'indispensable. Surtout, les tabloïds mettent en regard ces lourdes dépenses publiques et l'absence de publicité autour de Harry et Meghan. Il est vrai que la contribution du public devrait, sans lever le voile sur l'intimité royale, ouvrir le droit à certains privilèges : quelques informations distillées, quelques photos… Rien de tout cela ou presque chez les Sussex. Même le baptême d'Archie (quel prénom, *my God* !) est organisé dans la plus stricte intimité. Vingt-cinq personnes à peine, sans photographe de presse, dans ma chapelle privée du château de Windsor. Vingt-cinq personnes alors que mes sujets ont déboursé près de trois millions ! Et les noms des parrain et marraine gardés secrets ! Un seul cliché, partagé sur Internet. Et le croirez-vous ? Le jeune couple infernal n'a pas songé à s'assurer de ma disponibilité ! Autrement dit, on m'a oubliée. Moi, l'arrière-grand-mère en majesté. Voyez vous-même la photo officielle : on y remarque mon fils Charles et son épouse, mais aussi Doria, la mère de Meghan, William et Catherine, un peu raides et toujours bien peignés, et les deux sœurs de feue ma belle-fille Diana. Quant à moi, impossible de me libérer de mes engagements pris préalablement à Sandringham. Plutôt qu'une négligence, je préfère croire à une erreur de communication entre mes secrétaires privés et ceux des Sussex. Néanmoins, en tant que voisins, nous aurions pu nous parler, communiquer… J'ai déjà raté d'autres cérémonies, comme le baptême de Louis, troisième enfant de Catherine et William. Cependant il ne s'agissait pas, justement, de leur premier. Mon cœur d'arrière-grand-mère se serre encore à l'idée d'avoir manqué ce minuscule poupon enveloppé dans la réplique de la robe de baptême de mon arrière-arrière-grand-mère, la reine Victoria. Dentelle et doublure de satin, peau de pêche et yeux brillants. Si mon esprit d'aïeule pleure, celui de souveraine s'emballe et s'agace. Il s'agirait tout de même que Harry et Meghan montrent un peu plus de respect !

Ils essaient bien de garder des liens avec la famille, une partie de polo opposant Harry et William par-ci, pendant que les épouses pouponnent et pique-niquent, une escapade entre petites-brus à Wimbledon par-là, pour assister au match de Serena Williams… Mais je remarque bien que les amants terribles croient jouer dans une autre cour. Voyez l'étreinte entre Meghan et la chanteuse Beyoncé à l'avant-première du film *Le Roi lion*, mi-juillet. La duchesse vit sur une autre planète, la planète Hollywood. Et je crains qu'avant longtemps cela ne vienne perturber notre monarchie millénaire…

En attendant, ma délicieuse escapade professionnelle annuelle en Écosse vient effacer ce sombre pressentiment. Comme un avant-goût de vacances malgré les obligations, garden-parties, rencontres politiques. L'occasion de prendre le train, oui, le train, depuis Londres, quel délicieux exotisme ! À l'arrivée, ma dame de compagnie Marie Morrison et moi empruntons une Bentley noire.

— Alors Lady Morrison, le voyage vous plaît-il ?

— Oh oui, madame. Et vous avez la tenue parfaite, cette broche chardon va très bien avec vos colliers de perles, et elle est surtout un parfait hommage à vos sujets écossais.

— J'essaie de la ressortir à chaque Holyrood Week, c'est plus seyant qu'un kilt. Vous avez vu les mollets de poulet de Charles ?

Ma dame de compagnie tente d'étouffer un éclat de rire, plus difficile encore à réprimer quand je me mets à imiter l'accent écossais. Il est d'adorables traditions. Chaque fois que je participe à cette semaine écossaise, je retrouve avec plaisir le palais de Holyrood House et sa pelouse superbement entretenue. Lors d'une cérémonie on me remet les clés de la ville d'Édimbourg, rutilantes, sur leur coussin de velours rouge. Bonheur de voir que mes sujets écossais ne m'oublient pas. Il m'est même donné de rencontrer de très mignons petits écoliers qui étudient en langue gaélique. Quel accueil souriant, même s'il manque quelques dents ! Comme c'est beau de cultiver ainsi son langage local, sans oublier la monarchie qui nous unit !

Peut-être à cause des origines écossaises de la reine mère, j'apprécie particulièrement le peuple écossais, ses accueils au son des cornemuses, sa chaleur polie, sa cordialité et, à l'occasion, son penchant pour la boisson. Sans parler des journées qui, ici, l'été, durent presque vingt-quatre heures. Naturellement, je m'entretiens avec Nicola Sturgeon, Première ministre écossaise. J'ai beau diverger avec elle sur le fond – ses opinions indépendantistes –, j'apprécie son énergie de maîtresse femme. Un peu rigide, presque masculine, mais intègre et carrée. Polie, sans révérence, mais cela reste préférable à la courbette trop plongeante et si embarrassante d'une Margaret Thatcher ou d'une Theresa May. Notre rendez-vous au palais de Holyrood se déroule particulièrement bien. Pensez-vous, en Écosse la météo représente un inépuisable sujet pour meubler les discussions, et madame la Première ministre ne manque pas d'humour.

— Beau temps pour la saison, madame la Première ministre.

— Oh certainement, en votre honneur, madame, il n'est tombé que trois centimètres depuis ce matin !

Petit saut au Parlement également, cette jolie structure en bois d'Édimbourg. Mon habilleuse a ressorti cette tenue jugée pro-européenne en son temps : tailleur bleu profond, chapeau bleu fleuri de camélias aux cœurs jaunes, comme les étoiles du drapeau européen. Clin d'œil à l'européisme des Écossais, qui sait, ou taquinerie de la part de mon personnel, peut-être, car quiconque entend mon discours pour ces vingt ans du Parlement écossais pourrait interpréter mes mots tout autrement…

« Au cœur du mot “parlement”, on entend le sens originel : un endroit où parler. Je ne doute pas que la plupart du temps, ces vingt dernières années, cette chambre ait fourni cela, un endroit où parler. Mais bien sûr, cela doit être aussi un endroit où écouter. Un endroit où entendre des opinions inévitablement différentes les unes des autres. Et un endroit où honorer ces opinions. C’est l’occasion aujourd’hui d’honorer, à notre tour, ceux qui aident à transformer les paroles en actes. »

Les paroles en actes. J’entends déjà gloser les brexiters : fini les discussions et les débats à la Chambre des communes, réalisons enfin le divorce d’avec l’Union européenne, ordre de Sa Majesté ! Comme toujours sur le sujet, je resterai coite, mais n’en penserai pas moins... Toute la presse peut bien tergiverser sur mon rôle de souveraine pour empêcher un divorce sans accord, il n’est pas question que je me salisse les mains.

Le séjour se clôt enfin par une jolie garden-party. J’adore le rose corail de ce tailleur choisi pour moi par Angela. Je me sens comme une fleur au milieu de cette belle pelouse grasse et verdoyante, entourée d’avenants invités, éleveurs de chiens guides d’aveugles, toutes ces dames et messieurs bénévoles dans des associations. Et puis je suis bien entourée, par trois de mes enfants. Trois, oui, car Charles, lui, s’est rhabillé et il est parti pour sa tournée galloise annuelle. Il va pouvoir pratiquer son gallois, ce langage guttural inaudible qui me donne le frisson.

À propos d’entourage, on se sent parfois bien seul ou mal accompagné. Bien sûr, il y a ma famille, mes fidèles dames de compagnie, et Philip que je ne vois plus, hélas, assez souvent depuis sa retraite. Nous nous parlons régulièrement, que dis-je, quotidiennement, mais mon époux passe désormais le plus clair de son temps à la campagne. Tout de même, le sommet de l'État est bien solitaire.

Tout début juillet, c'est un de mes anciens valets qui se voit condamné à vingt-huit mois de prison. Andrew, cinquante-sept ans, apparemment bien sous tout rapport, jamais un éclat de voix, la discrétion même. Andrew, donc, avait abusé sexuellement d'un petit garçon. Scandale.

Mal entourée, donc, ou pas assez. Ainsi, je cherche désespérément un demi-chef de partie pour faire tourner les cuisines des palais. Le poste est exigeant, mais prestigieux – une ligne en or sur un CV. Reste à trouver la perle rare, un travailleur avec l'esprit d'équipe, pas trop regardant sur le salaire. Nous cherchons donc, et cela prend trop de temps. Et puis, il y a quelques jours, un jeune homme de vingt-deux ans a réussi – rien que cela – à s'introduire dans mon palais de Buckingham, simplement en grimpant aux grilles. Cela semble à la fois trop simple et fort inquiétant, n'est-ce pas ? En fait, mes sentiments sont mitigés. Certes, face à mon personnel je m'alarme et je m'offusque, et je proteste concernant cette inquiétude rétrospective. Mais en même temps, il y a tout juste trente-sept ans, Michael Fagan, un autre intrus, avait, lui, réussi à atteindre ma chambre. Nous avions parlé dix minutes sans qu'il se montre ni menaçant ni dangereux. Presque un courant d'air rafraîchissant. Alors, qui sait, le nouvel intrus m'aurait peut-être apporté, lui aussi, une divertissante compagnie nocturne… Las, le nouveau contrevenant a été arrêté avant même de pouvoir entrer dans le palais.

Quoi d'autre ? Petit à petit, j'essaie de me défaire de quelques-uns de mes patronages et de mes associations. Ma belle-petite-fille Catherine, par exemple, va désormais parrainer la Société royale de photographie, sous mon patronage depuis soixante-sept ans. Pas fâchée de me débarrasser de ce pensum. Officiellement, il s'agit de passer doucement la main. Officieusement, mes chevaux et mes dorgis sont bien plus amusants. N'en déplaise aux auteurs belges de cet odieux film d'animation sorti récemment, intitulé *The Queen's Corgi* et qui décrit mes petits amours comme d'atroces bêtes vaniteuses et vulgaires. À ceux qui apprécient la culture, la vraie, je conseillerais plutôt de visiter cette charmante exposition consacrée à mon arrière-arrière-grand-mère au palais de Buckingham. Les commissaires ont réuni les plus délicats souvenirs concernant la reine Victoria et le prince Albert : un service de table en porcelaine, des tableaux, des instruments de musique, des robes, et même des moulages des pieds des enfants de la reine et un hologramme de mes aïeux, lancés en pleine valse… Plus émouvant et plus instructif sur notre histoire que tous les dessins animés du monde.

Voilà pour les amateurs de culture. Pour les amateurs de nature, les plus fervents auront suivi, il y a quelques jours, le comptage des cygnes sur la Tamise, par mes personnels. Tous les cygnes du royaume m'appartiennent, il s'agit donc d'en établir un recensement précis. J'ai eu l'occasion aussi, il y a peu, de faire une visite de courtoisie à l'Institut national de botanique agricole, près de Cambridge. Mon habilleuse avait tout prévu : robe à fleurs et manteau fuchsia.

— Fuchsia et fleurs, ensemble, Angela ?

— Bien sûr, madame, cette tenue bucolique sera parfaite pour la visite.

— Esthétiquement parfaite, mais pour l'aspect pratique, peut-être aurait-il fallu privilégier bottes en caoutchouc et ensemble couleur terre, intachable… ?

— Madame, je vous autorise officiellement à garder vos mocassins à petits talons, les chaussures idéales pour marcher.

Bien m'en a pris. D'autant que j'ai dû me lancer dans une démonstration de jardinage sous les yeux ébahis du public. Ébahis, mais pourquoi donc ? Je suis encore assez fringante pour planter un arbre, merci bien !

Conversation sympathique avec Tina Barsby, très urbaine directrice exécutive de l'Institut. Elle m'explique que les vins pétillants *made in UK* tendent à remplacer le champagne français pour récompenser les vainqueurs de la course officielle de bateaux entre Oxford et Cambridge. Je me vois forcée d'admettre la vérité, malgré mes vignes de Windsor : « Je ne bois pas de vin moi-même (champagne excepté !), mais il paraît que c'est très bon ! » Rires dans l'assemblée. En France, j'aurais été décapitée.

Dimanche 25 août 2019

Aujourd'hui, j'ai prié très fort à l'église Crathie Kirk. La chapelle est petite et grise, elle ne paie pas de mine, mais elle accueille depuis des siècles les monarques de ma famille qui souhaitent rendre hommage à Dieu. Il doit donc bien y avoir une ligne privilégiée avec le Créateur. Nous y sommes partis en famille, mes enfants Edward, Anne et Charles, chacun dans sa voiture, et moi dans le véhicule de mon petit-fils William, à l'arrière, avec sa charmante épouse Catherine. Oui, car ils sont venus, eux, contrairement à Harry et Meghan. Mais j'en reparlerai un peu plus loin.

Il m'a donc fallu prier très fort. Et pour mettre toutes les chances de mon côté, j'ai enfilé un ensemble rose, ma couleur fétiche, comme un signal éclatant pour interpeller le Tout-Puissant, car j'ai grand besoin de son soutien pour sauver encore une fois ma famille du scandale. Tout avait pourtant bien commencé. Une fois Boris Johnson élu, j'ai enfin pu monter dans mon hélicoptère et filer à Balmoral, mon petit paradis estival, mon lieu de retrouvailles familial. Ah, l'accueil délicieux du régiment royal d'Écosse, kilt, béret et chaussettes hautes, avec leur mascotte, Cruachan IV, ce poney si *sweet* quand il ne dévore pas mon bouquet ! Ah, dormir plusieurs semaines d'affilée dans le même lit, me promener dans l'enveloppante brume matinale d'Écosse, faire valser chapeaux et couronnes, et pouvoir jouer avec mes arrière-petits-enfants, entre lande, forêt et rivière ! Et tant pis si, cette année, nous serons privés de chasse au coq de bruyère. La chaleur a fait proliférer les scarabées, lesquels ont mangé les provisions du volatile. Il faut donc le laisser reconstituer en paix sa population. Faute de grives, nous mangerions des merles, et donc faute de coqs de bruyère, nous chasserons des cerfs. Nous attendions l'arrivée d'Andrew, mon fils préféré – ici, je puis avouer sans crainte cette inclination, car je sais que ces pages ne seront jamais publiées. Contrairement à mes petits-enfants avec leurs séjours à prix d'or, à l'île Moustique pour William, Catherine et leur marmaille, à Ibiza puis Nice pour Harry et Meghan, Andrew avait choisi raison et modération. Un jet privé pour lui et ses cinq chiens, et un vol régulier pour Sarah Ferguson, son ex-épouse, histoire d'échapper aux rumeurs de rabibochage. Je ne sais pourquoi Andrew nous impose, aujourd'hui encore, cette exubérante compagne. Elle n'a aucun respect du protocole et s'en soucie, semble-t-il, comme de son premier vernis à ongles. Malgré cela, ou à cause de cela peut-être, bien que je m'en défende, elle m'arrache parfois un sourire. Sa spontanéité, ses manières brutes apportent un brin de fraîcheur. Et ils ne choquent pas à Balmoral où les règles habituelles sont en veilleuse. Bref, l'ouragan rouge est arrivé par un vol régulier, attrapé au passage par les paparazzis ; les rumeurs de rapprochement avec Andrew vont donc continuer. Sarah a dû quitter les lieux quelques heures plus tard pour éviter un accrochage avec Philip, arrivé plus tôt que prévu, les rencontres entre mon fougueux mari et l'ex-duchesse d'York tournant souvent au feu d'artifice d'invectives. Embarrassant, mais insignifiant par rapport à ce qui suit, un atroce fait divers dont les éclaboussures ont traversé l'Atlantique depuis les États-Unis pour venir ternir notre famille.

Le 9 août, un tribunal de Manhattan a rendu publiques plus de deux mille pages de témoignages dans le cadre de « l'affaire Epstein », au nom d'un milliardaire aux tempes argentées et aux mœurs dissolues, accusé de trafic sexuel sur mineures. Problème : Epstein a longtemps été un ami d'Andrew, qui n'a jamais su choisir ses fréquentations. Fort heureusement, mon fils n'avait pas jugé bon de me le présenter officiellement. Autre problème : le nom d'Andrew apparaît, selon la presse, au fil des témoignages de victimes, et dans un sens qui ne me convient guère. Il est accusé d'agression sexuelle sur mineure. Quel choc. Je refuse d'y croire. Mon cher Andy, mon enfant cadet, a souvent traîné dans des cercles peu recommandables. Sans doute, j'en suis sûre, parce qu'il ne voit en l'homme que la bonté. Ce n'est pas faute de l'avoir averti. En 2011, sa proximité avec le fameux Epstein l'avait forcé à renoncer à l'une de ses fonctions, celle d'ambassadeur commercial du Royaume-Uni. Là, je dois dire, les accusations vont beaucoup plus loin. De derrière les fagots, le tribunal ressort un rapport de la Cour de justice de Floride. En 2015, une certaine Virginia a dit avoir été « prêtée » à mon fils, dès ses dix-sept ans, et pour plus de 13 000 euros. Le palais et moi-même avons déjà nié à de multiples reprises. Cette fois il y a témoignage officiel, et photo quelque peu compromettante : Andrew, chez la compagne officielle d'Epstein, le bras autour de la taille de cette Virginia blonde et souriante, une enfant. Rien qu'à cette idée, ma main tremble et mon écriture se resserre. Je ne peux y croire. Comment le célibataire le plus prisé du Royaume-Uni aurait-il pu se commettre dans ce genre de scandale : payer, ou faire payer, pour entretenir une relation interdite avec une mineure ? « Trois relations sexuelles, dont une fois dans une orgie », précise cette mal nommée Virginia. Une certaine Johanna apporte de l'eau à son moulin. Elle-même avait vingt et un ans en 2001, mais elle raconte que mon fils se faisait « fournir » des mineures. Qu'il a touché sa poitrine sans crier gare dans une soirée interlope. Ma colère de mère et de souveraine est sans limite. Je convoque bien sûr Andrew pour l'interroger. La question arrive au dessert, au-dessus de la crème brûlée.

— C'est vrai que j'aime les femmes jeunes, maman. Mais pas si jeunes. Vous savez que j'ai toujours démenti, me soutient Andrew, les yeux dans les yeux.

— Vous démentez encore ?

— Naturellement. Je n'ai jamais eu aucun contact intime avec cette Virginia, et l'affaire américaine ne me concerne pas.

— Mais tes liens avec Jeffrey Epstein, même après sa condamnation ?

— On n'abandonne pas ses amis quand ils ont des ennuis. C'est vous-même et papa qui me l'avez appris.

Je sais pertinemment qu'Andrew est allé en 2010 à New York, fêter la libération du criminel. Entre amitié et complicité, la frontière est mince. Alors, qui croire ? Que croire ? Mon esprit divague. Je revois Andrew enfant, ses cheveux blonds et fins, ses énormes joues. Un bambin gai et léger, plus léger que ses frères et sœurs. Je connais les penchants de mon fils pour les femmes jeunes, trop jeunes. Andrew m'a fourni la matière même du communiqué que je demande à mes services de publier :

« Ces informations font partie de la procédure américaine, dans laquelle le duc d'York n'est pas impliqué. Toute suggestion de comportement inapproprié avec des mineures est catégoriquement fausse. »

Mieux qu'un message écrit à la presse, je décide d'afficher mon soutien. À mes côtés dans la voiture et sur les bancs de Crathie Kirk, il y a deux semaines, il y a Andrew. Nous nous appliquons à sourire, moi dans un très doux et apaisant ensemble en tweed rose poudré, lui dans son costume sombre, strict et élégant. Avec cette lumière qui allume ses yeux, ces fossettes, souvenir de ses joues de poupon. Puis Andrew s'assoit dans l'église. Très sérieux. Très digne. Comme nettoyé par les chants religieux et le rai de lumière qui, à travers le vitrail, frôle ses cheveux argentés. Charles et Camilla chantent, non loin de nous. Mais le lendemain, l'horreur se poursuit : Epstein, qui avait pourtant plaidé non coupable, s'est suicidé dans sa prison américaine. Pas la meilleure façon de faire reconnaître son innocence.

Puis le 18 août, le *Mail on Sunday* publie cette atroce vidéo, pourtant si simple de prime abord. Andrew, dans l'entrebâillement de la porte de Jeffrey Epstein, agitant sa main en direction d'une jolie femme. Ce fameux hiver 2010, après la première condamnation du financier.

C'en est trop. Philip, le regard sombre, est assis à mes côtés ; je compose le numéro de mon fils. Je prends ma voix la plus ferme et la plus froide, pour le sermonner : il met en danger notre famille, son existence et sa raison d'être même. L'exemple, la représentation, tout se trouve mis à mal par son comportement négligent, coupablement négligent. Je lui fais miroiter la perte de son titre, si le scandale devait se poursuivre de la sorte. Puis je raccroche, mortifiée.

Philip presse ma main. Pose un disque sur mon tourne-disque pour m'aider à oublier. Parfois, le métier de mère me semble plus difficile et plus ontologiquement imparfait que celui de souveraine d'un royaume en pleine explosion. L'air de la comédie musicale *Oklahoma* résonne : « *It ain't so much a question of not knowin' what to do; I've know'n what's right an' wrong since I've been ten!* » (« La question, ce n'est pas tant de savoir ce qu'il faut faire, je sais dire depuis l'âge de dix ans ce qui est bien ou non ») fredonne la chanteuse. Ces paroles me renvoient aux frasques de mon fils. Brusquement, je relève le bras du tourne-disque.

Le lendemain, Andrew publie un communiqué *via* le service de communication du palais. « Le duc d'York est consterné par les récentes informations concernant les crimes présumés de Jeffrey Epstein. Son Altesse royale déplore l'exploitation de tout être humain, et déclare que suggérer qu'il laisse passer un tel comportement, qu'il y participe ou qu'il l'encourage est odieux. » Voilà qui est bien dit. Mais insuffisant. La presse poursuit ses articles et ses accusations. Cinq jours plus tard, me voilà forcée de rappeler Andrew :

— Il faut aller plus loin.

— Comment cela plus loin, maman ?

— La presse sait ce que vous avez fait. Il faut admettre. Admettre, et présenter vos excuses.

— Présenter mes excuses ?

Andrew est ainsi. Trop gâté, trop aimé peut-être, incapable en tout cas d'assumer les conséquences de ses incartades et autres sorties de route. Lorsque Charles admet et se morfond, lorsque Anne avoue et pique une colère, Andrew, lui, ne reconnaît rien. Son sang royal le place, croit-il, au-dessus de la mêlée et des polémiques. Erreur.

Il me revient, encore, de faire violence à mon cadet pour sauvegarder l'institution.

— Présenter vos excuses, oui, Andrew. Faire part de vos regrets. Après tout, vous avez bien fréquenté cet Epstein après sa condamnation.

Silence au bout du fil. Puis :

— Bien, madame.

Il sait, évidemment, à quel point je déteste qu'il m'appelle comme cela. Peu importe.

Nouveau communiqué le 24 août : « Lorsque je le connaissais, j'ai vu [M. Epstein] de façon peu fréquente, pas plus d'une ou deux fois par an. J'ai séjourné dans plusieurs de ses résidences. »

Il répète et se répète : pas de suspicion de comportement déviant…

« Je peux seulement réitérer mes regrets : c'était une erreur de penser que ce que je croyais savoir de lui n'était évidemment pas vrai, vu ce que nous savons maintenant. »

Comme la déviance est simple et le *mea culpa* tortueux ! J'espère que mes sujets ne poseront pas sur ces nouveaux regrets un regard aussi sévère que mon œil de souveraine et de mère.

Il n'empêche, à côté de cela, les petits tracas quotidiens semblent presque doux. Mon royal portrait, retiré de la représentation britannique à Belfast, car il offensait un fonctionnaire ? Une brindille. Les randonneurs qui ont jonché de détritus une partie de mon domaine de Balmoral et laissé derrière eux les braises de leurs feux de camp ? Une broutille. Cette scène dérangeante de la série *The Crown*, montrant Philip insensible aux problèmes de Charles, harcelé dans son pensionnat ? Un petit rien. Les dernières frasques de ma belle-petite-fille Meghan ? Un grain de poussière. Même si elle a participé, à notre grand dam, à la dernière édition de

Vogue et empêché Harry de venir cet été me rendre visite en Écosse, une première depuis des années. Peut-être Meghan dépouille-t-elle la monarchie de son mystère par ses interviews, peut-être lui enlève-t-elle de sa superbe par ses caprices, mais elle ne la traîne pas dans la fange comme risque de le faire Andrew. D'ailleurs, c'est bien simple, je n'ai même pas eu une pensée le 4 août pour la « duchesse difficile », comme la surnomment mes femmes de chambre et mes pages, quand ils croient que je ne les entends pas. Je ne suis pas si sourde, savez-vous ? C'était l'anniversaire de la duchesse de Sussex, ce 4 août, mais au fond c'était surtout celui de la reine mère. Andrew, lui, a posté sur le réseau social Twitter une charmante photo de maman entre Anne et Charles, lui-même, Andrew, adorable bébé, sur ses genoux. Après cela, comment lui en vouloir ?

Mon esprit semble tout entier occupé par cette affaire sordide. Tout ? Non. Il reste encore, hélas, une place pour les aléas du Brexit. Une autre arête dans ma *sheperd's pie*. Une autre mouche dans mon pudding.

Le 18 août, le « marteau jaune » vient frapper de plein fouet ma tête couronnée. Le *Sunday Times* publie des documents gouvernementaux visant à organiser l'opération « Yellowhammer », du nom d'un petit passereau à plumes jaunes, le plan de secours en cas de Brexit sans accord de sortie, un divorce conflictuel, en somme. Cette fois, c'est mon âme de monarque qui frémit. Le document décrit un chaos inédit dans notre pays, pourtant maintes fois ébranlé, en premier lieu par le Blitz. Pire qu'on ne le redoutait. Retards pour les voyageurs mais aussi pour les marchandises. Plus de la moitié des poids lourds ralentis durant des mois par des procédures douanières… Pénurie de médicaments, de produits médicaux et prix en hausse pour les denrées fraîches venues d'Europe – je songe aux délicieuses salades de cresson que j'aime croquer avec mon saumon poché. En perspective aussi suppression d'emplois dans certaines industries. Manifestations, notamment en Irlande du Nord. Heurts annoncés entre pêcheurs…

J'en suis convaincue, ou presque, mon royal gouvernement ne laissera pas faire cela. Tout comme il n'osera pas, j'en suis sûre, me traîner en politique comme le laissent entendre les spéculations de certains journaux – n'ai-je pas toujours dit qu'il fallait rester à l'écart de la presse ? Ne suis-je pas souverainement impartiale ? Des publications spécialisées suggèrent que je pourrais être forcée d'intervenir s'il y avait vote de défiance à l'égard du Premier ministre, s'il refusait de partir, s'il fallait désigner un nouveau chef du gouvernement. Horreur ! L'incapacité de gouverner des nouveaux hommes politiques me déçoit. Parfois, ce vieux Winston Churchill me manque.

Mardi 24 septembre 2019

L'intégralité du système politique britannique menace de s'écrouler et nous sommes là, à rire aux éclats devant la télévision. Angela a le chic pour dédramatiser les petits et les grands événements de la vie. Depuis vingt ans qu'elle choisit, conçoit mes tenues, les accessoirise et les assortit, elle sait désamorcer une crise. Angela

Kelly au service de Sa Majesté, cela vaut tous les James Bond du monde. Cheveux blonds et frange, yeux rieurs, et toujours le plus délicat rouge à lèvres, le plus charmant bijou autour du cou. De l'humour, surtout. Sa principale qualité professionnelle. Et c'est elle qui, en plein essayage de boucles d'oreilles, devant la BBC, remarque l'immonde broche de Lady Brenda Hale, présidente de la cour suprême. Cette araignée de diamants aux longues pattes comme on n'en voit que dans *Harry Potter*. Angela, donc, me passe un brillant à l'oreille, rapide essayage pour ma rentrée d'octobre. Pendant ce temps, sur l'écran, la sorcière Hale, rides et petites lunettes, se concentre pour rendre la décision de la cour.

« La décision de conseiller à Sa Majesté de suspendre le Parlement était illégale car elle avait pour effet d'empêcher le Parlement de mener à bien ses fonctions constitutionnelles sans justification raisonnable. [...] L'avis du Premier ministre est illégal, nul et non avenu. »

Scandale au royaume. Piers Morgan, la star télé des petits déjeuners, accuse Boris Johnson de m'avoir menti. Mais dans la bouche de Lady Hale, la décision me fait l'effet d'une formule cabalistique.

— Plutôt qu'aller chercher vos bijoux dans les coffres de votre famille, nous devrions aller les dénicher au zoo, plaisante mon habilleuse en chef. Les rangs de perles sont si surfaits ! »

Nous rions, donc.

Dieu merci, Angela est là pour désamorcer. Car entre les frasques de mes enfants et les sales gosses du gouvernement, il n'y a guère de quoi s'esclaffer...

Il avait eu d'abord cette visite inopportune, le 28 août, de l'administration Johnson à Balmoral. D'habitude, dans ma retraite écossaise, le niveau de stress atteint son pic lorsque l'on rencontre une chauve-souris, quand on manque un tir sur un cerf ou que l'on peine à choisir la cinquième tenue de la journée. Là, dring : coup de fil dès le matin de mon Premier ministre. Son équipe arriverait bientôt, elle a pris le vol Flybe de 9 h 45 entre Heathrow et Aberdeen. Et avant midi et demi, ils sont là, l'onctueux Jacob Rees-Mogg en tête, sa raie sur le côté, son ton doucereux, ses manières compassées. De quoi me gâcher l'été. Au lieu d'une partie de pêche ou d'un jeu de société, nous voilà forcés d'organiser un conseil privé. Chacun reste debout, règle qui permet d'éviter que ces réunions ne s'éternisent.

Rees-Mogg, chef de la majorité aux Communes planté dans ses Church's impeccables, la baronne Evans de Bowes Park, son équivalent chez les Lords, perchée sur ses escarpins. Je dois moi-même abandonner mes bottes pour des mocassins. Tout cela pour les écouter m'expliquer en chœur combien il serait sage et bon de suspendre le Parlement pour cinq semaines, jusqu'au 14 octobre, soit deux semaines avant la date officielle de sortie de l'Union européenne. Mes réserves sur ce calendrier, sur le manque de débat concernant le Brexit ? Disqualifiées d'un geste par l'odieux Rees-Mogg. « Ne pensez-vous pas, madame, que depuis 2016 le temps du débat sur la sortie de l'Union européenne a bien eu lieu ? » Aucun monarque n'a dit « non » à son gouvernement depuis plus de trois cents ans. Vu les traditions et les règles de notre monarchie, il ne me reste donc plus qu'à manger mon (mes) chapeau(x), à acquiescer, à valider le communiqué, à laisser l'onctueux à son appel groupé pour informer le reste du gouvernement, et à rassembler tout mon flegme pour prononcer un discours d'orientation gouvernementale le 14 octobre. Puis, à tout assumer, dans le chaudron rouge et doré du Parlement, face aux Lords emperruqués. Ce n'était donc pas pure spéculation de presse. Il l'a donc fait, le Premier ministre : me mettre, moi, la souveraine, au cœur du jeu politique. Me pousser dans l'arène, avec une pichenette décisive sans doute, du conseiller de l'ombre, Dominic Cummings, jamais aussi content, paraît-il, que quand il ébranle les institutions.

J'en serais presque arrivée à le croire, cet ébouriffé de Premier ministre. « On a besoin de nouvelles lois importantes, c'est pour cela qu'il nous faut un discours de la reine [...], on doit avancer. Il y aura largement le temps pour les députés de débattre au Parlement. » C'était sans compter les vives réactions des parlementaires et même de mes sujets. Les élus les premiers. « Affront scandaleux à la démocratie », grince le travailliste Tom Watson, alors que Jeremy Corbyn réclame une audience privée avec moi. Un autre élu menace de s'installer dans la Chambre jusqu'à ce que la démocratie soit rétablie. Bon. Il s'agit de l'opposition. Mais bientôt, il y a plus. « Outrage constitutionnel ! Le but de cette prorogation est d'empêcher le Parlement de débattre du Brexit », s'insurge John Bercow, speaker de la Chambre des communes, son visage de faune déformé par ses grimaces. Des élus s'installent sur ses genoux pour l'empêcher de quitter la Chambre. D'autres martèlent en chœur « *Shame ! Shame !* » (La honte ! La honte !). Et puis il y a eu cette pétition sur le site de la Chambre des communes. Un million sept cent mille signataires en l'espace de quelques jours. Et les grossièretés mondialement relayées de l'acteur Hugh Grant au chef du gouvernement. Des mots que j'ose à peine écrire ici : « *Fuck off you over-promoted rubber bath toy. Britain is revolted by you and your little gang of masturbatory prefects* » (« Va te faire foutre, jouet de bain trop promu ! Le Royaume-Uni est révolté par toi et ta bande de préfets masturbatoires »). Plus politiquement correcte, arrive aussi la « solidarité » exprimée à Bruxelles par Guy Verhofstadt, monsieur Brexit du Parlement européen, en soutien à ses confrères députés britanniques. Les rues se remplissent de cris de manifestants : « *Stop the coup !* », littéralement « Arrêtez le coup d'État ! ». La livre dégringole devant les déboires politiques de mon royaume. Et le pire du pire : l'appui de l'orang-outan à son ouistiti, un message sur Twitter de Donald Trump, décrivant Boris Johnson comme « exactement ce que le Royaume-Uni cherchait ». Grave erreur d'analyse. J'en sais quelque chose : le Royaume-Uni, c'est moi.

Je remue ces noires pensées quand la potelée Sheena passe dans la pièce avec tablier et plumeau. Sheena Stuart, femme de ménage de Balmoral ; car ici en effet, notre vie est simple, je mets le couvert et Philip s'occupe du barbecue, personne ne nous sert à table, mais vu notre âge et notre emploi du temps, nous avons tout de même besoin de l'aide de Sheena et de ses collègues pour la propreté du château et de ses sept cent soixante-quinze pièces. En l'occurrence, ma chère employée semble plutôt chercher un prétexte pour se trouver dans la même pièce que moi.

— Sheena, bonjour, comment allez-vous aujourd'hui ?

— Je tenais à vous remercier, madame.

Un mot de reconnaissance. Voilà qui, au moins, me change de mes déboires politiques.

— Mais à quel propos, Sheena ?

— Tout le personnel exulte, madame. Un jour de vacances en plus et 4 % d'augmentation, nous sommes extatiques.

— Cela valait bien de supporter la logistique de deux mariages et deux bébés royaux en deux ans, n'est-ce pas ?

Sourires échangés, bref moment de félicité. Je cache à la douce Sheena, je l'avoue, que je cherche aussi par ces conditions améliorées à attirer les candidates femmes de ménage pour mon palais de Buckingham, parsemé de gravats avec les travaux en cours.

Une semaine plus tard, le cauchemar brexitien recommence. Le 2 septembre, le Premier ministre menace de déclencher des élections si les députés votent pour autoriser un potentiel report du Brexit. Le 3 septembre, jour de rentrée de mes royaux élus, Boris Johnson perd son premier vote à la Chambre des communes. L'opposition et une partie du parti conservateur prennent le contrôle de l'agenda parlementaire, pour faire voter une loi « anti no-deal ». Ce texte oblige l'exécutif à demander un report du Brexit si aucun accord de divorce n'est conclu d'ici la fin octobre. Pour éviter la catastrophe du marteau jaune. Et le Premier ministre exclut du parti vingt et un députés conservateurs. Vingt et un ! Dont Nicholas Soames, le petit-fils de mon cher Winston Churchill. Tout bonnement viré de sa formation politique. Un esclandre, et un sacré désordre ! J'y vois, moi, l'occasion de me venger de ce gouvernement qui m'a entraînée dans la fange politique. Et quelle fange ! Il suffit de voir le tumulte parlementaire en ce mardi de rentrée. J'épluche les comptes rendus empilés dans les boîtes rouges, que j'essaie pourtant d'éviter en période de congés. Un mélange de disgrâce et de suspense insoutenable : impossible de m'en détacher.

La journée se déroule sous mes yeux, entre les lignes, comme une grande pièce de théâtre entre drame et comédie. Le Premier ministre perd trois votes, explose, et menace en hurlant d'organiser des élections anticipées. Il voit s'échapper sa majorité et le député Philip Lee, qui traverse en pleine séance la Chambre des communes pour rejoindre le parti pro-européen libéral démocrate, sous les yeux de ses collègues médusés. Boris Johnson entreprend d'expulser du parti les conservateurs rebelles, opposés à un scrutin. Lesquels se battront, disent-ils, jusqu'au bout contre « les entristes qui essaient de transformer ce parti de large paroisse en étroite faction », pour citer l'ex-ministre des Finances Philip Hammond. Mais l'image la plus choquante du jour, c'est l'attitude du chef de la majorité, l'inénarrable Rees-Mogg, affalé sur les banquettes de la Chambre comme devant la télévision, entre œil torve et éclat de rire. L'incarnation du mépris du gouvernement pour ses élus. Il n'en faut pas plus à Jo Johnson, frère de Boris, pour quitter son poste de ministre dans un geste shakespearien que ma propre famille terrible n'aurait pas renié.

Imaginez donc l'état du Premier ministre lorsqu'il arrive flanqué de sa petite amie le week-end suivant, pour le traditionnel séjour du chef du gouvernement dans ma résidence d'été. Son air de chien battu me le ferait presque prendre en affection. Mais « *Revenge is a dish best served cold* », comme on dit, je crois, des deux côtés de la Manche : la vengeance est un plat qui se mange froid. Johnson a beau recevoir le meilleur traitement, façon Balmoral, afficher ses plus courtoises manières d'enfant d'Eton et multiplier les blagues à table pour faire rire mes belles-filles et cousins, je n'abandonne pas mon projet de réplique. Il ne s'agit pas seulement de répondre aux offenses, mais de sauver la monarchie et de restaurer ma royale impartialité sur la question du Brexit.

Ainsi donc, le Premier ministre en poste passe le « test de Balmoral » avec brio, bien mieux que la baronne Thatcher avant lui. Pourtant, le lundi suivant, il trouve mon royal sceau apposé en bas de la loi anti no-deal votée par le Parlement. Le jour même où les députés devaient cesser de siéger, moi-même, dans Ma grande Majesté, je décide donc tout simplement d'obliger le chef du gouvernement à reporter le Brexit si aucun accord de sortie n'est trouvé avec Bruxelles. Mieux, le très policé Dominic Grieve, conservateur gominé, réussit à faire adopter à ses comparses un texte obligeant le gouvernement à publier les documents de l'opération Yellowhammer, ce scénario du pire d'un divorce sans accord avec l'Union européenne. Je me lancerais presque dans un « tope là » avec ce brave Dominic si j'avais une chance de le croiser au détour d'un couloir et s'il n'était pas aussi coincé. Avec des si et des mais…

N'empêche, je ne me connaissais pas cette audace. Moi, timide et rangée Elizabeth, infliger un sceau royal aussi embarrassant à mon propre gouvernement… Sans doute ai-je été inspirée par la témérité de mes braves Écossais. Charles, Camilla, ma petite-bru Autumn Phillips, femme de Peter, le fils d'Anne, et moi-même venons d'assister, comme chaque année, aux Braemar Games, ces jeux écossais rythmés de cornemuses, que je préside et qui sont faits de courses, de tir à la corde, de lancer de poids et de marteaux, le tout par des grands costauds en jupe à carreaux. L'occasion de se divertir en admirant les gambettes et les biceps de ces sportifs pas frileux. Dans les gradins, je lance un petit clin d'œil à Autumn qui n'en pense pas moins. Le plus divertissant étant toujours les jambes de coq de Charles, poilues, aussi rougeaudes que sa carnation et qui tremblotent à chaque petit pas. Dieu ! Parfois je me demande ce que Camilla peut bien lui trouver, à part peut-être le frisson de l'interdit, dans leurs premières années…

Parmi les menues satisfactions de mon règne, donc, j'ai réussi à écarter momentanément les ennuis familiaux. Harry et Meghan, qui n'ont pas daigné nous visiter, Philip et moi, cet été, s'envolent pour une tournée en Afrique du Sud. Comme Diana en son temps, la jeune maman a souhaité emmener le bébé. On verra ce que cela peut donner. Concernant Andrew, j'espère avoir pour de bon coupé court aux rumeurs grâce à une nouvelle virée mère-fils à Crathie Kirk. Nul parent n'aurait résisté à sa touchante attention : après un week-end de golf en Irlande, mon enfant a fait un détour par Balmoral au lieu de rejoindre Londres directement. Les mauvaises langues diront qu'il cherchait encore mon soutien après de nouvelles accusations. Cette fois, une certaine Courtney Love assure que mon fils serait venu à sa porte au petit matin chercher la gaudriole après qu'Epstein, encore lui, les avait tous les deux présentés. L'accoutrement de la demoiselle n'incite pas à garder ses distances, c'est vrai. Quant à moi, mon rôle de mère et de reine consiste à ne pas le laisser conspuer. Quitte à nouveau à exhiber nos dents, le plus largement possible, pour les photographes postés sur le chemin de l'office. Merci, chère Angela pour l'ensemble fuschia, une touche d'allégresse dans cette détente affectée et, somme toute, une lumière dans cette sordide atmosphère.

Problèmes familiaux évacués, je peux remettre – métaphoriquement – ma couronne de super-héroïne. Répondre, par exemple, à cette petite Australienne qui avait oublié son doudou lors d'une visite de Buckingham et lui renvoyer le singe en peluche, assorti de photos amusantes dans tous les recoins du palais. Je peux savourer, surtout, ma revanche : la suspension du Parlement, nulle et non avenue selon la Cour suprême. Mon Premier ministre et ses sbires ne méritaient que cela. Cela et l'humiliation qui s'ensuit : interviews à la chaîne des plaignants devant la Cour suprême, juste après, pour expliquer à quel point cette décision sauve la démocratie. Et courte intervention du speaker, quasi immédiate, pour annoncer une reprise de la session le lendemain. Le coup de pied de l'âne, de celui qui n'a plus rien à perdre : John Bercow, ce petit troll politique, a promis de quitter la chambre fin octobre au plus tard, officiellement pour voir sa famille, officieusement pour ne pas subir la concurrence d'un conservateur dans son propre fief.

N'empêche, cette décision de la Cour suprême, quoique jubilatoire, me place dans une position délicate. Voilà que, le jugement de la Cour suprême rendu, certains se mettent à me plaindre. Un de mes anciens Premiers ministres, John Major, par exemple : « Aucun Premier ministre ne doit plus jamais traiter le monarque ou le Parlement de cette façon. » Comme le disait Walter Bagehot, théoricien de la monarchie : « Son mystère, c'est sa vie. On ne doit pas laisser le jour éclairer la magie. »

Faute de magie, me voilà déjà éclipsée par une autre. Une starlette en short et bottes frangées a pris provisoirement ma place au musée de cire Madame Tussauds. Elle se dandine entre les Cambridge et les Sussex, à quelques pas de Philip qui sûrement doit se délecter d'autant de chair étalée. *Shocking*. Moi, remplacée, fût-ce dans un musée ! En plus, il paraît que la remplaçante s'appelle Queen B…

Vendredi 18 octobre 2019

Jamais une rentrée ne m'aura vue aussi soulagée. Pour commencer, j'ai pu me débarrasser pour quelque temps de mes pénibles petits-enfants. William et la trop parfaite princesse sont au Pakistan où ils enchaînent les apparitions vêtus de tenues naturellement totalement adéquates et adaptées au pays. Harry et la duchesse difficile en Afrique du Sud, Angola, Malawi, Botswana, dix jours aux frais de la princesse, enfin de la reine, mais après tout cette tranquillité provisoire vaut bien que l'on débourse cinq fois le prix d'un aller-retour à Balmoral. Quelle réjouissante sérénité ! Ils avaient pourtant fait acte de docilité et d'apaisement, et lancé tous les quatre ensemble une campagne pour la santé mentale des enfants. Mais c'est sur la leur que je m'interroge. Les Sussex ont entamé une croisade ingagnable contre les tabloïds. Mon bouillonnant Harry, en bonne tête folle, a exhumé les souvenirs de sa mère et semble revivre à travers son épouse son histoire douloureuse. J'ignore s'il a soumis à son personnel sa déclaration avant de la publier sur son site Internet, mais Sara, qui gère en principe sa communication, ne l'a transmise ni à Donal, mon secrétaire en charge de la presse, ni à Edward, mon secrétaire privé. J'admets que cette Sara soit récemment arrivée et peu au fait des usages, mais cette publication coup de tête sonne comme une déclaration de guerre, pour le moins dangereuse, à une partie de la presse. Harry affirme ne plus vouloir être « un témoin silencieux d'une souffrance privée », celle de Meghan, comprend-on. Il craint, dit-il, de voir « l'histoire se répéter ». « J'ai perdu ma mère et maintenant je vois ma femme tomber, victime des mêmes forces puissantes. » De quoi me faire m'étrangler avec mon thé et empêcher les sandwichs au concombre de passer. Rebelote, le lendemain, avec cette fois même une plainte de la duchesse contre le *Mail on Sunday* qui a publié dans ses colonnes une missive ingrate à son père mal élevé. Le tout sans passer par les canaux habituels ni la validation de Buckingham. « C'est un jeu que nous ne voulons pas jouer, depuis le début », écrit mon petit-fils, en parlant de la presse. Pas seulement de la presse, je le crains. Bref, mes petits-enfants, bien que trop proches par médias interposés, sont loin. Qu'ils y restent, pris en otages, pourquoi pas, pour quelques jours seulement. Je dormirai mieux dans mon lit chéri de Balmoral.

Pendant ce temps-là, le bouffon Johnson m'amuse par ses moult déconvenues tout en me rassurant sur le Brexit. Cela commence par des excuses téléphoniques, que je savoure, comme il se doit. Le Premier ministre n'a naturellement pas mon numéro de téléphone portable, réservé à l'organisation interne et aux échanges familiaux pour préparation d'événements par messagerie WhatsApp. Échanges que j'ai tendance, je le confesse, à mettre en silencieux ces derniers temps.

Bref. Ma standardiste, Dolina, toque à la porte de notre chambre, à Philip et moi. Mon cher époux est à la chasse et c'est tant mieux : je suis seule à déguster comme du miel les propos du chef du gouvernement.

— Euh, Votre Majesté, euh, madame. C'est le Premier ministre ici…

— Monsieur le Premier ministre ?

— Je vous appelle, euh, je vous dérange, pour vous dire ma désolation suite à la décision de la Cour suprême.

— Qu'est-ce à dire ?

— C'est-à-dire, vous savez, madame, euh, beaucoup de gens disent que je vous ai menti, en demandant la suspension du Parlement…

— Et c'est le cas ?

— Non, euh, non, madame, j'ai simplement commis peut-être une erreur, madame.

— Ah, une erreur ?

— Oui, euh, madame.

— C'est regrettable.

— Vous avez raison, madame, c'est pour ça que, euh, que je le regrette.

Devant mes yeux flotte le portrait imaginé de Johnson au téléphone : piteux, cheveux en bataille comme toujours, en un peu plus blafard et couperosé. Cela ne saurait m'arriver, moi qui soigne ma peau comme on soigne une rose, à grandes lampées de cosmétiques français.

— Merci, Premier ministre.

Je raccroche, sans lui donner le soulagement des excuses accordées.

Revoilà Dolina.

— Merci ma chère. Comment vont vos enfants ?

J'ai beau arborer mon air le plus neutre et le plus royal, elle lit sûrement la satisfaction maligne sur mon visage.

Dans cette série de déconvenues pour Boris Johnson, une autre me réjouit particulièrement, quoiqu'elle confine au vulgaire. Elle s'appelle Jennifer Arcuri. La fille est américaine, ronde, blonde et jolie : une parfaite poupée Barbie. Ancien mannequin et danseuse de *pole dance* devenue chef d'entreprise dans les nouvelles technologies et suit le parcours du Premier ministre depuis huit ans. Parcours parallèles, rencontres plus ou moins fortuites en marge d'événements dédiés à l'électronique et son financement... La jeune femme a croisé le maire de Londres d'alors à des galas de soutien, lui est intervenu lors de conférences professionnelles... Surtout, la mairie de Londres puis l'État ont déboursé des milliers de livres sterling pour les affaires de la donzelle. Addition, dans le *Sunday Times* que je feuillette un dimanche soir, journal dans une main, apéritif dans l'autre. Plus de 100 000 livres d'argent public déboursées pour l'entrepreneuse américaine, rapporte le quotidien. L'information est gouleyante, elle a de la cuisse et m'apporte encore un petit goût de revanche. Surtout qu'il y a là aussi l'arrière-goût, et l'arrière-arrière-goût : le grand Londres ordonne une enquête sur un éventuel conflit d'intérêts non déclaré par l'ex-maire. Lui se défend à la BBC, le 10 Downing Street répond par courrier, la demoiselle dément avoir bénéficié d'une aide quelconque sans pour autant écarter une aventure avec Johnson, le grand Londres estime la réponse du Premier ministre insuffisante… C'est presque du *Dallas*, ce feuilleton américain que je me défendrai toujours d'avoir regardé. Alors qu'avec un puzzle et un Gin & Dubonnet, il n'y a que cela de vrai…

11 octobre. Une petite pensée pour Cornelia alors que j'enfile une magnifique paire de gants noirs. Je porte toujours ses créations lors de mes engagements publics, quand je sais que je vais saisir des brassées de fleurs, recevoir des hommages et serrer des mains passées par Dieu seul sait où. Je porte toujours ses gants, mais Cornelia, elle, n'est plus là. Ma créatrice, d'origine autrichienne, qui a habillé les mains de Diana et de ma propre mère, nous a quittés il y a vingt ans déjà. Porter ses gants pour sortir devient presque un hommage, un souvenir. Alors qu'Angela m'apporte un très *sweet* ensemble bleu lavande, flatteur pour mon teint de retour de vacances. Chapeau fleuri et mocassins plats, me voici parée pour ma rentrée. L'hélicoptère a

atterri hier, il est temps de retourner sur le terrain. Je monte dans ma Bentley, Iain est au volant, avenant, charmant. Comme moi, il aime appuyer à fond sur l'accélérateur. Dans un autre temps, une autre dimension peut-être, Iain et moi aurions pu partager plus que notre amour de la vitesse… Mais nous voilà déjà à Morden, dans le sud de la capitale, et le devoir m'appelle.

Des milliers de mini-Union Jack pour m'accueillir au siège du Haig Housing Trust, propriétaire de centaines de logements adaptés, loués ou vendus aux vétérans britanniques et à leurs familles. À défaut de passer du temps avec mon chauffeur, je discute avec des enfants, rencontre un centenaire, Ken, ancien pilote en Afrique du Nord en 1940. Il paraît que je lui ai envoyé une carte pour son anniversaire. Je souris et acquiesce lorsqu'il m'en parle. Aucun souvenir de ce courrier, bien sûr. Mes secrétaires sont si zélés, souvent je me contente de signer… Bien que Balmoral me manque, cela me fait du bien de discuter avec mes sujets, de les retrouver. Eux, et mon chauffeur.

— Accrochez-vous, madame, c'est reparti !

La banlieue londonienne défile, et moi je savoure ma vitesse capitonnée.

Parenthèse enchantée. Le 14 octobre, il me faut exhiber mon air le plus sérieux pour ce qui n'est au fond qu'une joyeuse pantomime : le discours de la reine, ma première intervention parlementaire depuis plusieurs années. Lecture docile et traditionnelle du discours rédigé par mon gouvernement, ou plutôt *Her Majesty's Governement*, puisque c'est ainsi que l'on désigne l'exécutif dans notre pays.

Pour n'embrouiller personne ici, point de chapeau bleu fleuri de jaune, mais une immaculée robe de cérémonie, et cette longue, très longue traîne de velours rouge, si bien assortie à la belle Chambre des lords. Le Premier ministre a voulu relancer la session parlementaire et me voici, pour ce faire, à déchiffrer comme un mainate les sornettes rédigées par son cabinet, à commencer par la première phrase du discours : « La priorité de mon gouvernement a toujours été de quitter l'Union européenne le 31 octobre. » Suit une série de vingt-six mesures dont plusieurs sont censées mettre en œuvre le Brexit. Nouvelles règles en matière d'agriculture et de pêche, immigration restreinte... Difficile de garder son sérieux, en débitant ce qui est – ni plus ni moins – la liste préélectorale de Boris Johnson. « Une distraction coûteuse et absurde », selon la députée indépendantiste écossaise Johanna Cherry. Balivernes. Je suis assise sous les dorures, face aux députés et aux centaines de lords emperruqués, longue cape de douce hermine, tiare et robe scintillante, collier de diamants, rien que cette délicieuse chorégraphie vaut le coup de lire la liste de courses !

Allez, un autre motif de satisfaction, pour cette rentrée. *Thank God*, le Brexit semble en voie de résolution. C'est ma petite-fille Eugenie qui m'en prévient, le jeudi 17 octobre au matin. Un message en pleine séance de coiffage, alors que je me prépare à partir pour Dieu sait quel rendez-vous associatif, en déplorant avec ma femme de chambre les incendies qui ravagent l'Australie, membre important du Commonwealth. Je l'ai déjà dit, je crois, Eugenie fréquente assidûment les réseaux sociaux. Elle est tombée ce jeudi sur un message du troll européen Jean-Claude Juncker. « Granny, voici une capture d'écran d'un message sur le Brexit. Bonne lecture, à bientôt ! *Many kisses.* » Cette petite sait me parler, moi qui ne comprends goutte aux sites de « micro-blogging » comme Twitter, pourtant très prisés de mes chargés de communication. Entre des messages de starlettes et d'artistes, les lignes du président de la commission s'affichent, bien en évidence : « Où il y a une volonté, il y a un accord ! Nous en avons un. » Mon chef de gouvernement était, il est vrai, sorti tout réjoui de sa rencontre avec le Premier ministre de la république d'Irlande, jeudi dernier.

« Pas possible de donner des détails, disait alors le très brun Léo Varadkar devant les caméras. Rendez-vous positif et prometteur. » Il était question de ne pas avoir de contrôles douaniers entre la province nord-irlandaise et sa République, de contrôler désormais les biens à l'entrée sur l'île d'Irlande. Le blond ébouriffé et le ténébreux convenaient ensemble dans un communiqué qu'ils « pouvaient entrevoir une voie vers un possible accord ». Enfin une quadrature du cercle pour tirer mon royaume de ses tourments ? L'ébouriffé n'a pas souhaité confirmer lors de notre rendez-vous hebdomadaire. Il s'est juste un peu rengorgé : « Comme je dis à mes amis brexiters, le sommet est en vue, mais il reste dans les nuages. » Et de fait, les brexiters et les autres ont défilé pendant des jours au 10, Downing Street, dans une apparente opération séduction pour parvenir à cet accord *in extremis*.

Comme je l'écrivais plus tôt, la loi, où est apposé mon sceau, oblige à trouver un protocole de sortie avec

Bruxelles avant le divorce du 31 octobre. À ce jour, j'ignore comment Johnson, esprit brouillon et désordonné, a pu réussir en quelques semaines à peine là où Theresa May a échoué, c'est-à-dire aux confins de la frontière irlandaise. N'empêche, en ce jeudi 17 octobre, l'évidence est là : les autorités européennes soutiennent donc l'accord Johnson. Les chefs d'État aussi, malgré des questions complexes d'harmonisation de TVA, venues s'inviter en dernière minute dans les discussions.

Mon Premier ministre arrive brinquebalant, bafouillant au micro d'une conférence de presse bruxelloise. Quant à moi, me voilà les yeux rivés sur la télévision en plein déjeuner, tant ce ballet d'hommes en costume sombre et cravate bleue ou rouge m'intrigue et m'interroge. Il y a là les vantardises de Mr Johnson : « Je pense que c'est un très bon accord pour le Royaume-Uni et l'Union européenne. Le royaume quitterait l'Union en restant entier et intègre le 31 octobre prochain. » Il y a aussi la prestance rigide de Michel Barnier, le négociateur européen : « Ce texte devrait fournir de la certitude, partout où le Brexit crée de l'incertitude. [...] L'incertitude a trop duré pour les citoyens. »

C'est la quadrature que je ne m'explique pas, et que le chef du gouvernement ne parvient pas à m'expliquer. L'accord de divorce garde la période de transition, sans changement, jusqu'à fin 2020. Il conserve la « facture » du Brexit, près de 40 milliards d'euros à régler par notre pays. Et surtout maintient les droits des citoyens. Mais la solution nord-irlandaise m'échappe. Je sonne Edward, mon secrétaire privé. Le voilà, sourcils arqués, prêt à tout m'expliquer, lui qui incarne, en principe, le lien entre le gouvernement et moi.

— Edward, j'ai besoin de vos lumières.

— Madame.

— Cet accord proposé par mon Premier ministre, il ne diffère pas vraiment de celui de Theresa May, n'est-ce pas ?

— Non, madame. La seule vraie différence porte sur l'Irlande du Nord et son lien avec le royaume. La province britannique de l'Ulster ne sera pas indéfiniment gardée au sein de l'union douanière européenne.

— Nous sauvegardons donc l'intégrité du royaume ?

— C'est ce que souhaite le gouvernement, madame.

— Et c'est ce qui se passe ?

— Pour préserver le processus de paix et l'intégrité européenne, l'Ulster doit aussi s'aligner sur le marché unique européen.

— Tout cela est affreusement compliqué, comment se fait-il que mon Premier ministre ne puisse me l'expliquer ?

— Je crains qu'il ne le comprenne pas lui-même, madame.

— Merci, Edward.

En quinze ans à Buckingham, le cher brave Edward n'a jamais eu l'œil si hagard et le gras du cou si tremblotant. Quant à moi, je n'y comprends goutte, sinon que des contrôles seraient effectués aux points d'entrée irlandais, y compris depuis le Royaume-Uni. Même configuration, peu ou prou, que pour Theresa May. À la Chambre des communes, même majorité. Face aux ardents brexiters, face à Arlene Foster, pasionaria unioniste irlandaise, face au gauchiste Jeremy Corbyn et à sa barbe pointue, difficile d'imaginer que, pour Johnson, l'histoire ne pourrait se répéter.

Vendredi 1er novembre 2019

Dieu que mes sujets aiment voter ! Depuis le XVIIe siècle, c'est une manie, que dis-je, un trouble obsessionnel, ou du moins pourrait-on le croire, vu les derniers développements politiques du royaume… En quinze jours, trois semaines peut-être, je ne parviens plus à compter le nombre de votes qui ont eu lieu, sans compter ceux, ou plutôt celui, à venir. À commencer par les élections législatives. Car oui, l'ineffable Mr Johnson a bien fini par obtenir la convocation de ce scrutin qu'il appelait de ses vœux – ou était-ce du bluff ? – depuis des semaines déjà. Travaillistes et libéraux démocrates ont craqué après le report du Brexit au 31 janvier 2020. Car oui, le Brexit est reporté et n'aura donc pas lieu le 31 octobre comme prévu, mais je vais un peu vite peut-être, procédons par étapes.

Ce samedi 19 octobre, c'est jour de grand défilé pour les opposants au Brexit. Encore un, mais celui-ci submerge littéralement les rues de Londres. Une marée bleue étoilée déferle dans les rues entre Hyde Park et la Chambre des communes, ils sont si nombreux que certains s'égarent sous mes fenêtres de Buckingham. Je crois voir depuis ma chambre un étrange militant déguisé en brocoli – ces pro-européens sont parfois curieux –, une activiste aux brillants cheveux bleus, et cette bannière « Préparez-vous à un vote populaire ». Ceux-là veulent un deuxième référendum. Pour mon peuple, aller aux urnes ou tout du moins se prononcer à main levée semble devenu presque une seconde nature…

Marée humaine sur Parliament Square, donc, impossible de bouger un orteil, me rapporte l'un de mes conseillers. La Chambre des communes, les pieds dans l'eau bleue-Europe, plus encore que dans la Tamise. Et pendant ce temps, le luisant Rees-Mogg et Boris Johnson, lui-même exceptionnellement coiffé pour l'occasion, entendent faire adopter l'accord convenu avec Bruxelles. Mes députés sous les boiseries un samedi, on n'avait pas vu cela depuis Mrs Thatcher et sa guerre des Malouines, c'est dire l'enjeu. Ils sont là, à se faufiler dehors pour certains, si j'en crois ce que me montre « Auntie » BBC. Les discours s'enchaînent sur Parliament Square pour vouer aux gémonies le Brexit, appeler de leurs vœux une nouvelle consultation populaire. Une brusque averse arrose la foule, mais personne n'envisage de quitter les lieux.

À l'intérieur, dans l'ombre de Big Ben, le grain de sable qui grippe la Chambre des communes a une allure pour le moins débonnaire. Il s'appelle Oliver Letwin, diplômé d'Eton, élu conservateur, cravate à pois sur chemise à carreaux, sa seule touche apparente d'excentricité. Mais ce respectable monsieur déteste qu'on lui force la main, et a déposé l'amendement qui va faire capoter le système Johnson. Le document figure dans l'une de mes boîtes rouges, mon outil de travail de souveraine. Au-delà des termes techniques, et après traduction d'Edward, il s'agit concrètement de réclamer un examen parlementaire en détail de la loi de transposition du Brexit dans le droit britannique. La voilà, la subtilité. Ce samedi 19 octobre, les pro-européens bleuissent de mécontentement et les brexiters durs exultent au premier tour de vote, quand les députés adoptent, enfin, l'accord sur le Brexit. Mais au deuxième, les drapeaux étoilés s'agitent et les klaxons sonnent : la non-majorité du Premier ministre vient de dire oui à l'amendement Letwin. Fini, la perspective d'un divorce avec l'Union européenne avant le 31 octobre. Boris Johnson disait qu'il eût préféré « être mort dans un fossé » plutôt que de différer le Brexit. Peine perdue. Les ministres les plus adeptes de la sortie de l'Union européenne s'échappent par l'arrière de la Chambre des communes, sous protection policière, pour échapper au fracas des pro-bruxellois. Pour bien comprendre ce qui se prépare, j'ai besoin d'un éclairage de Boris Johnson, si tant est qu'un tel être puisse éclairer quoi que ce soit.

Dans sa garçonnière de Sandringham, Philip n'anticipe pas la même issue que moi.

— C'est bien simple, mon chou, Boris Johnson a écrit une lettre pour expliquer aux Européens pourquoi il ne veut pas d'un nouveau délai pour le Brexit !

— C'est fâcheux, car il me semble que la loi validée par mon sceau l'oblige à une démarche contraire.

— Vous avez regardé Auntie comme moi, mon chou, vous avez entendu ce qu'a dit le Premier ministre.

— Assez peu je dois dire, dans le brouhaha et les huées.

— Le Premier ministre a dit : je ne négocierai pas un délai et la loi ne m'y oblige pas.

Je raccroche sèchement, un peu agacée que Philip contredise ce que j'ai moi-même compris : le Brexit serait bel et bien reporté, lettre de demande gouvernementale à l'appui. Et ce n'est pas Johnson qui me mettra au clair sur la situation. Le mercredi suivant, vêtue de ma moins intimidante tenue bleu pâle, comme un écho velouté aux couleurs des conservateurs, je tente la douceur et la modestie pour tirer du gaillard l'explication que j'espère.

— C'est que, voyez-vous, cher Premier ministre, à mon âge, on ne comprend plus tout…

— Comment osez-vous dire cela, euh, madame, vous êtes dans la plus belle fleur de l'âge !

— Mais ces deux lettres envoyées à Bruxelles ?

— Je vous l'ai dit, euh, madame, plutôt mourir dans un fossé que reporter le Brexit.

— Certes, mais qu'en est-il de ces courriers ?

— Euh, une simple concession de façade faite à Bruxelles, madame.

Le mystère s'épaissit, jusqu'à ce que mon secrétaire Edward m'en livre la clé : le chef de mon gouvernement a bien écrit deux lettres aux autorités européennes. L'une avec en-tête et signée, pour refuser de rester plus avant dans l'Union européenne. L'autre, simple photocopie sur papier blanc, pour demander un report, comme la loi l'y oblige. Je dois concéder à mon Premier ministre qu'il sait me surprendre, malgré l'âge et l'expérience. N'empêche : il y a donc eu un vote sur le vote. Puis il y aura un autre vote. On s'y perd.

Quelques jours plus tard, les jeux sont faits. Le Parlement refuse d'examiner le contrat du divorce en accéléré. Nouvelle furie, insultes et chantage de Boris. Alors, Philip, qui avait raison ?

Nous ne sommes pas au bout de nos peines. La « flextension » est de retour dans nos journaux et s'affiche en lettres grasses sur toutes les unes. Et il ne s'agit pas là d'un nouveau mouvement de gymnastique pour un Premier ministre soudain au régime. C'est à nouveau la troisième voie choisie par Bruxelles pour autoriser le report supplémentaire du Brexit. Si je n'avais pas suivi, je me croirais dans un roman de Margaret Atwood, cette auteure à qui je viens de remettre la médaille de l'ordre des Compagnons d'honneur. Elle raconte dans ses livres que je cache parfois sous mon sommier une société effrayante de classes et d'hommes dominants dirigeant à leur guise des femmes asservies. Par ailleurs, cette cérémonie de remise de décoration fut une réussite. Un bain de normalité en plein tumulte, pour moi, dans cette splendide salle Waterloo de Windsor, celle où se raconte en tableaux la défaite de Napoléon. Bref. Margaret Atwood, malgré son imagination, n'aurait pu inventer un dispositif aussi complexe et tordu que celui imaginé par les Européens. Le B Day, Brexit Day, jour du Brexit, est renvoyé au 31 janvier, comme le voulaient l'Allemagne et l'Irlande. Mais comme le réclamait la France, le délai sera court si mes députés valident finalement l'accord de sortie. Extension flexible : elle s'interrompra dès que le Parlement donnera son assentiment – s'il le donne. « S'ils veulent plus de temps pour examiner cet excellent accord, ils peuvent en avoir, mais ils doivent accepter une élection législative », pérore mon Premier ministre à la télévision, à la Chambre et sur les réseaux sociaux. Peine perdue.

C'est là qu'intervient le plus beau, je trouve. Ce 29 octobre est jour de corvée. Je passe ma journée à recevoir de nouveaux ambassadeurs et envoyés spéciaux dans mes appartements, car chacun, à son arrivée au Royaume-Uni, est supposé se présenter à la reine. Franchement, il s'agit de me montrer avenante, mais il est certain que je ne retiendrai pas leurs noms. Il y en a en tout cent soixante-dix à Londres, autant dire que le défilé ne s'arrête jamais, avec toujours pour moi cette contrainte de ne rien dire tout en conversant de façon cordiale. Avec l'accord d'Angela et vu ma fatigue générale, je n'ai fait aucun effort particulier : une robe plus ou moins bleue et imprimée, déjà portée, et descendue de mon dressing sans autre forme de procès. Petits escarpins noirs, on ne peut plus classiques. Pour les bijoux, c'est perles, comme toujours, les seules à m'accompagner tout au long de cette journée. Poignée de main, discussion polie, les représentants défilent et je m'impatiente. J'ai envie de jouer au sudoku et d'enfiler ma belle robe de soirée. C'est un vrai bleu, un bleu profond, qu'Angela a choisi pour cette soirée du Queen Elizabeth Jubilee Trust. Deux cents soignants venus de toute notre grande famille du Commonwealth, pour saluer le succès de notre fondation, à moi et Sophie Wessex, ma bru. Cela faisait bien longtemps qu'on n'avait pas donné une telle fête à Buckingham, et la cause en est fort louable : promouvoir de jeunes leaders et lutter contre la cécité prédictible. Dirigeants en costume sombre et dirigeantes en tenue traditionnelle, lumières et pampilles, la soirée bat son plein, le champagne pétille. Une coupe à la main, je discute avec ma co-patronne, la comtesse. Pourvu qu'on ne nous entende pas, car il n'est pas question de charité, mais de spectacle et de politique. Les ratés de la démocratie nous étonnent, nous fatiguent et nous amusent tout à la fois.

— Vous avez vu, Sophie, le regard de Jeremy Corbyn lorsqu'il a annoncé qu'il acceptait des élections législatives anticipées ? « C'est la fin du débat et on est là pour gagner » ! C'est cela qu'on appelle pétiller !

— Comme votre champagne, madame.

On rit. Avec son éternelle allure de professeur d'histoire en lycée public, le patron des travaillistes a effectivement fait bouger la situation. D'accord pour des élections, et pour organiser en cas de victoire un nouveau référendum sur le Brexit.

— Le public aime voter, n'est-ce pas, Sophie…

— Une chance que vous ne le fassiez pas, madame, avec tous vos engagements et patronages vous ne trouveriez pas le temps pour toutes ces échéances électorales !

— En attendant, le Premier ministre a réussi à mettre d'accord les travaillistes, les pro-européens libéraux démocrates et les indépendantistes écossais. Tous contre lui. C'est sa plus belle performance à ce jour !

— Chuuut, Votre Majesté, s'esclaffe Sophie, imaginez si l'on nous entendait !

Cette adorable Sophie ! À cinquante-cinq ans, elle semble presque virginale dans sa jolie robe blanche, et elle donne en début de soirée un discours tout à fait plaisant pour rendre hommage à notre œuvre commune. Elle m'y appelle même « maman », et j'hésite, pour être franche, entre trouver cela tarte ou charmant. C'est attendrissant en tout cas et cela réchauffe, quand les terribles Sussex, eux, prévoient de passer Thanksgiving outre-Atlantique et ternissent notre réputation à la télévision.

Heureusement que le petit théâtre politique et les soirées mondaines sont là pour me distraire. On attendait le documentaire de réhabilitation de mon fils

Charles en son duché de Cornouailles, à la fin octobre. On a eu « Harry and Meghan : an African journey », le procès déguisé des Windsor par leur jeune génération, dix jours plus tôt. Heureusement qu'Edward Young est là, aussi, pour me résumer le documentaire diffusé ce dimanche 20 octobre, sur ITV. Afin de ménager ma santé et la douceur de mes soirées, je refuse d'en regarder l'intégralité à la télévision, mais mon secrétaire privé a compilé quelques extraits, et je dois avouer qu'il y a là de quoi se resservir un Gin & Dubonnet. Harry filmé en face de la caméra, lors de son voyage en Afrique du Sud, admet, tout en non-dits, ses tensions avec son frère William. « Nous sommes sur des chemins différents. [...] En tant que frères, vous savez, on a des bons et des mauvais jours. » La petite duchesse difficile, elle, manque de pleurer en évoquant sa maternité : « Peu de gens me demandent si je vais bien. » Le tout sur fond de dénonciation de la « pression » des tabloïds, de la « pression » mise sur la famille.

Bip bip ! Mon téléphone sonne, message du prince William qui ne goûte pas, semble-t-il, les confessions de son frère. « Granny, je ne comprends pas ce que Harry veut dire et je suis très mécontent. » Le petit bonhomme jaune grimaçant à la fin de son message en dit long sur son humeur. Les yeux plissés, le nez froncé, je tente de pianoter à mon tour. « Du calme, tu es un héritier du trône. Signé : Granny. » Dire que leur père, qui n'est pas là pour les recadrer, est en vadrouille au Japon pour représenter le royaume et défendre ses obsessions environnementales... Ce sont – encore – les femmes qui tiennent la maison. Sophie et moi-même, bien sûr, mais aussi Camilla, qui remet le prix de l'essai littéraire, Anne, chargée d'une cérémonie de décorations...

Fort heureusement, William, plein de raison, opte le lendemain pour une communication modérée : il s'inquiète, selon la presse, pour la « santé mentale » de son frère. En réalité, il est très en colère et mon humeur n'est pas meilleure. L'obsession de mon petit-fils Harry et de cette actrice à nous renvoyer encore et encore vers le funeste passé de Diana me peine. Et cette victimisation pernicieuse, ce comportement d'enfant gâté me mettent hors de moi. De colère, je renverse sur la console le cadre métallisé de Harry et Meghan, et leur sourire éclatant de dents trop blanches. La vitre se casse. Sept ans de malheur ! Pour eux, ou pour nous ?

Vendredi 13 décembre 2019

Sept ans de malheur. C'était pour nous tous, semble-t-il. *A minima* cinq ans de mandat, en tout cas. Boris Johnson et ses conservateurs « modernisés » restent. Écrasante victoire électorale. Les tories tutoient les niveaux triomphants de l'échelle Thatcher, avec une majorité à trois cent soixante-cinq sièges sur six cent cinquante députés. Un par jour de l'année. Le calendrier de l'avent du Brexit, peut-être ?

Dans son éternelle veste mal ajustée, mon toujours interlocuteur fanfaronne. Cravate à motifs autour du cou, cernes jusque par terre, mais résolu comme on ne l'avait pas vu depuis un moment. Il semble loin, le temps ou mon Premier ministre candidat, en visite dans une laiterie du Yorkshire, courait se cacher dans un frigo pour échapper aux questions d'un journaliste. C'était pourtant il y a deux jours à peine. Ce matin, Mr Johnson promet un nouveau système d'immigration à points, des peines plancher, un royaume uni et verdi, et surtout le Brexit. Et le voilà qui plaisante. « *Let's get Brexit done but first let's get breakfast done !* » Traduction : « Faisons le Brexit, mais d'abord faisons le petit déjeuner ! » Quant à moi, je mâche rageusement mes cornflakes pour couvrir cet intempestif babil. Ce discours donné à 7 heures du matin m'a forcée à avancer mon réveil et a fait rater mon habituel concert de cornemuse matinal. Cela me met de fort méchante humeur, d'autant plus que l'intéressé promet à nouveau le Brexit, « pas de si, pas de mais, pas de peut-être » et qu'il débarque ensuite dans ma salle d'audience, mèche en bataille, avec ses gros sabots sur mon tapis français.

— Monsieur le Premier ministre, après les résultats de cette élection générale, je vous félicite et vous demande de former un nouveau gouvernement.

— Euh, merci madame.

Il passe sa main derrière sa tête, dans le désordre de sa tignasse paille.

— Mais cher Premier ministre, je vous ai entendu dire que vous ne preniez pas pour acquises les voix travaillistes que vous avez récoltées. Il est vrai que plusieurs circonscriptions travaillistes sont passées dans votre camp.

— Oui, madame.

Il se rengorge.

— Je comprends que cela traduit une volonté d'union.

— Naturellement, madame. Euh, je suis votre Premier ministre et celui de tout le Royaume-Uni.

— Et comment comptez-vous faire ?

Silence, entre tapis, dorures et tableaux. Il fallait bien lui remettre les pieds sur terre, je n'allais tout de même pas le laisser l'emporter de la sorte !

L'abandon du bruyant Farage dans plusieurs circonscriptions, sans même un accord électoral, a ramené des voix et des élus du Brexit party dans le sérail conservateur. Débâcle des adversaires : l'impudente libérale-démocrate Jo Swinson, persuadée qu'elle pouvait devenir Premier ministre, et donc incapable d'alliance pour barrer la route à l'ébouriffé ; la susceptible unioniste nord-irlandaise Arlene Foster, qui a bien compris que le nouvel accord Brexit signifiait une frontière maritime entre nous et l'Ulster ; Jeremy Corbyn, sa vieille barbe, et ses excuses trop tardives pour l'antisémitisme dans son parti, qui ont fait fuir les cadres et les électeurs. Corbyn, son « socialisme révolutionnaire bolivarien », *dixit* mon Premier ministre, et sa position acrobatique sur le Brexit aussi : il fallait, selon le chef de l'opposition, renégocier un accord de divorce avec Bruxelles, puis appeler à un référendum sur ce même accord, sans que le parti travailliste lui-même affiche sa position. Folie. Le chef du parti travailliste n'a-t-il pas saisi le trop-plein qui submerge mon peuple ? Indigestion de Brexit à toutes les sauces, nous ne souhaitons, moi comprise, que voir ce moment de l'Histoire mis derrière nous. Le chef de mon gouvernement, lui, s'est fait discret. En dehors de quelques phrases et vidéos bien senties, il s'est caché loin des questions inopportunes, il a snobé plusieurs débats et entretiens, remplacé même, en une occasion, par une statue de glace, fondant sur le plateau, lors d'une soirée de Channel 4 consacrée au réchauffement climatique.

Même le tragique attentat de London Bridge il y a quinze jours et ses deux morts ont, dans un sens, aidé Boris Johnson dans ce scrutin. Il a permis aux conservateurs de jouer leur partition sur la sécurité, et contre la libération anticipée des terroristes condamnés.

Le chef du gouvernement a tout promis. Sur le Brexit : « mettre le Parlement au travail », faire déferler sur le pays « un flot d'investissements », pas de rallongement de la période de transition, ce purgatoire entre appartenance à l'Union et rupture. Pas de nouvelle frontière ni donc de contrôles douaniers entre Angleterre et Irlande du Nord. Mais aussi : des baisses de taxes, et tout en même temps de l'argent pour les trains et les pubs dans les villes pauvres du royaume. Tout promis, quitte à parodier la comédie romantique *Love Actually*, aller sonner à la porte d'une électrice et lui annoncer par pancartes interposées que s'il l'emportait, le Brexit serait bientôt terminé. Boris Johnson, Hugh Grant du prolétaire.

Boris Johnson a donc gagné et le voilà grisé par son score, galvanisé par ses événements de campagne : mur de briques en polystyrène abattu par une pelleteuse estampillée « faisons le Brexit », tarte enfournée sous l'œil gourmand des caméras pour illustrer cet accord Brexit « prêt à mettre au four »... Les journaux racontent qu'évidemment la tarte n'a pas cuit en quelques secondes et que, pour permettre à la démonstration de durer le temps d'un format télé, le chef du gouvernement avait dès le départ sous la main une tarte crue et une tarte cuite. Boris Johnson, maître de l'esbroufe. Avec lui, mon chargé de communication Donal McCabe a de quoi s'inspirer. L'ex et futur chef du gouvernement a contourné les obstacles et cela le fait marcher sur l'eau. Au placard, le fameux rapport russe, maintes fois réclamé par les travaillistes, censé révéler les interférences du Kremlin dans notre politique à nous, Britanniques. Oubliée, cette scène ridicule où mon Premier ministre tentait de passer la serpillière dans une boutique du Derbyshire pour faire oublier qu'il avait sous-estimé les inondations. Négligé, ce conflit d'intérêts avec l'entreprenante entrepreneuse Jennifer Arcuri, pourtant invitée à la télévision en pleine campagne pour s'adresser au candidat Johnson : « Je n'ai été que loyauté […] j'ai gardé tes secrets, j'ai été ton amie et je ne comprends pas pourquoi tu m'as ignorée et bloquée comme si j'étais un coup d'un soir, […] un vulgaire Gremlins. » Et aux oubliettes, ces excuses penaudes de Boris Johnson sur le non-respect de la date du Brexit le 31 octobre, objet de « profonds regrets » pour l'ineffable ébouriffé. Il l'avait dit le 6 novembre : « Je ne veux pas d'élections, personne ne veut d'élections, mais nous en sommes arrivés au stade où il n'y a pas le choix. » Il avait refait le film, toujours selon le même scénario éculé : mon gouvernement contre mon Parlement, en oubliant qu'entre les deux, mes sujets comme moi-même, la reine, nous retrouvions coincés. Aujourd'hui, il est là, ravi. Et – Dieu faites que personne ne tombe par accident sur ce journal ! – il m'agace.

J'asticote le Premier ministre. Ainsi donc le Brexit aura lieu, non sans mal. Et avec en toile de fond les Écossais forts de leur succès dans les urnes, et des treize sièges supplémentaires du SNP indépendantiste, qui réclament un nouveau référendum sur le « Scot-xit ». Frisson de dégoût. Là-dessus, Boris Johnson et moi sommes d'accord, pas question de démembrer notre beau pays. D'ailleurs Philip serait bien trop vexé de voir s'envoler son titre de duc d'Édimbourg.

Philip, parlons-en, tiens. Voilà trois semaines qu'il me bat froid. Reclus à Sandringham entre promenades, chasses et carriole, il refuse de prendre mes appels. Il faut se rendre à l'évidence : mon prince charmant et haut gradé militaire boude. Il a été tout à fait clair dans notre dernier coup de fil, à la mi-novembre.

— Lilibeth, je savais bien qu'il y avait quelque chose avec Porchy !

— My God, mais quelle idée, mon cher, où allez-vous chercher tout cela ?

— C'était à la télévision pas plus tard qu'hier !

Je dois admettre que j'ai eu un petit faible, autrefois, pour mon directeur des courses, Lord Porchester. Mon ami d'enfance, baron, et aussi amoureux que moi des chevaux de toutes sortes. Beau garçon en son temps, ce qui ne gâche rien. Mais le cher Porchy nous a quittés depuis longtemps, et il n'avait ni la prestance ni l'éclat de Philip. Avec lui, nul écart ne fut commis, nulle infidélité, même en pensée. Alors d'où m'arrive la colère de Philip, et qu'irait y chercher la télévision ?

Je l'ai compris, quelques jours plus tard, autour d'un thé et d'une conversation avec ma dame de compagnie, Lady Susan Hussey.

— Regardez-vous *The Crown*, madame ? Olivia Colman, qui joue votre rôle, est absolument formidable.

— Mais non, Lady Susan, je n'ai pas de temps pour ce genre de distraction.

Elle plonge le nez au fond de son thé au lait, dans un silence écrasant. Voyant son embarras, je consens à m'exposer pour la réconforter.

— Disons que je n'ai pas eu le temps de voir la troisième saison.

Un éclat rieur vient réveiller ses yeux tristes et cernés. Le soulagement de Lady Susan est évident. Elle n'ose pas plus s'avancer sur le sujet et c'est moi qui le rattrape au vol.

— L'histoire est somme toute distrayante. Mais on est souvent loin de la vérité.

— Comme vous le dites, madame. Cette relation supposée avec Lord Porchester, notamment !

Nous rions toutes les deux. Sitôt la dernière goutte de thé avalée, et le dos de Lady Susan tourné, je me précipite sur la télévision. C'était donc cela ! La série décrit la proximité de cette reine-là avec son directeur des courses, au point qu'on croit deviner une intimité. Horreur. Je rappelle Philip, sans réponse ce jour-là.

Début d'une série de déconvenues. La défaite de l'Angleterre face à l'Afrique du Sud en coupe du monde de rugby en est une. Tout comme la décision du gouvernement sur l'affaire Arcuri, cette jeune et vulgaire entrepreneuse supposément arrosée d'argent public par mon Premier ministre. Donner à la donzelle une subvention de 100 000 livres était finalement « approprié », juge le gouvernement. *My foot.*

Mais le pire m'arrive encore une fois du front familial.

Il y eut pourtant un beau moment d'unité, le dimanche 10 novembre, journée du Souvenir dédiée aux anciens combattants. Une assemblée tout de noir vêtue, coquelicot épinglé sur le cœur : vétérans, ministres, anciens ministres, et ma famille donc, les épouses de mes deux petits-fils, plus élégantes l'une que l'autre, en robe sombre et bibi, cette brave Camilla, la tête emplumée, et Charles, chargé de déposer en mon nom une couronne de fleurs au pied du monument aux morts. Depuis le balcon, nous l'observions. Cette unité familiale, cet hommage à ceux qui se sont battus pour notre royaume… Boris Johnson n'a pas réussi à gâcher ce moment, même en posant sa couronne de fleurs à l'envers et trop tôt au pied du cénotaphe. Seul Philip manquait et, je dois l'avouer, les émotions ont débordé. Une larme, une toute petite. De celle que vous ne verrez que rarement perler à mon royal regard. Il ne m'est pas permis d'avoir des émotions. Sauf quand elles peuvent être unanimement partagées. Un joli moment donc, et soudain, le coup de massue. Harry, ma fripouille royale, ne passera pas Noël à nos côtés à Sandringham.

Le message me parvient mi-novembre par la secrétaire privée des Sussex, Fiona. Une blonde, souriante et affable, « servante de la Couronne, diplomate, aspirante super-maman », prétend son profil sur le réseau social Twitter. Balivernes ! Si cette effrontée était une vraie servante de la Couronne, elle ne me priverait pas de mon petit-fils préféré pour les fêtes. Fiona appelle donc Edward, mon propre secrétaire privé. Tractations, discussions, explications. Le jeune couple est fatigué par son nouveau bébé. Il n'a pas vu depuis longtemps la grand-mère, Doria, cette demi-hippie. D'ailleurs, avance Fiona, avant les Sussex, les très parfaits Cambridge, eux aussi, avaient déjà fait l'impasse sur le thé-messe-dîner de Noël à Sandringham. À quoi je répondrais bien que William et Catherine ne nous ont jamais privés de leur présence quand leur premier enfant était nouveau-né. Cela se solde par un coup de fil de Harry lui-même.

— Granny, vous comprenez, nous avons eu beaucoup d'attention avec notre procès, nous voulons faire profil bas. Et puis Archie a besoin de voir Doria, c'est sa seule grand-mère.

Volonté de discrétion et le souvenir de Diana en filigrane… Comment refuser ?

Je finis donc par me fendre, avec Edward, de ce communiqué :

« Le duc et la duchesse de Sussex se réjouissent de passer plus de temps en famille à la fin de ce mois. Ayant passé les deux derniers Noëls à Sandringham, leurs altesses royales vont retrouver cette année pour les vacances, en tant que nouvelle famille, la mère de la duchesse, Doria Ragland. Cette décision est dans la droite ligne de précédents déjà posés par d'autres membres de la famille royale et elle a le soutien de Sa Majesté la reine. »

Soutien est un bien grand mot. Je me souviens de Harry à la sortie de l'office, petit poil de carotte haut comme trois pommes, en manteau bleu ciel et gants blancs, accroché au large pardessus de sa maman. Ses yeux étincelants devant cadeaux et sapins. Et déjà, déjà les disputes avec son frère, jugé plus beau à l'époque, revêtu lui d'un costume de grand, celui d'héritier du trône, tout simplement. Je secoue pensivement une sphère transparente que Harry m'a rapportée un jour d'un voyage en Afrique du Sud. Une neige pailletée tombe en silence sur les baobabs. Et sur mon cœur.

Mais au-delà de la mélancolie, gaffes et furie, la pire calamité familiale m'arrive encore une fois d'Andrew, victime d'une nouvelle salve d'attaques concernant ses mœurs. Il avait pourtant commencé le mois fringant et chic, dans un hôtel de Bangkok, par un discours sur l'entrepreneuriat. Vu le contexte, la Thaïlande semblait un curieux projet de déplacement, mais enfin, une fois les excuses faites, je croyais ces sordides accusations oubliées. Erreur. Une interview télévisée de cette Virginia Giuffre se préparait. Andrew a voulu contre-attaquer, et il a convié la BBC au cœur même de mon palais de Buckingham. Sans m'en avertir, au départ, en catimini, comme un adolescent. Des projecteurs de milliers de watts immaculés, sur un tapis persan, fauteuils rouges et dorés, Andrew, mal maquillé et cravate un peu décalée, et en face de lui la blonde Emily Maitlis, en veste officier, prête au combat. Et c'en fut un, mais le mien. Le combat d'une mère forcée de constater son échec, trop préoccupée peut-être par son devoir de droit divin pour élever sa progéniture. Et le combat d'une reine inquiète face au danger que son propre fils fait courir à la monarchie. 16 novembre au soir, devant la télévision, dans mes appartements privés. J'ai appris la diffusion de l'entretien il y a quelques heures seulement, par un appel d'un collaborateur d'Andrew. Une politesse, dans la mesure où l'interview a déjà eu lieu et ne peut donc qu'être diffusée. Exceptionnellement donc, mon secrétaire privé Edward m'a rejointe pour la séance de torture. Tant pis s'il me trouve en pantoufles et bigoudis, il m'est impossible de regarder seule ces quarante-neuf minutes. Mes armes s'appellent champagne et chocolats à la menthe, de quoi, je l'espère, survivre à cette heure embarrassante. Rétrospectivement le mot « embarrassant » est loin de la réalité.

Sur l'écran, cheveux argentés et poches sous les yeux, mon fils se débat avec sa réalité.

Pourquoi l'interview, maintenant ? l'interroge Emily Maitlis. « Parce qu'il n'y a pas de bon moment pour parler de Jeffrey Epstein et de tout ce qui lui est associé », répond curieusement Andrew. Mon cadet dément toute relation avec la jeune plaignante. « Je ne me souviens pas de l'avoir rencontrée. » Mais encore : « Cela n'a pas pu se produire le jour qu'elle a dit, le 10 mars, car j'étais à la maison avec les enfants. » Comment s'en souvient-il ? « Ce 10 mars, pour fêter un anniversaire, j'ai emmené les enfants au Pizza Express de Woking, quelque chose d'inhabituel chez moi. » Il sourit presque : « Très inhabituel. » Comme si pizzéria ne devait jamais rimer avec royauté. Emily Maitlis évoque cette photo, montrant mon fils avec la compagne d'Epstein et Virginia Giuffre, tout sourire. « Je n'ai aucun souvenir du moment où ce cliché aurait été pris. – Vous vous reconnaissez ? – Difficile de ne pas se reconnaître. Mais est-ce ma main autour de sa taille ? Est-ce la bonne position ? » La photo serait truquée, donc ; voilà la ligne de défense. Andrew explique qu'il n'a jamais été homme à faire beaucoup la fête – mensonge, même moi je le sais –, et mon cadet m'apprend, à moi, sa propre mère, qu'il ne transpire plus depuis la guerre des Malouines, alors que la plaignante le décrivait, suant, lors des actes dont elle l'accuse. « Les démonstrations d'affection, ce n'est pas quelque chose que je fais. »

Sur le divan, mon secrétaire, qui a vu comme moi passer les images d'Andrew entre soirées arrosées et danse collé serré, devient rouge, jaune, puis vert. De mon côté, je me rappelle le sulfureux Epstein invité par mon fils à Sandringham et une onde de dégoût me glace les os.

À l'écran, Andrew reste calme et il explique. Son séjour new-yorkais chez Epstein en 2010 ? Il était destiné à rompre leur amitié. « Ce n'était pas la bonne chose à faire… Mon jugement a été brouillé par ma tendance à être trop honorable. » Des regrets ? Pas le moins du monde. Mon fils note qu'Epstein « avait un talent pour faire se rencontrer des gens extraordinaires ». « Est-ce que je regrette qu'il se soit évidemment conduit de manière inconvenante…, ose-t-il commencer – Inconvenante ? s'insurge la journaliste. C'est un agresseur sexuel ! – Je cherchais à être poli… »

Tout occupé à se défendre, mon fils oublie les victimes. Pas un mot d'empathie envers celles qui auraient été blessées.

— Angela ! Il me faudrait de la couleur, de la gaîté demain pour me rendre au service religieux !

Angela choisit du bleu turquoise, royalement seyant. Pas suffisant pour me redonner le sourire, pour les appareils photo, à l'arrière de la Bentley. L'appel de mon fils n'y parvient pas non plus. « Allô, maman ? Ça s'est plutôt bien passé, qu'en pensez-vous ? » Hier encore, il prétendait lors de son entretien que la reine n'était pas « dérangée » par l'affaire Epstein. Symbole même de la déconnexion qui tue la royauté et risque de nous aliéner le public britannique. Si je n'étais pas si bien élevée, je lui raccrocherais au nez.

Les journaux s'entassent sur la table du petit déjeuner à Windsor et tachent mes doigts d'encre grise. Leurs unes qualifient l'entretien de « désastre nucléaire ». « Pas de transpiration et pas de regret », moque le *Sunday Mirror*. « J'ai un alibi pizza », s'esclaffe le *Sunday Times*. Le « Duc des porcs » titre le quotidien *Metro*. Le *Daily Mail* s'étonne : « Pas un seul mot de remords », et le quotidien ressort des photos de fêtes privées, pétillance et mannequins peu habillées, auxquelles Andrew participait. Lui fait savoir par ses proches, Sarah Ferguson et les autres, qu'il plaint « évidemment » toutes les victimes du financier décédé. « Évidemment » mais trop tard.

« Allô, Andrew ? »

Il a finalement compris, lui aussi.

« Le communiqué est déjà rédigé, maman. Je vous laisse le valider avec Edward. »

Le texte est court mais tout y est : Andrew reconnaît que son amitié avec Epstein gêne le travail de sa famille et le sien. « C'est pourquoi j'ai demandé à Sa Majesté si elle m'autorise à abandonner mon rôle public pour le futur proche, et elle m'a donné sa permission. »

Façon polie d'avouer qu'il n'avait pas le choix.

Andrew fait enfin part de son empathie pour les victimes et de son vœu d'aider l'enquête.

Très bien. Mais trop tard. Mille questions tournent dans ma tête. Il faut cependant faire bonne figure. Enfiler mon bel ensemble en tweed rose, ma broche en diamant, afficher une mine réjouie et rejoindre un homme qui, lui, œuvre pour l'avenir : Sir David Attenborough, qui a mon âge certes, mais se préoccupe de l'avenir de notre planète et de nos océans. Il a bien mérité sa décoration, après sa série *Planète bleue*. Je lui remets une médaille, enrobée d'un petit discours : « Pour ceux d'entre nous qui appartiennent à une certaine génération, cela fait plaisir de prouver que l'âge n'est pas une barrière à l'influence positive. » Et inversement, n'est-ce pas Andrew ? Quoique l'adolescent gâté commence à se faire vieux, il reste malgré tout mon tout petit enfant.

Le 2 décembre, je laisse volontairement mon poste éteint, je refuse de lire les journaux pour échapper au scandale. Virginia Giuffre, à la télévision, répète ses accusations : elle a été « forcée » d'avoir des relations sexuelles avec mon fils lorsqu'elle était mineure. « C'est une histoire d'abus sexuel commis par un membre de la famille royale britannique » articule-t-elle, les yeux brillants. Elle « supplie » mes sujets de la soutenir et dénonce les « excuses ridicules » d'Andrew. Voilà ce que m'en rapporte mon secrétaire privé Edward, et c'est déjà beaucoup trop.

Mon fils, cet adolescent déconnecté, n'aura pas sa grande fête d'anniversaire en février. Il n'a plus sa place à la table des grands de la royauté. Mais il l'a toujours à Windsor, cœur couronné de la famille et symbole de mon cœur à moi. Quelques jours plus tard, nous chevauchons ensemble dans le parc sous un crachin tout britannique. Andrew sourit :

— Maman, d'après vous, combien de temps dure le futur proche ?

Humour britannique. Qui, en l'occurrence, m'irrite prodigieusement.

Ne faut-il donc dans ce monde compter que sur les femmes ? Quand je vois les tensions familiales, les mensonges et les lâchetés, cela me console de songer à Sophie Wessex, solide et vertueuse épouse de mon fils Edward, et de l'imaginer en déplacement à New York, encourageant les femmes de la finance à devenir des exemples pour d'autres, à jouer les mentors. Voilà une cause à défendre. J'aime penser aussi à la belle Zara, fille d'Anne, championne d'équitation et bientôt directrice de l'hippodrome de Cheltenham. Une patronne, une vraie. Et Kate, la très parfaite, doudoune rouge, pull vert, immense sourire étincelant au milieu des sapins de Noël et des enfants, lors de ce déplacement pour assurer ma succession à la tête de Family Action, association d'aide aux familles en difficulté. Le salut serait donc féminin ou ne serait point. Là-dessus, je serais tombée d'accord, je crois, avec Elizabeth, la reine mère.

Il y a quelques semaines, j'ai joué de la pelle dans le Kent, pour un événement organisé par l'industrie de la Légion royale britannique. Les organisateurs m'ont fait enterrer une capsule temporelle, contenant le journal le *Times* mais aussi un message de ma main. Des reliques qui ne seront découvertes que dans cent ans. Officiellement, ma missive est la suivante : « Aujourd'hui est un moment de célébration, mais aussi de réflexion, sur les sacrifices faits par les forces armées en temps de besoin. » Officieusement, j'ai rajouté en post-scriptum un message de l'autre *queen*, Beyoncé, celle de chez Madame Tussauds : « Qui dirige le monde ? Les filles ! »

Encore un élément à l'appui de cette opinion, le nouveau dérapage de mon Premier ministre – bien qu'il s'en défende – et de tout un aréopage de jeunes dirigeants politiques masculins à costume foncé. Dérapage, dans les murs mêmes de mon palais, lors du sommet de l'Otan, début décembre. Des hommes, uniquement des hommes, sous les candélabres, et ma fille Anne, hôtesse et spectatrice désolée. Dans la vidéo filmée à son insu, Boris Johnson s'esclaffe. Tous se moquent du chef d'État américain et de son absence. Le Premier ministre canadien, Justin Trudeau, fait son malin. « Vous auriez vu son équipe, ils avaient la mâchoire jusque par terre. » Le Français, Emmanuel Macron, pointe un doigt sentencieux et esquisse un sourire en coin. Ils parlent de Donald Trump, confirment les médias, diffuseurs de l'« incident ». Donald Trump, ce grand orang-outan. Bien qu'il le mérite, tant qu'il sera invité dans mon royaume, je ne supporterai pas qu'il soit ainsi moqué. Je m'en ouvre au Premier ministre lors de notre rendez-vous hebdomadaire. Il baisse les yeux, bafouille, bégaie, comme un enfant réprimandé.

— Vous avez raison, madame.

Au chef du gouvernement désormais confirmé de gérer l'incident diplomatique concernant son invité.

Quelle fatigue ! Mes yeux se perdent sur les loupiotes qui font clignoter les sapins de Buckingham. Dieu comme j'aime Noël, mais tout devient flou… Regard discret vers les soldats de la Royal Navy, exceptionnellement chargés ces dernières semaines de veiller sur mon palais, mais rien ne semble pouvoir alléger mon fardeau. Il est des moments où je n'ai envie que de chevaucher l'un de mes royaux destriers, pour me réconforter, ou de me pelotonner dans une grande étole de fourrure. Mais même cela ne m'est plus donné : ma chère habilleuse Angela a décidé de ne plus intégrer de fourrure dans mes prochaines tenues. « C'est l'époque qui veut ça. L'écologie. L'avenir de la planète et la survie des animaux », m'a-t-elle glissé, l'œil taquin, au moment de l'annonce. J'ai jeté un œil désespéré vers mon très duveteux manteau blanc. Angela l'a remarqué. « Ça ne signifie pas que vous êtes privée de manteau, madame. Pas de fourrure, mais dans les nouveaux ensembles et nouvelles tenues. Vous n'allez pas jeter vos pièces plus anciennes, ce ne serait pas convenable. – Dieu merci, Angela, vous m'avez fait peur… » Elle sourit et sa blondeur fait rayonner ce sourire. Puis elle retourne à mon dressing. Dès que mon habilleuse a le dos tourné, je me love dans la fourrure et dans la douceur du divan. Parfois, la vie n'est pas si simple, même pour une majesté. Drrrriiing ! Le téléphone sonne. Philip au bout du fil, enfin.

— Joyeux anniversaire de mariage, joyeux soixante-douze ans, chou ! J'ai vu ce qu'il se passait avec Andrew. Vous avez pris la bonne décision.

Dimanche 19 janvier 2020

Avis à mes royaux sujets : gouvernement britannique cherche « marginaux » et « tordus ». Ces deux mots figurent tels quels dans l'annonce d'embauche postée ce 2 janvier sur Internet par le conseiller spécial de mon Premier ministre. Dominic Cummings, le machiavélique binoclard, veut recruter au gouvernement des « personnes inhabituelles avec différentes compétences et expériences ». Je leur prêterais bien volontiers ma famille. Expérience des galas de charité et des grands coups médiatiques, bonne connaissance des mariages princiers et des gaffes interplanétaires… Je parle là de Harry et Meghan qui veulent désormais larguer les amarres du royaume et de la firme royale, mais aussi de William drapé dans son ombrageuse perfection, et de Charles qui, bien qu'héritier du trône, semble n'avoir plus aucune autorité sur ses rejetons. Tous dans le même coffre, dans le même panier à pique-nique. Et moi, au volant de la Cadillac, sans ceinture, un dorgi sur la banquette arrière.

Revenons un peu en arrière. Victoire électorale de Boris Johnson donc, fanfaronnade et rodomontades, fin de non-recevoir à la Première ministre écossaise et ses velléités indépendantistes, et grand élan affiché vers le rassemblement. Le chef du gouvernement, le samedi suivant l'élection, s'en va, cravate rouge de travers et sourire étincelant, remercier les électeurs travaillistes d'avoir tourné casaque. Et où croyez-vous qu'il le fit ? Au club de cricket de Sedgefield, ex-circonscription du Premier ministre travailliste Tony Blair. Comme si ce symbole ne suffisait pas, mon chef du gouvernement célèbre deux jours plus tard son succès à la Chambre des communes et réussit même à arracher un sourire selfie à sa prédécesseure Theresa May – un exploit en soi. Je vous passe le détail du nouveau discours royal, réclamé par mon Premier ministre. Boris Johnson me fait tant parler que j'éprouve le besoin, en écrivant ce journal, de reprendre une gorgée de thé. Cette fois j'ai même décidé, en accord avec mes habilleuses, de m'exprimer sans traîne ni diadème, vêtue d'un simple ensemble bleu vert pastel. De quoi était-il question ? Encore l'abominable « mot en B », je crois. Promesse de divorce d'avec l'UE le 31 janvier et pas moins de sept lois dédiées à cette séparation. Le reste se brouille dans mon esprit, une justice plus radicale, des finances pour le système de santé… De quoi contenter un maximum de mes sujets.

Quant à moi, si mon Premier ministre vise large, je tente de resserrer mes intérêts, et mon entourage. Ne pas se fier aux festivités de fin d'année. Certes, il y a ces centaines de membres de mon royal personnel rassemblés dans la salle de bal de Buckingham. Rappel battu par le ténébreux Anthony Charles Richard, maître adjoint de la maison royale. Ils sont beaux et tout endimanchés, le fidèle Edward, mon secrétaire privé, le séduisant et solide Iain, mon chauffeur, Angela, mon habilleuse, naturellement la mieux vêtue, tailleur bleu roi, *of course*, et petits talons, et puis mes chères dames de compagnie, d'un âge certain, appuyées sur leur canne ou sur leur voisin, et encore les valets, majordomes, femmes de ménage… Nulle difficulté à me rappeler leurs prénoms, c'est l'un de mes rôles principaux en tant que reine employeuse. Leur file stricte et joyeuse s'allonge, entre l'éclat des lustres et les loupiotes de Noël. Gants noirs obligatoires me concernant, car je serre des mains à la chaîne. Les années passant, j'ose l'admettre, certaines cérémonies tournent au pensum et à l'ennui. Mais ce n'est pas le cas de cet adorable Noël du personnel, censé récompenser les plus aguerris et les plus méritants membres de mon entourage. J'apprécie la présence d'Andrew venu m'accompagner cette année, bien que je l'aie sacrifié sur l'autel de la survie de notre royauté. J'aime voir les yeux des invités étinceler lorsque je les remercie pour les services rendus à ma famille. Quand je leur remets, aussi, leurs cadeaux : quelques bons d'achats, une photo ou une petite pièce de vaisselle, et bien sûr le traditionnel *Christmas pudding*. Leurs prunelles peuvent briller en effet, car cela représente tout de même six cent vingt cadeaux en tout, et près de 50 mille euros tirés de mon royal compte en banque personnel ! Un budget tel qu'il m'a fallu cette année me fournir dans la grande distribution plutôt que chez notre habituel – et très chic – Fortnum & Mason. Je vous fais grâce des ampoules et durillons attrapés à signer les plus de sept cents cartes de Noël, une tâche ingrate qui, chaque année, fait pester Philip un peu plus fort. Mais le bonheur visible de mon entourage en vaut la chandelle.

Beaucoup de monde à cette remise de cadeaux, beaucoup aussi au traditionnel dîner familial de Noël. Andrew, encore lui, convié pour la dinde malgré le regard sévère de la presse tabloïd. « Ne jamais expliquer, ne jamais se plaindre. » Je refuse donc, naturellement, de commenter la présence de mon cadet auprès de quiconque. Royale prérogative. Les femmes de la famille, en écossais, en rouge, en vert… Les enfants et leurs pulls de Noël… Décidément, les traditions ont du bon et je ne suis jamais si heureuse que quand mes enfants, petits-enfants, arrière-petits-enfants, s'égaient en dégustant plats de fête et pudding. Même si William regarde de travers l'oncle Andrew. Même si je fais une entorse à mon sacro-saint régime, l'un des secrets de ma longévité. Il est écrit qu'un ou deux jours par an, Sa Majesté peut se noyer dans une fontaine de *gravy* nappant de grassouillettes pommes sautées. Mais attention à ne pas tacher la belle robe de tweed blanc, à ne pas ternir l'éclat de mes rangs de perles et de ma broche de saphir et diamants ! Car tous font partie de ma panoplie pour l'autre mission du moment. Le resserrement, donc.

Une fois le pantagruélique déjeuner passé, je laisse les autres « royals » à leurs babillages festifs et j'embarque avec moi la lignée. Charles, premier héritier du trône, William, deuxième dans l'ordre de la succession, et George, troisième. Direction la salle du trône. Décor habituel pour moi, un peu plus impressionnant semble-t-il pour ceux qui seront les prochains à y siéger. Des fauteuils royaux datant des XVIIe et XVIIIe. Du rouge, de l'or et des pampilles. Dans cette pièce de mon palais, une sur sept cent soixante-quinze, c'est Noël toute l'année.

— Que se passe-t-il, Granny, où allons-nous ? m'interroge William.

— Profiter du fait que vous êtes, pour une fois, tous souriants et élégants.

Mon petit-fils s'étrangle, son propre fils pouffe, et Charles fait comme souvent mine de n'avoir rien entendu. Sur le mur, mon portrait esquisse un sourire ironique. La peinture date de 2013. Mes chers compagnons dorgis, Willow, Vulcan, Candy et Holly, batifolent à mes pieds alors que je tente de garder ma contenance de souveraine, en habits ridicules de l'ordre de la Jarretière. C'est un tout autre portrait, avec un tout autre entourage qui nous attend aujourd'hui. Le photographe Ranald McKechnie nous salue discrètement et semble instantanément se fondre dans le décor et derrière son matériel. Calvitie, lunettes et vêtements passe-partout font oublier sa présence alors qu'il règle ses appareils, ses lumières, et donne de brèves indications. « Un peu plus proches. Un peu plus de sourires. » William et moi-même ne savons que faire de nos mains et sourions de toutes nos dents. Charles attrape l'épaule du petit George qui ne dit rien mais n'en pense pas moins. Les minutes passent. Quinze, vingt peut-être.

— Et… nous y voilà, Vos Altesses royales !

Il est temps de passer à la suite. J'entraîne les héritiers dans une autre pièce. Nous trottons dans le couloir, entre grincements de parquet et de chaussures neuves des mâles promis au trône. Quant à moi, mes mocassins sans talons et maintes fois portés ne m'ont jamais semblé aussi confortables. Nous voilà dans la salle de musique, sous le dôme ouvragé, tout en volutes dorées. Un sapin vert et odorant s'élève devant l'une des fenêtres. Mon très délicat personnel l'a décoré de couronnes dorées et de corgis. La pièce, une fois n'est pas coutume, est grimée en cuisine. Cuisine impeccable, tapis beige sans tache, nappe d'une blancheur éclatante, plats disposés à parfaite équidistance. Cuisine avec public, soldats vétérans et personnel de la Couronne. Mais cuisine quand même. Et c'est à nous, royaux représentants, de brandir la cuillère en bois sous le crépitement des flashs. C'est l'heure des puddings. Charles et William saisissent les ustensiles du bout des doigts, comme s'ils avaient peur de s'abîmer la cravate. Je reste un peu en retrait, pour laisser la place à la « jeune » génération et ménager mes rhumatismes. Mais le petit George, du haut de ses six ans, attire les objectifs comme un aimant. Concentré sur sa tâche, il remue les fruits, la cassonade, les fruits confits, de toute la force de ses petits bras, il frappe de la cuillère, le tout sans tacher sa chemise blanche. Même mon cuisinier en uniforme gris, qui surveille de loin, semble impressionné. Je souris quand le blondinet menace de goûter le mélange final, arrosé de rhum. En voilà un, joyeux et appliqué, qui pourrait servir la royauté. Charles et William admirent, et rient, un peu gênés de n'être pas parvenus au bout leur œuvre culinaire. Dans quatre puddings sur les quatre-vingt-dix-neuf à venir, les vétérans trouveront une pièce commémorative, comme un clin d'œil du palais pour les quatre-vingt-dix-neuf ans de la Légion britannique. Ça, ce sera dans un an, quand alcools et fruits confits auront fini de macérer. Le choc de la photo, lui, est prévu avant la fin de l'année… Publication dès le samedi suivant.

Quelques jours plus tard, j'enfonce le clou doré de cette escouade royale. Me voilà dans le bureau vert de Windsor, en tenue bleu roi, comme un symbole de cette royauté fragilisée. Robe aux épaules renforcées, car c'est bien sur moi que repose encore tout le poids. Il est temps d'enregistrer le message de fin d'année. Rien de tel qu'un *God Save the Queen* en tenue militaire sous le sapin pour se réchauffer le cœur. On tourne !

Je livre avec application mon discours, cinq minutes bien senties, peaufinées depuis plusieurs jours. Une merveille de synthèse, de consensus et de messages cryptiques, un peu pour aiguiller mes sujets en cette période tourmentée, beaucoup pour asticoter la presse qui passera des heures à les analyser. Il y est question d'anniversaires : cinquante ans des premiers pas de l'homme sur la Lune, soixante-quinze ans du débarquement du 6 juin 1944, deux cents ans de la naissance de mon arrière-arrière-grand-mère Victoria, venue au monde du petit Archie (*oh my God*, Archie, quel prénom !). Allusion à ma propre destinée quand je rappelle l'histoire de mon père, au courant du débarquement et forcé de taire ce secret, « un fardeau qu'il ne pouvait partager avec personne », comme le poids de ma couronne. Quand je reconnais, aussi, avec tous mes sujets, que « le chemin peut avoir semblé chaotique par moments cette année ». Mais le message se trouve en fait à côté de moi plutôt que sur mes lèvres. Non, pas dans les dorures ni dans les loupiotes du sapin !! Regardez les photos disposées sur mon bureau. Derrière : mon bien-aimé Philip, encadré d'or. Devant : mon adoré papa, en noir et blanc, encadré d'argent. Entre ces deux hommes de ma vie, les nouvelles générations. À gauche, Charles et Camilla, debout, portrait en pied. À droite, la si parfaite famille Cambridge, papa, maman, les trois enfants, jeunesse triomphante et sourires affichés. Mes autres enfants manquent à l'appel. Mes autres petits-enfants également. La presse pointe l'absence de Harry et Meghan – vengeance royale, croient-ils, après que ma crapule a décidé de fêter outre-Atlantique la naissance du Sauveur. Erreur. Edward Young, Charles et moi venons de formaliser les choses : la famille royale ne fonctionne que si elle est resserrée autour des héritiers.

Ainsi, la visibilité est moins partagée et plus rares sont les risques de trébucher. Une reine, son père le roi, son mari et ses héritiers, voilà le visage qu'il faut présenter à mes sujets, quitte à mécontenter les frères, sœurs, enfants, petits-enfants et cousins laissés sur le côté.

Mais foin des tracasseries et des gros ego royaux, il est temps de me retirer à Sandringham pour les fêtes de fin d'année. Je me réjouissais d'y retrouver Philip qui, depuis sa retraite, y promène sa grande stature, ses blagues et sa mauvaise humeur. Hélas. Mon époux a-t-il effectué un voyage de trop sur ses satanées calèches ? S'est-il étranglé avec ses œufs ou sa marmelade, en lisant un énième article de spéculations sur les ingratitudes supposées de Harry ou les possibles crimes d'Andrew ? Le destin en a voulu autrement. Mon mari a quitté Sandringham le vendredi 20 décembre au matin alors que moi-même je montais dans le train à King's Cross. Pour un peu, nous nous serions croisés. Philip, en route pour des examens à l'hôpital Edward VII de Londres, et moi sur le chemin des festivités de Noël à Sandringham. Le cher Edward ne m'a dévoilé la nouvelle que lorsque j'ai pu m'asseoir dans le wagon, direction King's Lynn.

— Madame, le duc d'Édimbourg est en route vers Londres sur les conseils de son médecin.

Je lève les yeux. Aucune inquiétude ne perce dans le regard de mon secrétaire. Cela suffit à apaiser les craintes qui assaillent mon esprit.

— Rien de grave, Edward ?

— Non, madame, il s'agit seulement d'analyses liées à son état de santé. Je vous propose de valider ce communiqué. Si Dieu nous vient en aide, le duc d'Édimbourg sera de retour pour Noël.

Je me penche sur le document, croise mentalement les doigts, mais me contente de renouer consciencieusement les coins de mon foulard sous mon menton. J'ai beau porter l'un de mes célèbres manteaux roses, le carré Hermès sur la tête me permet de passer, dans le train, presque incognito. Au moins jusqu'à l'arrivée où des voyageurs braquent leur téléphone sur moi ou me glissent des regards en coin, un peu incrédules, curieux, mais pas au point d'abandonner leurs bagages… Quant à moi, je voyage léger, armée de mon seul sac à main. Les malles m'attendent au château, déjà déballées, sans doute, par mes femmes de chambre zélées.

Mon Premier ministre, pendant ce temps, boit du petit-lait. Accord Brexit voté pour la deuxième fois à la Chambre des communes, par cent vingt-quatre voix d'avance, y compris des travaillistes. La majorité suit, les Européens saluent, le chef du gouvernement se rengorge : « Le four est allumé, en quelque sorte, le thermostat réglé sur quatre, on peut avoir un Brexit cuit pour l'heure du déjeuner, ou pour un déjeuner tardif. » Déjeuner tardif, voilà qui ne me parle pas. À Buckingham Palace, Balmoral ou Sandringham, les agendas sont réglés comme des horloges, et les horaires respectés. Le téléphone sonne. C'est un adjoint d'Edward, dans les bureaux de Buckingham : « Le duc d'Édimbourg devrait arriver bientôt madame, tout est en ordre. »

Un seul être vous manque, Harry, donc, mais rien n'est dépeuplé, et cela ne m'empêche pas de changer sept fois de tenue la veille de Noël. Heureusement qu'Angela a tout prévu, mes pulls préférés, les couleurs les plus gaies, pour faire oublier l'absence de mon turbulent petit-fils et de sa péronnelle. Celle-ci m'avait pourtant tant fait rire avec son cadeau l'an dernier : un hamster mécanique à remonter, qui avait rendu fous Vulcan et Candy. Les dorgis ont fini par avoir sa peau, mais le souvenir me met encore en joie.

Tea time ! Le grand chronomètre de la soirée de Noël s'enclenche. La salle de réception blanche embaume le thé, les épices et l'odeur moelleuse des scones encore tièdes. Les hommes portent des vestes en tweed, Philip le premier, le plus élégant. Comme d'habitude, Charles a rajouté une pochette et un foulard, histoire de faire valoir sa réputation de dandy vieillissant. Les femmes, toutes pimpantes, font cliqueter leurs escarpins et valser leurs jolies robes bien repassées. Adieu les froissements et la fatigue du voyage, comme chassés par les *Christmas carols*. Avec ses longues boucles d'oreilles, son maquillage impeccable et sa tenue de soie rouge, la duchesse de Cambridge semble tout droit surgie d'une rose de Noël. Camilla, elle, a mis un jacquard sur sa jupe satinée, et posé sur sa tête un bonnet de lutin clignotant, pour faire rire mes arrière-petits-enfants. Amélie et Amélia, les deux oies – je veux dire Beatrice et Eugenie –, ouvrent de grands yeux étonnés et rient aux éclats en écoutant les histoires de chacun. Leur père, Andrew, devise d'un air blasé avec les hommes en sirotant un thé que je soupçonne allongé au brandy. Les plus petits s'égaient sous l'œil sage et bienveillant de Louise Mountbatten-Windsor, l'aînée de mon fils Edward et de Sophie Wessex. Soudain, un cri :

Charlotte la chipie a tenté de subtiliser à son frère Louis un père Noël décoratif qu'il mâchonnait, sans doute pour soulager ses gencives endolories... Depuis son fauteuil capitonné, Philip me regarde, un sourcil froncé. Je lui souris. Il faut bien que jeunesse se passe.

Il est temps de passer dans la salle de réception rouge. Entre murs pourpres et tableaux, sur les tables, des planches posées sur des tréteaux, s'élèvent des montagnes de cadeaux. Des cachemires et montres de luxe ? Pensez-vous, cela serait bien trop commun ! Ici, on s'offre des gadgets, des blagues, c'est à qui déclenchera le plus grand éclat de rire et les hourras. Mon esprit vagabonde quelques années en arrière. Je me souviens de l'audacieux présent de Harry, une charlotte de douche estampillée « La vie n'est-elle pas une chienne ? » Ses yeux étincelants à la lumière des lustres, ses cheveux roux ébouriffés, sa silhouette athlétique, et ses taches de rousseur...

Mon téléphone bipe, c'est justement un message de mon petit-fils rebelle. « Joyeuse veille de Noël, Granny. Nous vous envoyons tous nos vœux depuis l'autre côté de l'Atlantique. J'ai adoré la photo de cuisine avec les héritiers. Love. Harry. » Faut-il dans ce message attentionné voir poindre une once de jalousie ? Peut-être. Sans doute. Mais si j'aime rire avec mes petits-enfants, leurs états d'âme ne relèvent pas de ma responsabilité. Mon devoir est d'assurer la continuité de la lignée.

Nouveau changement de tenue. Avec l'aide de ma femme de chambre, je me glisse dans un fourreau sobre mais pailleté. Les enfants rejoignent leurs nounous et leurs lits, les hommes enfilent leurs cravates noires, les femmes leurs longues robes de soirée. Et la réception se poursuit, entre babil des invités, bulles crépitant dans les coupes de champagne et reflets ambrés, dans les verres de cristal des cocktails zaza, mes fameux Gin & Dubonnet. Philip et les hommes dégustent leur brandy, et l'on se rejoint ensuite pour des jeux et des charades jusqu'à minuit.

Le lendemain, c'est Noël, jour dédié au bacon et au Seigneur. Les *red boxes* du gouvernement, pleines de documents officiels et précieux, restent hermétiquement fermées sur mon bureau de noyer. Tout le monde se rassemble autour de la table du petit déjeuner. Anne, comme toujours échevelée, Charles, enveloppé dans son cachemire, mes arrière-petits-enfants, dans leurs mini-costumes de grands… Philip se régale d'œufs brouillés, Andrew croque un morceau de bacon croustillant ; quant à moi, je mâche mes éternels cornflakes avant de monter en voiture. Dans un coin de la pièce, Patricia Earl, la gouvernante, observe discrètement et guide la chorégraphie d'un regard, d'une mimique, d'un geste de la main. Efficacité bienvenue : déjà, il nous faut partir pour l'église St Marie-Madeleine.

Je fais signe à Sophie. C'est elle qui m'accompagne au premier service religieux de 9 heures. Pour la deuxième année de suite, Philip, lui, reste se reposer, loin du tumulte et des caméras. Sophie est charmante, gaie et douce, mais Philip me manque, lui et ses récriminations contre les importuns qui nous ralentissent sur le chemin, mais aussi sa façon d'aller attraper l'enfant portant un bouquet, pour l'amener jusqu'à moi. Puisque mon habilleuse n'est pas là, je me drape avec une pointe de culpabilité dans un grand manteau de fourrure qui réchauffe un peu mon âme. Sophie et moi grimpons dans la Bentley et arrivons juste à temps à St Marie-Madeleine pour ce rendez-vous privé avec Notre Seigneur. Sous la voûte de bois, nos chants résonnent avant de s'élancer vers le ciel. Mon *meeting* personnel avec le Sauveur, en ce jour de Noël. Je dédie mes pensées à Philip, si solide et si fragile, du haut de ses quatre-vingt-dix-huit ans. Je songe aussi à mes sujets, à mon royaume, à son avenir fracturé, contraint de suivre un Premier ministre aux convictions aussi fouillis que sa diction est confuse.

Deuxième service, deuxième aller-retour à St Marie-Madeleine. Pour celui-ci, mon habilleuse avait choisi à l'avance pour moi un ensemble rouge, lumineux, comme un pied-de-nez à cette terrible année. Qui plus est, du plus bel effet contrastant avec la banquette en cuir de ma Bentley. Je me chapeaute, m'habille, me gante, car oui, il va falloir à nouveau serrer des mains, ne serait-ce que celle de l'archevêque. Cette fois, c'est Camilla qui m'accompagne, à l'arrière de la voiture. Moins douce et moins souriante que Sophie, plus drôle et plus incisive, certes, mais toujours à deux doigts du faux pas protocolaire – que naturellement je m'appliquerai à ignorer… Nouveau service, nouveaux chants, entre les parois de bois de l'église en brique rouge. J'échange quelques mots avec l'homme d'Église. Beatrice, Eugenie, Anne et son mari Timothy Lawrence, et surtout les Cambridge, sont déjà partis remplir leur devoir – et quel devoir : sourire à s'en décrocher la mâchoire, ne pas laisser les talons des escarpins s'enfoncer dans la terre, échanger quelques mots avec le public venu attendre devant l'église, et récolter des brassées de fleurs colorées et odorantes, la récompense de la royauté. Tout en vert, comme les branchages d'un sapin, George et Charlotte séduisent la foule. Lui un peu en retrait, elle souriante, minaudante, toujours prête à envoyer un petit signe de la main. Je salue le prêtre et remonte dans la voiture.

C'est l'heure de la dinde. Je surveille d'un œil Philip qui se fait resservir des pommes sautées. Si seulement cet homme surveillait un peu son cœur à défaut de ménager le mien !! La petite troupe s'excite, mes arrière-petits-enfants s'envoient des miettes de pain, il est temps de quitter la table et de regarder la diffusion de mon message de Noël. Est-ce la lumière tamisée, la robe bleu roi, ou le fond de teint, je me trouve bonne mine à la BBC, vu les circonstances et l'année « chaotique ». Peut-être devrais-je plus souvent me laisser maquiller. *God Save the Queen*, photos choisies, messages cryptiques, silence religieux dans le petit salon. Je pense que tout le monde a compris le propos : famille royale resserrée autour des héritiers. Ma fille Anne pince un peu les lèvres.

Bip-bip ! Harry, à nouveau. « Joyeux Noël, Granny. J'espère que l'année à venir ne sera pas aussi chaotique. » A-t-il lui aussi compris le message ? Je l'espère.

Discours terminé, on joue, on rit. Là-haut, dans mon bureau, les documents cruciaux pour l'avenir du pays patienteront dans leurs grandes boîtes rouges jusqu'à demain.

Il en est un autre qui prend du bon temps pour ces congés de fin d'année, c'est mon Premier ministre. Peu avant Noël, son accord sur le Brexit a passé sans coup férir le cap de la Chambre des communes en deuxième lecture, trois cent cinquante-huit voix pour et deux cent trente-quatre contre. Ni une ni deux, Boris Johnson et sa compagne sont partis faire la vie dans leur villa sur l'île Moustique : 32 000 euros la chambre de style mauresque, rapporte la presse que je feuillette au-dessus de ma tasse d'Earl Grey. Pour Boris Johnson, le soleil et l'eau chaude des Caraïbes n'ont apparemment pas de prix.

Ou peut-être que si. Londres bruisse déjà de l'absence trop longue de mon chef du gouvernement et de sa blonde. J'entends la rumeur jusqu'ici, malgré le calme de Sandringham. Avant son départ déjà, sous les ors du triomphe, il y avait eu quelques remous. Le salaire de l'âme damnée Dominic Cummings, opportunément publié par la presse : près de 120 000 euros par an. « Philip, peut-être devrions-nous accorder ce genre de somme à notre propre personnel ? Cela permettrait d'éviter les fuites dans la presse et de recruter plus facilement. – Bien sûr, chou, dommage que nous n'ayons pas cet argent ! » Autre vaguelette dans l'océan tranquille de la victoire conservatrice : l'acharnement de Boris Johnson à l'égard d'Auntie BBC lui vaut d'être comparé à l'orang-outan d'outre-Atlantique ! Le Premier ministre parle de supprimer la redevance et encourage ses ministres à boycotter les plateaux de la chaîne publique, et voilà que l'on compare le ouistiti au grand primate américain. Assez vexant, selon moi, mais qu'entends-je, moi la souveraine, à tout ce remue-ménage politique ? Peut-être Mr Johnson en est-il content, après tout ? Le voilà sous les tropiques, donc. Et sous le feu des critiques de l'opposition. Basile, le barman de l'île, une bonne connaissance de ma royale famille, a lâché le morceau à la presse : pendant que les Américains frappent l'Iran, le chef du gouvernement sirote des cocktails chez lui. La tranquillité du Premier ministre n'aura été que de courte durée, et me voilà encore une fois vengée.

Quant à Philip et moi, nous coulons quelques jours calmes au domaine de Sandringham avec les plus reposants de la famille, Sophie Wessex, épouse de mon fils Edward, ainsi que Charles et Camilla. Philip arpente les allées en calèche à trop grande vitesse, moi je promène les dorgis. Ici une escale à la messe, là une lecture des documents officiels tirés de mes boîtes rouges, sans compter l'effroyable litanie des décorations à remettre à mes sujets pour leurs services. Pas moins d'un millier de noms à sélectionner cette année, avec l'aide industrieuse d'Edward, mais tout de même, mes pauvres yeux de souveraine ne méritent pas, je crois, de fournir un tel effort pour se plonger dans cette liste ! Sans compter les cérémonies qu'il faudra organiser pour formaliser tout cela et qui, d'ici, me font frissonner d'ennui. Alors je saisis l'occasion pour glisser quelques malices : honorer du grade de chevalier le réalisateur Sam Mendes qui a eu l'audace de me faire sauter d'un hélicoptère dans un épisode de *James Bond*, ou encore introniser « Dame » l'actrice de *Grease*, Olivia Newton John, pour son rôle dans la lutte contre le cancer du sein. Je souris en coin. Mon secrétaire Edward, lui, insiste pour ajouter à cette fournée de nouvel an le chanteur Elton John, déjà multi-récompensé. Il accéderait alors au rang de « compagnon d'honneur » détenu par seulement soixante-cinq personnes au monde.

— Elton John, Edward, vous êtes sûr ?

— Oui, madame, je crois que nous ne pouvons pas nous en passer.

Je raye le nom du pilote de formule 1 Lewis Hamilton, et souligne d'un trait de plume celui du chanteur. Parfois, il faut savoir sacrifier l'inventivité pour gagner la paix.

Mon Premier ministre, lui, croyait marcher sur l'eau, promettant un « nouveau chapitre » dans son message de nouvel an, annonçant une hausse de salaire minimum pour le mois d'avril prochain. Les ennuis se sont amoncelés dans un grand tintement de cloche. Celui de Big Ben, ressurgi de l'esprit des partisans du Brexit, qui rêvent de voir sonner la grande dame de la Chambre des communes le jour officiel du Brexit, le 31 janvier. Façon de dire adieu aux vingt-sept voisins européens avec cérémonie. Une joyeuse bande de brexiters a même mis au point un amendement censé permettre à ce miracle de passer dans la loi. Et le pétulant Johnson s'est engouffré dans le projet. Las, le paragraphe n'est pas retenu par le président de la Chambre, le pourtant conciliant travailliste Lindsay Hole. La raison ? Sonnante et trébuchante, vu les travaux de réfection en cours. Comptez la restauration du mécanisme, les tests, la construction d'un sol temporaire dans la tour pour permettre le chantier, ajoutez le report d'autres travaux de restauration et Bong ! Monsieur le speaker estime la facture à « 50 000 livres le bong », soit 59 000 euros. À multiplier par onze, puisque le grand départ aura lieu à 11 heures du soir pour coller avec l'horaire européen. Les mathématiques entrent un peu dans mes majestueuses compétences et il me semble en effet que l'ensemble représente une facture bien trop salée. Qu'à cela ne tienne, Boris Johnson encourage les dons individuels, des cagnottes se montent, récoltent 227 000 livres (269 000 euros). Re-bong ! Il s'avère que le gouvernement n'a pas le droit d'accepter les dons privés dans cet objectif.

Cette pantomime m'aurait fait sourire si je ne vivais pas le pire. Début janvier, le téléphone sonne dans mon bureau de Sandringham. C'est Harry, le cher Harry, qui appelle pour présenter ses vœux. Je manque de bondir d'enthousiasme, ce qui ne serait guère royal. Le voilà au bout du fil. Il plaisante, je souris. Il me raconte son périple avec force détails sur les mœurs canadiennes, le sirop d'érable et les chemises à carreaux. Je lui décris les présents les plus tordants offerts pour Noël cette année, les pochettes en soie absurdes de son père et les minauderies de sa nièce Charlotte, confrontée pour la première fois au grand public. On finit par convenir d'un dîner, avec Meghan, et peut-être Charles, et pourquoi pas William, pour rabibocher les frères et rattraper le temps perdu. Ce sera le dimanche suivant, le 5 janvier.

C'était sans compter avec Edward. Le lendemain de cette conversation, le voilà qui débarque, en toquant à peine, dans la pièce où je suis tranquillement en train de répondre à mon courrier. Edward Young, dans toute sa submergeante tension, fébrile et suant dans son costume bleu marine impeccablement coupé. Si préoccupé qu'il en oublie presque de s'annoncer.

— Bonjour, Edward, que me vaut le plaisir ?

Je caresse mes trois rangs de perles comme un talisman, source de calme face à la déferlante.

— Bonjour, madame. C'est à propos de votre rendez-vous avec Harry.

— Vous ne voyez pas d'inconvénient à ce que je dîne avec mon petit-fils, je suppose.

— Non madame, mais cette semaine, vous avez plusieurs inaugurations et visites dans des associations. Il me semble impossible de libérer un créneau pour votre petit-fils aussi rapidement.

— Tiens donc…

— Le message serait ambigu, comme si Votre Majesté faisait passer sa famille avant le peuple britannique. Sans compter l'image mitigée des Sussex actuellement, dans une certaine presse…

— Edward, si je devais accorder crédit à cette certaine presse, j'aurais déjà coupé les ponts avec mon propre fils !! Écoutez, j'entends vos réserves. Faites dire à Harry que ce dimanche ne sera pas possible et que nous trouverons rapidement une autre date. Fin janvier, cela semble parfait.

— Merci madame, j'appelle Fiona McIlwham sans tarder.

Mon secrétaire privé quitte la pièce comme une fusée. Je laisse échapper un soupir de déception. Me voilà si contrariée que je serais prête à arracher à mains nues toutes les mauvaises herbes du domaine.

Dring ! Harry, à nouveau. Je suis forcée d'admettre que j'ai accepté le dîner dans un élan de spontanéité fort inhabituel, que j'ai omis de regarder mon royal agenda. Bref, pas de créneau, ni cette semaine, ni la suivante.

Deux jours plus tard, ils sont de retour, à la maison du Canada. Le duc et la duchesse de Sussex, six semaines après leur départ, sourire *ultra-brite* et littéralement mitraillés par les flashs. Harry, l'air reposé et un peu abruti, boutonne et déboutonne sa veste en permanence. Meghan, comme toutes mes petites-filles et belles-petites-filles, évolue cheveux au vent sur des escarpins hauts comme des échasses. Les tourtereaux semblent planer et se promènent main dans la main devant des tableaux autochtones. Oui, main dans la main. De mémoire de Majesté, je ne sais si on a déjà vu une telle démonstration publique d'affection en territoire britannique, et le geste me met un peu mal à l'aise. D'ailleurs, le duc et la duchesse sont de leur propre aveu « très excités ». Ils sont là pour rencontrer la haute commissaire canadienne et la remercier pour la « chaleureuse hospitalité canadienne » de leurs vacances. Je me crispe légèrement sur le canapé, face à l'écran de télévision. Comme si le Royaume-Uni, lui, ne leur était pas assez hospitalier ! Et ça continue. Sourires, petits fours, *nanaimo bars* – une sorte de gâteau bonbon qui de loin me donne la nausée. Harry plaisante avec le – très féminin – personnel de la maison du Canada. « Il y a beaucoup de choses à faire et à discuter », conclut mon petit-fils en serrant la main de la haute commissaire, Son Excellence Janice Charette.

Rétrospectivement, ces mots et ce déplacement auraient dû résonner en moi comme un signal d'alarme. Je jette un œil au programme officiel des déplacements royaux. Rien de prévu pour les semaines à venir. Étrange. Donal McCabe, communicant du palais et ex-chargé de médias chez la maison de paris sportifs Ladbrokes, joue le tout pour le tout et publie un message sur les réseaux autour du déplacement des Sussex. Un peu de popularité à grappiller.

C'est un autre message qui arrive comme une bombe le 8 janvier. Fin d'après-midi à Sandringham, Candy et Vulcan grignotent leurs croquettes dans un coin de la salle à manger tandis que je déguste discrètement un chocolat à la menthe – loin du regard moqueur de Philip et des coups d'œil inquiets de mes femmes de chambre. Une friandise, un havre de paix, accompagnée d'une tasse de thé. C'est à nouveau Edward, rentré à Londres, qui vient troubler ma quiétude. Sonnerie du téléphone.

— Nous avons un problème, madame.

— Tout de suite les grands mots, Edward. Je ne sais combien de fois j'ai entendu cette phrase de votre bouche.

— Madame, j'entends par cela un VRAI problème.

— Qu'est-ce à dire ?

D'un ton monocorde, mon secrétaire particulier me lit le message que publiera dix minutes plus tard mon petit-fils sur le réseau social Instagram, cet endroit étrange où les plus jeunes que moi postent en général des photos de leurs plats et de leurs poses de yoga. La teneur de ce mot-là est beaucoup moins zen, et m'atteint comme un boulet de canon en plein cœur.

— « Après de nombreux mois de réflexion… », commence Edward.

— Des mois, comment cela des mois ? Nous aurions dû dîner il y a deux jours !

— Oui, madame.

— Continuez, Edward.

— « Après de nombreux mois de réflexion et de discussions internes, nous avons choisi de faire de cette année un moment de transition vers un nouveau rôle au sein de l'institution. Nous avons l'intention de quitter nos rôles de membres "senior" de la famille royale et de travailler pour devenir financièrement indépendants, tout en continuant à soutenir complètement Sa Majesté la reine. C'est grâce à vos encouragements, particulièrement ces dernières années, que nous nous sentons prêts à faire ce changement. Nous prévoyons maintenant de partager notre temps entre le Royaume-Uni et l'Amérique du Nord, tout en remplissant notre devoir envers la reine, le Commonwealth et nos patronages. Cet équilibre géographique nous permettra d'élever notre fils dans le respect de la tradition royale qui l'a vu naître, tout en donnant à notre famille assez d'espace pour se concentrer sur le prochain chapitre, le lancement de notre nouvelle œuvre de charité. Nous nous réjouissons de partager en temps utile tous les détails de cette nouvelle étape excitante, tout en continuant à collaborer avec Sa Majesté la reine, le prince de Galles, le duc de Cambridge, et toutes les parties concernées. En attendant, veuillez accepter nos profonds remerciements pour votre soutien – Le duc et la duchesse de Sussex. »

Un souvenir de petite fille revient à ma mémoire. 1936. L'image d'une actrice brune, américaine, divorcée, émerge du brouillard. Wallis Simpson, duchesse de Windsor. Celle qui provoqua le scandale en poussant à l'abdication mon oncle David, le roi Edward VIII, lequel finit ensuite ses jours à Paris, dans l'opprobre, loin des siens et déshonoré. Mon petit-fils Harry n'a-t-il donc aucune notion d'Histoire ? Lui n'avait aucune chance ou presque de monter sur le trône, mais comment ose-t-il prendre le risque de réveiller de tels fantômes ?

Je fais appeler Philip, toujours de bon conseil. Puis, lunettes-loupes sur le bout du nez, je tente de pianoter sur mon téléphone.

« Cher Harry, je comprends la difficulté de ton quotidien, j'aurais apprécié que nous ayons cette conversation plus tôt afin de pouvoir trouver une solution loin de ces médias que tu redoutes. Tendrement, Granny. »

Quelques secondes à peine s'écoulent. Bref carillon.

« Chère Granny. J'aurais souhaité pouvoir en parler avec vous avant cela, hélas nous n'avons pu trouver un moment adéquat, et les tabloïds étaient en train d'éventer la nouvelle. Meghan doit repartir bientôt au Canada avec Archie. J'espère que nous pourrons aborder le sujet de façon constructive dans les jours à venir. Salutations affectueuses, Harry. »

De colère, j'avale trois carrés de chocolat à la menthe. Colère, ou déception. Il est si difficile de distinguer ses émotions quand on a pour tâche principale de ne pas les montrer !

Voilà que les téléphones se mettent à sonner, en pagaille. C'est Charles, puis Anne, puis William. Tous inquiets, tous furieux de cette annonce surprise qui nous prend de court. Encore une fois, le plus dur est sans doute William. Il est si habitué à voir son frère jouer sur son canapé et piocher dans son frigo qu'il ne supporte pas de le voir s'envoler, en égratignant au passage la royauté. Voilà que Philip déboule, en colère lui aussi. Je vous fais grâce des termes utilisés par mon mari, qui dans ces moments-là peut se laisser aller.

Dans un sens, Harry lui ressemble. Drôle, spontané, un peu tête brûlée. Le sens du devoir en moins.

— Mon chou, vous ne pouvez pas laisser passer ce comportement sans réagir.

— Évidemment mon ami, vous n'allez pas m'apprendre mon métier.

— Alors que prévoyez-vous ?

C'est toute la question. Remontrances privées, message public, répudiation, acte d'indulgence royale ? Grâce à l'un de mes secrétaires, je lance un appel groupé avec Charles et William. Au bout du téléphone, le duc de Cambridge s'insurge et Charles se montre plus mutique que jamais. Je tente de faire avancer la discussion.

— Il me semble indispensable de publier un communiqué pour interrompre l'onde de choc de ce message.

William piaille, Charles grommelle, face à moi Philip acquiesce.

— À mon sens, il ne faut pas condamner ce geste. D'abord parce qu'il ne met pas en péril la lignée, ensuite parce que les Sussex ont un certain capital de sympathie et que cela nous mettrait le public à dos.

— Mais Granny, c'est un vrai scandale que Harry a déclenché ! Il ridiculise la monarchie !

— William, je crois que ton frère ne risque de ridiculiser que lui-même. Nous verrons bien les unes des journaux demain.

Les rayons de lune percent au travers des vitres du bureau. La nuit est noire et piquetée d'étoiles quand enfin nous parvenons à nous accorder sur les termes d'un communiqué. Il me faut encore appeler Edward.

— Bonsoir Edward.

— Madame.

Toujours ce ton de chien battu. Chez Edward c'est littéralement tout son être qui dans ces moments-là fait penser à un animal malmené. Parfois, cela me donne envie de montrer les dents. Je contiens mon énervement pour lui donner les éléments de communication à faire passer à la presse. Un communiqué très court, très clair, qui dit à la fois notre peine, notre surprise et notre désarroi.

« Les discussions avec le duc et la duchesse de Sussex en sont à leurs prémisses. Nous comprenons leur désir d'adopter une approche différente, mais ce sont des sujets compliqués, et les régler prendra du temps. »

La presse ne s'y trompe pas. Le lendemain, entre cornflakes et jus de fruit, je suis à deux doigts de pleurer de l'encre entre mes doigts noircis. « Harry et Meghan démissionnent », « Ils ne l'ont même pas dit à la reine », « La fureur de la reine », « La reine, triste » et voilà qu'un nouveau mot est né, qui barre entre autres la une du *Sun*, sous le regard désolé de Philip : Megxit. Comme Meghan, et *exit*, la sortie. Comme le Brexit, aussi. Un concentré de sens et de problèmes, aussi tranchant qu'un couteau.

— C'est bien trouvé, hein, plaisante Philip, un peu penaud.

Un coup d'œil à travers la vapeur de mon thé suffit à le faire taire. D'autant qu'un autre message du couple terrible vient ajouter à nos problèmes. Sur leur site Internet, les Sussex annoncent qu'ils ne participeront plus au Royal Rota, ce système qui donne la primeur des informations royales à des médias triés sur le volet. De quoi nous aliéner les grands journaux. Le duc et la duchesse veulent donner accès aux informations seulement à « des médias crédibles, qui se concentrent sur la couverture objective des nouvelles ». Ils veulent aussi donner priorité « aux organisations de presse de base et aux journalistes jeunes et pleins d'avenir ». Un dernier coup de griffe aux titres officiels et aux tabloïds. Le pouce levé de Harry en direction des caméras, lorsqu'il est sorti de la maison du Canada, était peut-être une façon de dire au revoir.

Gare aux balles perdues : les journalistes de tabloïds sont en colère, et ils ont soif de sang. Le *Sun* ne nous rate pas. Il parle de « guerre civile ». Et se moque au passage de la pauvre Catherine qui fête aujourd'hui ses trente-huit ans. Titre de l'article : *Crappy birthday* (« Merdeux anniversaire »). Et le quotidien de déplorer cette fête gâchée par des « bouffons déconnectés », des « aspirants Kardashian », bref, Harry et Meghan, les propres beau-frère et belle-sœur de Kate la parfaite.

Il faut trouver une solution. Voilà les instructions que je donne à Edward, et à Donal, chargé de la communication. L'absence de la nouvelle Wallis, déjà partie pour le Canada, devrait nous aider à discuter plus sereinement. Quant à moi, je réfléchis beaucoup à l'architecture possible de ce demi-départ. Comment donner à mon petit-fils ce qu'il souhaite sans avoir l'air de le récompenser ? Comment ne pas vraiment lui donner et ne pas sembler le punir ? Je visite régulièrement St Marie-Madeleine, cherchant une révélation dans les nœuds de la voûte en bois, dans le translucide des vitraux. Je conduis, beaucoup. Je rumine. Pas question, non, de rentrer à Londres. Depuis la mort de mon père George VI, ce Noël funeste, je ne quitte Sandringham qu'autour du 6 février, date de son décès. Et ce ne sont pas Harry et sa péronnelle qui me feront changer cet hommage. N'ayant pas le permis, je reste exclusivement dans le cadre du domaine, mais il y a largement là de quoi faire quelques boucles en Range Rover. Mes cheveux volent sous mon foulard, le sang bat dans mes tempes bourdonnantes. À côté de moi, l'un de mes gardes du corps – ils changent si souvent, je ne les distingue plus très bien entre eux. Stoïque, comme toujours, et mutique, mais je sens bien qu'il serre les dents. Et j'appuie un peu plus encore sur l'accélérateur. Bon sang mais c'est bien sûr ! Il faut profiter de l'absence de la duchesse difficile, convoquer Harry, le convaincre de revenir en arrière, de ne pas blesser plus encore la famille, sa famille. Coup de frein. Je bondis de la Range Rover et trottine jusqu'à la calèche de Philip, qui vient de passer.

— Philip ! Philip ! J'ai une idée, qu'en pensez-vous ?

Comme souvent il peste, critique, puis finit par admettre que la voie de sortie que je dessine semble être la bonne. Rendez-vous est donc donné à Harry, Charles et William, à Sandringham. La duchesse sera présente par téléphone depuis Toronto, ou peut-être pas, si la connexion venait tout d'un coup à lâcher, comme par un fait exprès…

Les pneus crissent devant le château. Des berlines foncées se garent sur le gravier. Les voilà. William a refusé de participer à un déjeuner avec son frère avant notre discussion.

« Désolé, Granny, mais je crois qu'il me sera difficile de sourire par-dessus le cresson à quelqu'un qui foule ainsi aux pieds tous les principes de la monarchie. »

Never explain, never complain, ne pas expliquer, ne pas se plaindre, avec Harry on en est loin en effet, mais le cresson aurait peut-être apaisé les esprits. On ne peut pas dire que William facilite la discussion. Dimanche, la veille donc, il s'est répandu comme rarement dans le *Sunday Times*, manquant de me couper l'appétit.

« J'ai mis mon bras autour de mon frère pendant toute notre vie et je ne peux plus faire ça, nous sommes des entités différentes. Je suis triste de cela. Tout ce que nous pouvons faire, et tout ce que je peux faire, c'est le soutenir et espérer que vienne le temps où nous chanterons tous la même chanson. Je veux que tout le monde joue dans la même équipe. »

Un rien humiliant pour Harry, tout de même. Les deux ont, à ma demande, tenté de déminer la bulle médiatique dans la journée, par un communiqué.

« Malgré des dénégations claires, une fausse nouvelle a été publiée dans les journaux britanniques aujourd'hui. Ce sont des spéculations sur la relation entre le duc de Sussex et le duc de Cambridge. Pour des frères qui sont si mobilisés sur les problèmes autour de la santé mentale, l'utilisation de ce langage inflammable, et d'une telle façon, est offensante et potentiellement néfaste. »

Service minimum. Il faut dire que Harry, lui, n'avait pas non plus privilégié la concorde dans ses dernières annonces à la presse. Selon les tabloïds des jours précédents, le couple Sussex était en lien avec des chaînes américaines pour d'éventuels grands entretiens, ainsi qu'avec une célébrité, une certaine Oprah Winfrey. Par ailleurs, Harry et Meghan avaient aussi approché l'Organisation mondiale de la propriété intellectuelle pour déposer le nom d'une nouvelle fondation : Sussex Royal, marque mondiale qui viendrait estampiller de la papeterie, des pyjamas, et même des groupes d'entraide et d'écoute.

Je dois bien admettre qu'en apprenant la nouvelle, mon sang (bleu) n'a fait qu'un tour. Des pyjamas royaux ? Des pantoufles royales ? Du soutien psychologique avec validation de la *queen* ? D'autant plus *shocking* que les premières démarches datent du mois de juin, et qu'à aucun moment ma royale approbation n'a été sollicitée. Voilà sous quels auspices commence ce qui restera dans l'Histoire comme le « sommet de Sandringham », celui où on a tué dans l'œuf les velléités sécessionnistes d'un prince un peu trop chien fou.

Entre les hauts murs recouverts de livres anciens, les bois de cerf et les statues ancestrales, l'atmosphère n'a jamais été aussi brûlante alors qu'elle est habituellement un peu frisquette. Il y a là Edward Young, toujours aussi pincé, qui préside le rendez-vous à mes côtés. Et, plus ronde et douce, Samantha Cohen, surnommée par la presse « Samantha la panthère », arrivée d'Australie il y a longtemps pour m'assister puis former Meghan à son métier de duchesse. Avec moi encore, ma dame de compagnie la plus expérimentée, Lady Susan Hussey, ainsi que le très politique, calme et sérieux Simon Case, ex-fonctionnaire à Downing Street, au côté de William, fulminant. Son secrétaire particulier a travaillé par le passé sur le Brexit, sur la question de la frontière irlandaise. En l'occurrence, il nous faut au moins ce genre de compétences. Face à William et Simon, Harry semble dans ses petits souliers, aux côtés d'une diplomate aguerrie, Fiona McIlwham.

Il paraît qu'on lui a proposé de travailler sur l'Iran au ministère des Affaires étrangères. C'eût été plus facile. Et puis, entre les deux, Charles, lobes d'oreille rougis et un énorme coup de soleil sur le nez, revenu en trombe du sultanat d'Oman où il venait porter les condoléances du royaume après la mort du sultan Qaboos Ben Said. Avec Charles, autre figure paternelle, Clive Alderton, également diplomate. Nous avons là la jeunesse, les diplômes, l'intelligence, le pedigree. Et pourtant… le ton monte.

William déverse ses reproches, que Simon Case ne peut contenir. Je calme avec peine ma colère et ma déception, alors que Samantha tente la conciliation. Harry et sa secrétaire Fiona McIlwham se comportent comme des stars hollywoodiennes qui chercheraient à négocier un contrat avec la famille, plutôt qu'à parvenir à un arrangement. Charles tente de jouer les bons pères et de construire des ponts plutôt que d'ériger des digues. Clive Alderton, son secrétaire, suit le mouvement. Sauf que son ancienneté dans le poste lui vaut l'inimitié de Harry ET de William qui semblent revivre en face de lui une crise d'adolescence mal soldée. Face à cette mêlée de rugby, il me revient de trancher, de sortir par le haut. Je ne paie pas de mine, assise dans mon fauteuil, dans mon ensemble beige, mais si vous regardez attentivement vous me reconnaîtrez : c'est moi, la continuité.

— Harry, tu comprends bien qu'il n'est pas possible d'avoir un pied dans le show-business américain, un autre dans la royauté. Cet entre-deux me semble absolument intenable.

— Je comprends vos réserves, Granny, mais je reste persuadé qu'on peut inventer quelque chose.

Un simple geste de la main suffit à le faire taire.

— Impossible. Ingérable. Ce serait un précédent déplorable, et il faudrait un comité tout entier pour valider chaque événement « non royal » auquel vous participez. Cela mettrait toute l'institution en danger.

— Granny, l'ennui c'est cette pression médiatique continuelle et ce protocole qui mettent en danger notre santé mentale, à Meghan et moi. Nous nous devons d'être là pour Archie, de lui montrer qu'il peut aspirer au bonheur et pas seulement survivre.

— Je comprends vos difficultés Harry. Mais les Cambridge, par exemple, semblent bien s'en accommoder.

Échange de regards noirs par-dessus la table en noyer.

— Chacun sa conception de la vie quotidienne et de ce qu'elle peut nous apporter.

— Pas de piques, s'il vous plaît. L'important, c'est que nous trouvions une porte de sortie pour Meghan et toi, qui convienne à tout le monde.

Les échanges tendus se poursuivent. On convient qu'appeler Meghan à Toronto, où il est 6 heures du matin, ne changerait rien. Edward joue les maîtres d'œuvre dans sa grande distance et son très rigide respect des règles. On arrive à un compromis. Personne ne semble satisfait. Sous les yeux des participants, Edward me propose de lire à haute voix le communiqué avant validation.

« Aujourd'hui, ma famille a eu des discussions très constructives sur l'avenir de mon petit-fils et de sa famille. Ma famille et moi soutenons entièrement le désir de Harry et Meghan de créer une nouvelle vie, en tant que jeune famille. Nous aurions préféré qu'ils restent des membres à part entière de la famille royale, mais nous respectons et comprenons leur vœu de vivre une vie de famille plus indépendante, tout en restant membres appréciés de ma famille. Harry et Meghan ont dit clairement qu'ils ne souhaitent pas dépendre de fonds publics dans leur nouvelle vie. C'est pourquoi une période de transition a été décidée, durant laquelle les Sussex partageront leur temps entre le Canada et le Royaume-Uni. Ces questions sont complexes à résoudre pour ma famille, et il y a encore du travail. Mais j'ai demandé que les décisions soient prises dans les jours à venir. »

Silence dans la salle. Le mot « famille » semble encore résonner. Élégante façon de dire que rien n'a été résolu. Tout en actant le fait que non, ma famille et celle de Harry ne sont effectivement plus les mêmes.

5 pm sonnent à la petite horloge de la bibliothèque. Je congédie ma fatigante compagnie, sans embrassades. C'est l'heure du thé.

Oh, ces longs jours de réflexion ! L'interdiction de conduire prononcée contre ma petite-fille Zara coupable d'infractions routières et la décoration remise à ma fille Anne pour ses services au peuple britannique, parviennent à peine à détourner mon attention de cet énorme gravier dans mon royal soulier. Si je ne connaissais pas Edward et Donal, mon secrétaire particulier et mon chargé de communication, je prendrais pour un message à peine caché la publication sur nos réseaux de cette vidéo du palais de

Buckingham le 17 janvier. Les architectes et artisans y expliquent, savamment, comment on épluche, lé par lé, le papier peint du salon à dessin jaune, pour le conserver, et remplacer tuyaux et circuits électriques trop anciens et périmés. Suis-je la seule à y voir une métaphore ? Je vous laisse deviner qui, dans l'affaire, incarne le papier peint, et qui les tuyaux rouillés. Les discussions se suivent et se ressemblent. Philip et moi partageons la même ligne : sauver l'institution, quitte à malmener un peu notre petit-fils préféré. L'idée me turlupine, je dois l'avouer, d'éliminer aussi Edward, le messager, me débarrassant à la fois de sa raideur et du souvenir des événements passés. Mais l'heure n'est pas aux adieux, tant son intervention est indispensable à ce texte, finalement publié le samedi suivant.

Je laisse Edward informer ses homologues dans les différentes maisons. Chez les Cambridge, à Clarence House, et à Frogmore Cottage, bien sûr, quoique la résidence ressemble maintenant à un palais abandonné. Qu'ils blâment l'homme en gris plutôt que leur mère et grand-mère la reine. Mon secrétaire privé diffuse à chacun le communiqué suivant :

« Après de nombreux mois de conversations et des discussions récentes, je suis satisfaite qu'ensemble, nous ayons trouvé une façon constructive de soutenir mon petit-fils et sa famille. Harry, Meghan et Archie seront toujours des membres bien-aimés de la famille. Je comprends les défis auxquels ils ont dû faire face à la suite de l'intense intérêt médiatique des deux années passées, et je soutiens leur volonté de mener une vie plus indépendante. Je veux les remercier pour leur travail dévoué dans notre pays, dans le Commonwealth et au-delà, et je suis particulièrement fière de la façon dont Meghan est devenue si vite un membre de la famille. Toute ma famille espère que l'accord d'aujourd'hui leur permettra de construire une nouvelle vie heureuse et apaisée. »

Voilà pour la partie diplomatique et le message d'affection, malgré tout bien réel. Le concret suit : adieu titres royaux, adieu grades militaires et représentation du Commonwealth, adieu fonds publics, adieu les déplacements et événements en mon nom, bonjour la main au porte-monnaie puisque les tourtereaux devront payer pour Frogmore Cottage, rénovation et loyer. J'imagine d'ici les mines renfrognées d'Harry et de son épouse, moues boudeuses sous taches de rousseur. D'autant que plusieurs questions restent en suspens : où le couple rebelle paiera-t-il ses impôts ? Bénéficiera-t-il encore des fonds du prince Charles, à défaut de financement public ? Comment sera-t-il ou non protégé, qui pour payer la facture de leur sécurité ? Et *last but not least* : auront-ils le droit de commercialiser sous la marque Sussex Royal leurs mugs et leurs pyjamas ? Sur tout cela, je me donne encore quelques semaines de réflexion. Il s'agit d'éviter le cauchemar décrit par Thomas Markle, l'affreux et bavard père de Meghan, selon qui les Sussex « transforment la famille royale en supermarché couronné ».

Avec tous ces atermoiements, je me sens presque solidaire de mon Premier ministre qui doit gérer ses propres problèmes. Ramener dans le rang les ministres trop bavards, anti-brexiters, brexiters extrêmes, dompter les officiels venus de Bruxelles et régler une bonne fois pour toutes ce problème aussi grand que Big Ben : sonner ou non la cloche de la Chambre des communes pour fêter notre départ de l'Union ? Les journaux les plus sérieux ont tous publié cette image agaçante : Johnson encostumé, le pouce en l'air devant Downing Street, Ursula von der Leyen ravie, dans une petite veste rose, les deux tout sourire, avec un commentaire sur les discussions « positives ». Il me semble que les communicants du Premier ministre et les miens auraient beaucoup à se dire sur la polysémie des mots « positives » et « constructives ». Donc les deux dirigeants se sont rencontrés, ils ont parlé de leurs années d'école en Belgique, ils ont ri et conclu que tout le monde souhaitait un accord mais que ce serait difficile. « Un nouveau commencement pour de vieux amis », assure la présidente de la Commission européenne. Les deux ont voulu se concentrer sur de vagues thèmes d'entente commune : changement climatique, droits humains et sécurité. À part ça ? Le Premier ministre refuse l'accès des Européens à nos poissons britanniques, les Français s'en inquiètent. Le chef du gouvernement veut une politique migratoire restrictive, Ursula réplique « pas de liberté de capitaux, de biens et de services sans liberté de circulation ». Boris Johnson veut commercer sans taxe ni barrière, la dirigeante européenne répond oui, s'il y a harmonisation des règles. Et déjà, la présidente bien brushée prévient qu'on n'arrivera pas en dix mois à une entente couvrant la totalité des sujets, car il s'agit de revenir sur six cents accords internationaux.

Question accords et discussions, Mr Johnson et moi aurions beaucoup à partager, et je regrette presque d'être encore à Sandringham alors que, pour une fois, je pourrais compatir aux difficultés de mon royal sujet. À tout le moins a-t-il résolu la question du grand « bong » : illégal d'en appeler au public, selon la Chambre des communes ? Qu'à cela ne tienne, c'est une horloge projetée en couleurs sur le 10, Downing Street qui marquera le passage à l'ère post-brexitienne. Il s'agit de « soigner les divisions et réunir les communautés », dit le communiqué gouvernemental, ainsi que de « répandre la prospérité ». Bravo. Au programme, donc : Conseil des ministres délocalisé dans le nord du pays, pièce de monnaie commémorative, drapeaux au vent, discours du Premier ministre et jeux de lumière horlogers. Cela promet d'être joli, même si je serai encore loin de Londres. Heureusement, il y a Auntie.

19 janvier. Aujourd'hui, sentiment du devoir accompli. Harry décollera bientôt pour le Canada. Je n'ose espérer qu'il vienne me saluer à Sandringham avant le départ, mais je sais que nous resterons liés, au moins par nos téléphones. Il s'est expliqué quelques jours après la publication de l'accord, lors d'un gala de charité, dans une vidéo récupérée bien sûr par la BBC. Déplié sur le canapé, devant le grand poste de télévision, Philip m'appelle.

— Chou, vous devriez venir écouter ça.

Harry, grand rouquin au teint rose sous une brassée de fleurs roses, le prince/duc/désormais commercial saisit l'occasion pour se justifier. « Je vous parle ni comme un prince, ni comme un duc, mais comme

Harry… » Imparable, sauf quand on comprend comme moi que Harry est désormais une marque, prêt à se vendre à qui peut payer, par exemple à Netflix, infâme pourvoyeur de mensonges sur notre famille. « Nous espérions pouvoir continuer à servir la reine, le Commonwealth et mes associations militaires, mais sans financement public. Malheureusement ça n'a pas été possible. » Mon cœur fond. « Il n'y avait pas d'autre option. […] Pour ces raisons, cela me rend triste qu'on en soit arrivés là. »

Pourquoi donc chaque apparition de ce chenapan me donne-t-elle envie de le câliner et de lui ébouriffer les cheveux ? Je tente furieusement d'éteindre le poste devant un Philip étonné et rigolard.

— Alors, mon chou, on a des émotions ?

L'Histoire retiendra que la dernière apparition publique officielle de mon irritant petit-fils a eu lieu à Buckingham, quelques jours auparavant, pour le tirage au sort de la Coupe du monde de rugby. Dieu bénisse les innocents enfants qui ont profité du parc pour s'échanger le ballon ovale, alors que sous les dorures se jouait le dernier acte de la tragédie familiale. Parfois la vie de reine ressemble un peu trop à un match de rugby.

Jeudi 27 février 2020

Et c'est reparti. Vous croyez les problèmes résolus, vous regardez avec soulagement la galère quitter les côtes et voguer vers un avenir supposément radieux… Et voilà qu'un grand coup de vent la ramène sur terre. *Get Brexit done*, disait mon Premier ministre, « faire le Brexit ». J'ajouterais : *my foot*, mon œil, comme disent les Français. À peine la négociation est-elle finie qu'une autre recommence.

Boîtes rouges éventrées sur mon bureau, le cercle doré de la lampe projeté sur un amas de papiers, j'épluche le contenu inépuisable de ces chemises officielles. Il est tard, je pourrais déjà être couchée à quelques pas de Philip, moi dans ma chemise de nuit fleurie, et lui nu comme un ver. Nous pourrions échanger quelques mots à travers la porte. Au lieu de cela, je me retrouve à déchiffrer des lignes et des lignes de discours et de discussions en caractères petits, si petits… On se croirait aux plus sombres heures du Brexit. Et plus j'épluche, moins je saisis le sens profond de ces discussions. Moi qui croyais le problème de la frontière irlandaise soldé, je le vois ressurgir au fil des mots. Les documents s'animent sous mes yeux, et entre les lignes se mettent à sautiller des bars, des maquereaux, des morues et des poulets lavés au chlore. Sous mes yeux, le discours que l'immense Michel Barnier au regard bleu acier, le négociateur européen, a prononcé il y a deux jours. Il se moque presque du ministre britannique en charge de l'Irlande du Nord, Brandon Lewis : « Je voudrais qu'il prenne le temps de lire le détail de l'accord sur le Brexit, il verra que des engagements ont été pris par les deux parties pour résoudre la quadrature du cercle. » Comprenez : les vingt-sept réclament des contrôles douaniers entre la Grande-Bretagne et la région d'Irlande du Nord, et en plus c'est inscrit dans l'accord déjà signé. De fait. Moi-même j'ai vu passer ce paragraphe, avant d'apposer au bas du texte mon sceau royal qui a valeur de promulgation. Le reste du document est à l'avenant. L'Union européenne voudrait garder l'accès aux zones de pêche, elle tient à ce que mon royaume ne fasse pas de dumping sur les normes concernant le droit du travail et l'environnement. Il faut des règles équitables dans cette compétition, estime le négociateur au fier panache de cheveux blancs.

Une clause *made in France* insiste pour que Londres comme Paris gardent les mêmes standards en matière d'agriculture et d'alimentation. En clair : pas de poulet lavé au chlore, même pour séduire le lointain voisin américain et obtenir un accord commercial de sa part. La réponse de mon gouvernement est du pur Johnson : pas d'alignement sur les règles européennes – contrairement à ce qui avait été dit en octobre –, pas de respect des institutions européennes – y compris la Cour de justice –, pas d'allongement du délai pour le divorce effectif – fin décembre –, pas de participation au mandat d'arrêt européen, pas d'accès automatique aux eaux territoriales britanniques pour les pêcheurs… Une belle série de « no » à destination des « partenaires » européens.

Ajoutez à cela le Premier ministre irlandais – européen, donc – qui, l'air de ne pas y toucher, explique à la BBC à destination de mes sujets : « Vous pourriez avoir à faire des concessions dans des domaines comme la pêche, pour obtenir des concessions dans des domaines comme les services financiers. » La finance et ses deux millions d'emplois britanniques comme levier pour obtenir des efforts de la part des vingt-sept. Alors que l'Union, et elle seule, peut accorder une équivalence aux services financiers britanniques. C'est donc reparti pour des mois de discussions, à achever d'ici fin décembre sous peine de chaos routier et aérien et de pénuries dans les supermarchés. Nous en sommes réduits à nous écharper autour de l'échange de renseignements sur quelques criminels, de gros sous, de poissons et de poulets. Mesquines préoccupations. Je soupire en rangeant les feuilles dans leurs maudites boîtes rouges.

Pourtant tout semblait réglé, soldé, gravé dans la loi. J'avais déjà pris le temps de relire, de détailler le document, alors même que j'aurais pu consacrer mes précieuses heures à bouchonner mes chevaux et poulains de l'écurie de Sandringham. Câliner le champion retraité Royal Applause, bel étalon bai de vingt-cinq ans, ses juments et sa descendance, de gracieux poulains et pouliches bai et noisette. Au lieu de cela, je me suis perdue dans les alinéas, égarée le long des paragraphes, noyée dans les chapitres. Ah, Boris Johnson, lui, avait savouré son plaisir à la Chambre des communes ! « Il y a des moments où on a pensé ne jamais franchir la ligne d'arrivée du Brexit, mais on l'a fait », se félicitait mon Premier ministre devant des travaillistes blasés et des conservateurs conquis. Ils avaient même réussi à anéantir le travail des Lords : adieu leurs amendements dont le très contesté rapprochement familial pour les enfants de réfugiés. Il était temps de montrer comment le Royaume-Uni se protégeait. Et j'ai dû lire et relire ce document rébarbatif pour n'avoir que quatre mots à écrire au bas de la feuille de papier : « La reyne le veult » – pas un mot de plus. Le texte a navigué ensuite, du bureau des dirigeants européens à celui de Boris Johnson au 10, Downing Street, « un moment fantastique », a souri mon chef du gouvernement, de son sourire de requin blanc.

J'ai vu ensuite à la télévision les larmes des députés européens britanniques. C'était le 29 janvier, jour où le Parlement européen a adopté l'accord de retrait. Soyons exacts : il y avait d'un côté les larmes de tristesse authentiques des pro-européens, de l'autre les larmes abondantes de vin pétillant des partisans du Brexit dans leurs flûtes dégainées en plein hémicycle. Et les petits Union Jack du turbulent Nigel Farage, pas la meilleure façon, d'après moi, d'honorer notre royal drapeau, mais soit. Moment d'émotion, dans les travées, quand retentit *Auld Lang Syne*, chanson traditionnelle du nouvel an traduite en France par « Ce n'est qu'un au revoir ». Cela me rappelle le passage à l'an 2000 et une petite chorégraphie, un peu forcée, avec le Premier ministre d'alors, Tony Blair. « Et bien sûr, tu paieras ton verre, et bien sûr, je payerai le mien, dit la chanson. Et nous prendrons un verre en toute amitié, en souvenir du passé. » Certains des soixante-treize élus britanniques portent de peu protocolaires écharpes, type supporter de foot, qui clament « *Always united* », toujours unis. « Nous vous aimerons toujours », la présidente de la commission européenne cite du George Eliot. Le moment est historique, au point de me faire lâcher mes courriers officiels et le dernier épisode de la série *The Crown*.

Et l'Histoire en marche continue, quelques jours plus tard. On s'installe dans le salon, entre colonnes et candélabres, sous les blasons, un cocktail à portée de main, pour regarder à la télévision la journée se dérouler. Lady Susan Hussey, en gris de la tête aux pieds, semble porter le deuil et ne cesse de faire référence, l'air alarmé, à son défunt mari, proche du parti conservateur : « Ah, si Marmaduke voyait ça ! » Philip, dans ses royales pantoufles aux couleurs de l'Écosse, lui jette des petits regards courroucés tout en prenant visiblement plaisir à voir le divorce entre Bruxelles et le royaume enfin se consommer. Une influence de moins sur mon divin royaume. Il avale son brandy par grandes lampées, les yeux rivés sur l'écran.

Quant à moi ? Je demeure neutre, naturellement. Nulle question de me prononcer sur la séparation advenue. Je contemple tranquillement la télévision, bien calée entre Candy et Vulcan, en sirotant ma boisson parfaitement dosée. Le spectacle commence dès le début de matinée. Michael Gove, grisonnant ectoplasme, est invité de la BBC Breakfast. Il salue la victoire de son adversaire de toujours : « D'un côté je suis soulagé, de l'autre ravi. » Un peu plus tard, Boris Johnson et ses plus proches sbires arrivent à Sunderland, au nord-est de l'Angleterre, entre huées et acclamations. Il visite le centre de formation aux métiers de l'automobile et plaisante : « J'ai une moto 125 cc, c'est la plus grande joie de ma vie – à part le Brexit, bien sûr. » Le blond escogriffe se voit offrir, le veinard, une cuvée de gin spéciale Brexit. Il sourit, encore, en rencontrant un patron de l'usine automobile Nissan, qui a confié plus tôt « attendre des clarifications » sur le Brexit. Puis Conseil des ministres, retour à Londres. À Sandringham, tout est bien calme, mais la capitale a revêtu ses habits de fête. En direction de mon palais de Buckingham, le Mall claque de dizaines d'Union Jack. Ils sont là aussi sur la place du Parlement, filmé de haut depuis un immeuble voisin. La foule commence à se presser, une grande maquette de Big Ben sonne de façon lancinante, à défaut du vrai. Les partisans du divorce sont venus de loin, de France pour certains, afin de saluer le départ. Les opposants défilent en silence, le visage triste, le long de la Tamise, une bougie à la main. « Lueur d'espoir », disent ces utopistes en bleu et doré.

À Bruxelles, on décroche les drapeaux britanniques. Chaque dirigeant européen y va de son commentaire. « À minuit, pour la première fois en soixante-dix ans, un pays va quitter l'Union européenne. C'est un signal d'alarme historique, qui doit être entendu dans chacun de nos pays », estime, par exemple, Emmanuel Macron. Je songe à ce cher vieux Churchill, mon premier Premier ministre, défenseur ronchon des « États-Unis d'Europe ». Qu'aurait-il pensé de tout ce tintamarre du 31 janvier ?

Devant la Chambre des communes, les amis de Nigel Farage chantent et poussent des « hourras ». Huent une image de Tony Blair, acclament une photo de Margaret Thatcher. En Irlande du Nord et en Écosse, les caméras montrent des manifestations de protestation.

10 pm. Philip et Lady Susan ronflent doucement dans leurs fauteuils respectifs. Je ne peux m'empêcher, moi, de suivre l'écran et de boire de loin chacune des gouttes d'Histoire. L'équipe de Boris Johnson poste sur les réseaux un message du Premier ministre aux Britanniques, immédiatement relayé par les télévisions. L'ébouriffé est assis là, costume gris et cravate bleue, entre une lampe et une cheminée. Il parle. « Ce soir nous quittons l'Union européenne, ce n'est pas une fin mais un commencement. [...] Oui, il s'agit en partie d'utiliser ces nouveaux pouvoirs, cette souveraineté retrouvée, pour changer les choses comme les Britanniques l'ont demandé par leur vote. Que ce soit en contrôlant l'immigration, en créant des ports francs, en libérant notre industrie de la pêche, ou en nouant des accords de libre-échange. [...] C'est l'aube d'une nouvelle ère. C'est le moment où nous commençons vraiment à nous unir et à évoluer. [...] Et dans notre diplomatie, dans notre combat contre le changement climatique, dans notre campagne pour les droits humains ou l'éducation des femmes, ou le libre-échange, nous allons redécouvrir des muscles que nous n'avons pas utilisés depuis des décennies. [...] Quand je regarde le potentiel de ce pays, qui attend d'être libéré, je sais que nous pouvons faire de cette opportunité un incroyable succès. Et quels que soient les cahots sur la route qui vient, je sais que nous réussirons. »

À peine plus de trois minutes pour mettre fin à un mariage de quarante-sept ans. Cet enchaînement de slogans publicitaires m'agace. C'est tout Boris Johnson. Reclus, à l'heure qu'il est, dans Downing Street, avec un gong à frapper à l'heure H et un verre de château-margaux, pas fichu d'apparaître en direct devant mes sujets pour saluer cette aube nouvelle. À quelques pas de la grande fête des brexiters, à quelques stations de métro du grand rendez-vous des expatriés et immigrés, organisé par le maire de Londres à l'hôtel de ville, lui se terre dans son bureau entre moquette et lumignons, pour une fête totalement privée. Seule l'horloge projetée sur la façade s'adresse au monde extérieur. Et elle déroule son compte à rebours sur des briques colorées de rouge, blanc et bleu.

11 pm. Ding ding dong ding… Un carillon de Big Ben enregistré sonne de ses grands « bongs » le début de cette nouvelle ère. Sur la place du Parlement, Nigel Farage éructe : « Le peuple a battu le système ! Le vrai gagnant ce soir, c'est la démocratie ! » L'horrible personnage fait entonner à la foule un *God Save the Queen* en version karaoké. Mais que viens-je faire dans cette galère ? Il est tard et demain sera un autre jour. Je réveille mes deux compagnons pour qu'ils aillent terminer leur nuit, chacun dans son lit.

Sans doute croyions-nous, donc, que c'était fini, soldé, réglé. Que nenni ! Une dizaine de jours plus tard, le ministre chargé de préparer la transition, Michael Gove, admet lors d'une visite au pays de Galles qu'il y aura bien des « frictions » pour le commerce entre Europe et Royaume-Uni. Traduction : des contrôles douaniers, et de la paperasse pour tous ceux qui importent et exportent. Et, au fil des semaines, on s'aperçoit que ces papiers prennent de l'ampleur et pourraient représenter de plus en plus de pages. On réalise aussi qu'il y aura bien des contrôles entre la Grande-Bretagne et la région britannique d'Irlande du Nord. Des élus locaux s'alarment de voir des emplois disparaître bientôt. Quelques jours encore, et la ministre de l'Intérieur dévoile le futur système d'immigration britannique. Objectif : « Fermer le robinet de la main-d'œuvre étrangère non qualifiée ». Comme c'est élégamment dit ! Tout cela fonctionnerait par points, avec obligation de parler anglais et d'avoir une offre d'emploi correspondant aux qualifications. Ajoutez : bonne formation, haut niveau de salaire, secteur en tension. Tous les employeurs d'ouvriers polonais du royaume doivent trembler. La mise en place s'annonce donc compliquée. *Cherry* sur le *cake*, le gouvernement espère aussi garder les expatriés et leur promet le droit de vote. D'autant qu'un nouveau passeport sera mis en place, passeport bleu, le blason de l'après-Brexit, qui n'est même pas *made in UK*. Et puis arrivent ces jours-ci les mandats de négociation, dont je parlais. Mon chef du gouvernement menace les Européens de supertaxes sur les voitures allemandes et les fromages français. Il grandiloque sous les fresques de Greenwich, assurant que jamais, non jamais, Londres ne fera de concurrence déloyale aux vingt-sept, mais que jamais, non jamais, Londres n'aura besoin de se plier aux règles européennes comme prix du libre-échange. Boris Johnson débite tout cela, plus agité que jamais, et il peine à faire oublier le « mot en B », ce « Brexit » qu'il ne veut plus prononcer. Le Brexit, quand c'est fini, c'est reparti…

Toujours séducteur, ce Premier ministre, toujours Don Juan maladroit et malotru. Maintenant qu'il tourne le dos à l'Union européenne, voilà qu'il fait des mines à l'Afrique pour nouer un accord commercial. Comme s'il découvrait ce continent, riche en joyaux du Commonwealth. Et le voilà qui discourt, qui s'agite, qui promet de faire passer « les gens avant les passeports », qui pose avec les leaders africains, qui saute en l'air pour la photo. Et le voilà qui rencontre, aussi, mon petit-fils. L'Histoire retiendra donc peut-être que Son Altesse royale le prince Harry, toujours altesse royale mais privé d'utiliser son titre, passa sa dernière journée britannique à plaisanter avec Boris Johnson, et à deviser avec les présidents du Malawi et du Mozambique, plutôt qu'à boire le thé avec sa grand-mère. Et les tabloïds sont évidemment plus intéressés par ces photos des deux échevelés en goguette que par les clichés irréprochables des Cambridge à Buckingham le soir même, costume marine et robe du soir à paillettes, au milieu des chefs d'État noirs en costume noir, aux côtés de ma fille toujours excentrique et de la chère Sophie Wessex accompagnant mon fils Edward.

Cela me fait penser… ne pas oublier l'anniversaire de Sophie, qui est en déplacement en Sierra Leone. Demi-lunes sur le bout du nez, je pianote sur mon téléphone un court « *Happy birthday, dear Sophie* », accompagné d'un emoji gâteau, et d'un emoji couronne – oui, les filles d'Andrew m'ont aussi appris à utiliser les emojis, une nouvelle langue vivante à mon palmarès. Ding ding ! En réponse, Sophie m'envoie une petite tête jaune souriante, clin d'œil et bisou. Quelle personne pleine d'esprit et d'attentions ! À elle, Sophie, les causes « féminines », à ma fille Anne la mode, les rugbymen et les animaux, particulièrement les chevaux – car, comme dirait son père, « si ça ne pète pas et que ça ne mange pas de foin, alors Anne n'est pas intéressée » –, à Catherine, une bonne partie du reste.

Car elle ne fait pas que charmer les chefs d'État africains. Elle est de toutes les causes fédératrices. Participation avec William au mémorial de l'holocauste, tout à fait sublime en gris, au milieu des bougies. Et les enfants, surtout, les enfants ! Non contente de ne jamais perdre patience et de s'afficher comme la mère parfaite et souriante auprès des siens – ce qui ne manque pas de m'agacer, je n'avais moi-même pas le temps pour ce genre de distractions –, Catherine se pose en mère universelle. Elle a lancé une étude sur la façon d'élever les jeunes enfants, participe avec d'autres à des ateliers artistiques à l'hôpital, et trouve même le temps d'aller servir le petit déjeuner aux bambins de Stockwell Gardens, sans jamais se départir de son sourire entre le jus et les cornflakes. Dans une répartition des rôles un poil caricaturale, William, lui, s'intéresse à la question de la santé mentale dans le football. Et ensemble, ils sont décidément la perfection. La douceur gracile de Catherine, la virilité élégante de William. Si jolis, par exemple lors de leur déplacement au pays de Galles au début du mois de février, rencontre avec des sauveteurs en mer et des salariés de l'acier, si jolis que je me dis parfois que Charles pourrait sauter son tour et laisser la place à ceux-là, ces Cambridge qui incarnent l'avenir tout en perpétuant le passé, et avec quelle beauté ! Subtil message : je viens d'accorder un nouveau titre à mon petit-fils et héritier, Haut-commissaire à l'Assemblée générale de l'Église d'Écosse, soit, en clair, mon envoyé spécial en Écosse. Charles, lui, pourrait tout aussi bien à l'avenir incarner une sorte de ministre des Affaires étrangères, même si toute politique nous est interdite, il aime tant voyager ! Il pourrait par exemple, aussi, être préposé aux décorations, Charles fait cela parfaitement bien, avec un doigté difficile à contester. Et le peuple britannique lui saurait gré de ne pas régner, lui qu'ils tiennent encore pour responsable de la mort de Lady Diana. Cette mort sans doute, sans laquelle le « Harry et Meghan-gate » n'aurait pas existé. Sans ce décès, mon petit-fils ne serait sans doute pas allé chercher une créature hollywoodienne, aussi avide de lumières que sa maman avec qui elle semble partager également certaines fragilités…

À propos des terribles Sussex, l'affaire n'étant toujours pas résolue, j'ai dû développer ces derniers jours un plan en deux étapes.

Première étape : asseoir mon autorité de souveraine et l'image de la royauté, en requérant la présence de Harry et Meghan pour leurs derniers engagements aux côtés de la « firme », à savoir le jour du Commonwealth, le 9 mars prochain. Ils ont aussi une dernière salve d'événements auxquels participer et il s'agit de ne pas les manquer, car le public attend le couple – presque plus – princier.

Deuxième étape : toujours dans l'optique du maintien de la « marque » royale, je me dois de trancher. Non, les Sussex ne pourront rien commercialiser sous l'appellation « Sussex Royal ». Ni des chaussons, ni des mugs, ni des porte-clés, ni des séances de soutien psychologique. C'est mon secrétaire Edward, encore une fois, qui m'a convaincue.

— Madame, les Sussex utilisent le mot « royal », c'est donc une référence directe à la Couronne. Est-il vraiment convenable de laisser votre petit-fils et votre petite-bru faire usage de ce terme pour vendre des objets et des services ?

— Charles le fait bien, lui, pour vendre ses produits bio et ses biscuits ! Et personne ne l'en empêche !

— Respectueusement, madame, je comprends votre tendresse pour votre petit-fils, mais des produits bio ce n'est pas tout à fait la même chose que du soutien psychologique… Et Charles fait toujours partie de la famille royale rapprochée, contrairement à Harry.

Royal grognement. Encore une fois donc, le devoir l'emporte. Et l'affaire Sussex a beau être réglée dans ma tête, il me faut sévir, pour la royauté. Adieu, les milliers de livres dépensées par Harry et son épouse pour leur site Internet de luxe, ce sera donc non. Plus de onze millions d'abonnés sur Instagram… Même moi qui n'y comprends goutte en nouvelles technologies, je me rends compte de la perte que cela peut représenter. Si l'on en croit la presse, la péronnelle est fâchée, elle n'a d'ailleurs toujours pas répondu à ma ferme invitation pour le 9 mars. Alors que même son père s'est excusé auprès de moi, par télévision interposée, pour son absence au mariage princier. Mais je compte sur Harry et son amour pour sa Granny pour persuader madame. J'ai même pris soin d'envoyer un discret message de soutien au couple turbulent lors d'un office du dimanche, il y a deux ou trois semaines. Commande expresse à Angela, en plus de mon bel ensemble bleu pervenche, parfait pour éclairer un week-end d'hiver à Sandringham : une broche de diamant en forme de flocon. Pour comprendre, il suffit de savoir que le bijou m'a été offert par le gouverneur du Canada et que l'expression « flocon de neige » signifie « idéaliste, fragile » dans notre langue de Shakespeare.

Le message de soutien un brin moqueur semble assez clair, pourvu qu'ils l'aient saisi…

Pour autant, je dois avouer que les Sussex sont le dernier de mes royaux soucis à l'heure qu'il est. Même chose pour Andrew. Pour une fois, mon fils cadet a, de lui-même ou presque, fait profil bas : il renonce à la promotion d'amiral qui devrait lui revenir pour ses soixante ans. Cela valait bien une adorable double photo envoyée par mon chargé de communication Donal sur les réseaux sociaux. Autrefois – aujourd'hui : portrait d'Andrew en bébé joufflu et en adulte accompli, posté le jour de son anniversaire comme un autre message de soutien. Alors certes, mon fils s'est tout de même permis de parler en mon nom à l'ambassadeur de Chine lors d'un dîner – message de sympathie et de soutien au peuple chinois en ces temps de crise sanitaire –, mais sans grand tintamarre, et sans nouvelle bourde, je ne vois là qu'un débordement de son cœur généreux. Non, ces jours-ci c'est bien côté cœur que les choses blessent, mais il s'agit d'un double cœur brisé. Deux divorces annoncés en huit jours au sein de la famille royale, cela fait un peu désordre. D'abord celui de mon neveu, David Armstrong-Jones, comte de Snowdon. Sans doute aurait-il fallu s'y attendre, les chiens ne faisant pas des chats, et ma sœur Margaret, sa propre mère, ayant elle-même divorcé et failli épouser un divorcé en premières noces. Pour couronner le tout, ce qui est la moindre des choses au sein d'une famille royale, du côté des enfants de Margaret également, le fils de Sarah, Arthur Chatto, mon petit-neveu donc, semble devenu la coqueluche des adolescentes sur Internet où il pose en exhibant son torse musclé.

D'après moi, l'uniforme a plus de prestance, mais chacun fait avec ce qu'il a, n'est-ce pas ? Deuxième rupture d'un lien sacré, et celle-là m'est plus douloureuse : celle de Peter Philips, seul fils d'Anne et mon plus vieux petit-fils, d'avec son avenante femme, la canadienne Autumn. Un véritable gâchis, si on me demande mon avis… Les ex-tourtereaux, en bon couple moderne, disent dans leur communiqué toute l'amitié qu'ils ont l'un pour l'autre, et leur intention de partager la garde de mes deux arrière-petites-filles. N'empêche, la couronne avait-elle besoin de cela, en ce moment ?

Une chose me rassure tout de même, c'est qu'il y a plus malheureux que ma famille en matière de tumultes amoureux et de rupture de liens plus ou moins sacrés : le Premier ministre lui-même. La police semble traîner des pieds pour classer le « conflit d'intérêts » avec la blonde *business woman* Jennifer Arcuri. La justice, elle, s'intéresse à la décision gouvernementale de suspendre un abattage de blaireaux dans le Derbyshire à l'automne 2019. Les syndicats agricoles y voient la « patte » de Carrie Symonds, autre blonde, fiancée du Premier ministre. Et puis, du jamais vu pour un Premier ministre depuis 1769, le chef de mon gouvernement a dû dépêcher un avocat au tribunal des Affaires familiales de Londres pour acter son divorce d'avec Marina Wheeler, mère de quatre de ses enfants, lassée probablement d'avaler les couleuvres fournies par l'escogriffe ébouriffé, y compris les mouflets conçus hors mariage. Autre type de difficultés relationnelles, et non des moindres, le chef du gouvernement s'attaque rien moins qu'à Auntie BBC, madame étant jugée trop rebelle, trop à gauche, trop pro-européenne peut-être. Un homme contre un groupe qui compte pas moins de deux mille journalistes et quelques décennies d'histoire. Mais il y va, lance à la main, fier Don Quichotte britannique, et ses attaques semblent rencontrer un certain écho chez mes sujets les plus modestes. Bing ! Le directeur général d'Auntie prié de s'en aller après sept ans de bons et loyaux services. Re-bing ! La redevance potentiellement supprimée, privant la BBC de tout subside public, pour la forcer à devenir une plateforme payante, un vulgaire Netflix, en somme. Je tremble de voir disparaître ma télévision de référence, ma fenêtre ouverte sur mon royaume. *Last but not least*, l'ineffable Johnson semble en bisbille aussi au sein de son propre parti, de sa propre maison. La preuve ? Les journalistes politiques boycottent Downing Street après que l'effrayant Cummings, bras droit de Johnson, a exclu l'un des leurs. Les fonctionnaires chuchotent dans le dos de leurs ministres dans les couloirs, alors que le Premier ministre a engagé une purge contre ces permanents de l'administration. Autre symptôme de la mésentente ? Ce remaniement au Trésor, lien brisé une veille de Saint-Valentin. Sajid Javid, ministre des Finances, forcé de démissionner faute d'accepter de se séparer de TOUS ses conseillers, et remplacé par un beau garçon aux dents longues, d'origine indienne, ancien banquier d'affaires, Rishi Sunak, la quarantaine à peine. Comme un jeune loup en chasse facilement un autre…

Mais finalement, ces jours-ci, mon inquiétude vient d'ailleurs. Non, pas de Streatham, où un nouvel attentat d'un nouveau fanatique religieux a fait trois blessés le 2 février. Non, mon souci vient de cette Chine, à qui Andrew présentait mon soutien il y a quelques jours. Et de ce virus inconnu et quelque peu effrayant qui commence à agiter les esprits. Au point de me faire appeler Charles en déplacement au Proche-Orient, ce qui ne me ressemble guère.

— Charles, bonjour !

— Mère ?

Au bout du fil, la voix est encore endormie. Il est pourtant 9 heures bien sonnées.

— Charles, comment se passe votre voyage ?

Silence interloqué. Puis réponse défensive.

— Mère, si vous m'appelez parce que vous pensez que j'ai snobé le vice-président des États-Unis aux soixante-quinze ans de la libération d'Auschwitz, c'est une erreur. J'ai déjà contacté Donal qui a rectifié cette version des choses par communiqué : Mike Pence et moi avons partagé une conversation longue et chaleureuse lors de la soirée. Rien de politique en ce qui me concerne.

— Certes, et à quelle distance a été partagée cette conversation ?

— ? !

— Je veux dire, Charles, vous êtes-vous bien lavé les mains, lors de cette soirée ? Et avez-vous respecté une saine distance avec les invités ? Et qu'en est-il de cette plantation palestinienne d'oliviers où vous vous rendez aujourd'hui ?

— Mère, je dois vous avouer que je ne comprends pas pourquoi vous me réveillez à 7 heures du matin heure locale pour me parler hygiène et distances…

Je tente d'expliquer à mon fils. Le virus chinois. Les deux mille Britanniques à tester, parce qu'ils ont fréquenté la ville de Wuhan, berceau de l'épidémie. Les universités, qui menacent de placer en quarantaine les étudiants de retour de vacances dans l'empire du Milieu. Le bilan de vingt-six morts dans le monde pour l'instant, les huit cents Chinois malades, et ce rhume, le mien, qui semble faire trembler le royaume. J'ai dû en effet annuler ma réunion annuelle de l'Institut des femmes à Sandringham. Un banal coup de froid qui semble effrayer les médias et une partie de mes sujets. Patricia Earl la première. Elle frappe et entre dans ma chambre crème et or, jette un rapide coup d'œil à l'ensemble de la pièce pour vérifier que tout va bien.

— Madame, vous n'avez pas l'air dans votre assiette…

— Qu'allez-vous chercher-là, Patricia, je vais parfaitement bien… Atishoo !

— *Bless you*, madame. Je crains que vous ne deviez garder le lit.

— Mais ces dames m'attendent pour notre réunion annuelle, nous avons du temps à rattraper !

— Pas question madame, je m'en vais vous préparer une soupe au poulet.

Me voilà alitée, deux dorgis au bout du lit et ma mauvaise humeur en guise de bouillotte. Adieu, *gossips* de Sandringham, attendus impatiemment pendant un an. Il faudra nous contenter de courriers, ce qui, avouons-le, rend la médisance et les potins beaucoup moins savoureux.

Mais Patricia a raison : avec ce virus qui traîne, il ne faut pas risquer de contaminer mes amies relativement âgées.

Je raconte donc tout cela à Charles, et de brumeux, son ton se glace d'effroi.

— Mère, il faut que je vous laisse, je dois absolument aller me laver les mains et prendre ma température.

— *Of course.* À bientôt Charles, prenez soin de vous.

Je souris, un peu moqueuse, face à l'hypocondrie de Charles et à ses petites manies hygiéniques. Mais peut-être a-t-il raison. Peut-être Patricia aussi était-elle dans le vrai. Au fil des jours, l'épidémie s'aggrave. Les Midlands ont décidé à grand regret d'annuler le sommet des dirigeants franco-chinois prévu pour la mi-février. Les autorités de santé traquent les potentiels porteurs du virus et estiment que le tueur est « sans doute déjà présent » dans mon royaume.

Confirmation le 31 janvier. Pas uniquement le jour du Brexit, n'en déplaise à mon chef du gouvernement, mais le jour de l'arrivée officielle de la pandémie sur le territoire. L'Organisation mondiale de la santé déclare l'état d'urgence concernant le coronavirus, alors que la Chine atteint officiellement deux cent treize morts. Derechef, deux de mes sujets, testés positifs, sont isolés et leurs contacts sont tracés. Le 1er février, premier jour du Royaume-Uni « libéré », je frissonne rétrospectivement en voyant dans les journaux les photos de la place du Parlement pleine à craquer de brexiters. Et si, parmi eux, le virus se promenait ?

Je ferme les yeux et me rappelle ce voyage en Chine avec Philip, le premier d'un monarque britannique, en 1986. Un passage express sur l'impressionnante grande muraille, la blague malvenue de mon époux à un étudiant britannique en échange à l'université : « Si vous restez plus longtemps, vous aurez les yeux bridés ! » et cette habitude dégoûtante qu'avaient certains officiels de cracher dans des petits pots placés à leur côté. Pas étonnant, finalement, que le virus vienne de là, même si Charles, passionné de civilisation, me jure que les mœurs ont changé. N'ayant pas les mêmes habitudes, nous pourrions peut-être échapper à l'épidémie… ?

Erreur. Voilà que déjà mon gouvernement dégaine sa campagne, pour inciter à se laver les mains et à utiliser des mouchoirs en papier. Voilà que le royaume en est réduit à utiliser des avions français – oui, français ! – pour évacuer mes sujets présents à Wuhan. Voilà que mes propres sujets se retournent contre ceux d'entre nous qui présentent peau jaune et yeux bridés. Insultes, clichés brandis comme des armes, agressions, restaurants chinois vidés de leur clientèle… Mon gouvernement n'encourage pas, fort heureusement, mais il filtre les ressortissants chinois et instaure de longues quarantaines dans des hôtels.

Moi, la souveraine du Royaume-Uni, j'ai comme le sentiment d'un deux poids deux mesures. Comment et pourquoi Boris Johnson peut-il ainsi installer ce climat de méfiance à l'égard des Chinois tout en faisant des affaires avec eux ? Pour moi, cela reste un mystère. Pas plus tard que fin janvier, l'ineffable ébouriffé est même passé outre l'avis de son ami l'orang-outan américain pour s'engager avec Pékin et son entreprise Huawei concernant la construction du « réseau 5G ». Il paraît que Donald Trump était furieux et a appelé mon Premier ministre pour lui faire part de ses remontrances. J'ignore de quoi il retourne précisément, mais ce serait important, et pour cela Boris Johnson ne renâcle pas à se rapprocher des Chinois ! Il a même appelé son homologue à Pékin dans la foulée, pour l'assurer de notre soutien durant la pandémie !

Vu le contexte sanitaire, en tout cas, reprendre mon activité post-vacances de Noël n'aura jamais semblé aussi courageux. Ce regain de travail me fait du bien, après quelques jours de repos avec Philip à éplucher mes documents officiels, à regarder la télévision et à observer de loin l'actualité et l'Histoire se dérouler. Première (re)sortie le 3 février, *eye candy indeed*, du bonheur pour mes yeux fatigués de souveraine, une farandole d'uniformes de la Royal Air Force à la base de Marham, non loin de Sandringham. Philip m'a vue monter dans la Bentley avec un peu de suspicion. Il faut dire qu'Angela m'a choisi un délicieux ensemble pêche et orangé, chapeau et manteau, de quoi détonner au milieu de ces charmants messieurs qui apprécient, semble-t-il, de me faire visiter leur antre. J'ai bien évidemment enfilé mes gants noirs, mais je ne me prive pas de saluer ces très avenants pilotes en formation. Remarquent-ils que mon teint est de pêche, assorti à ma tenue ? Voir ces jeunes me réjouit, et je dois en outre annoncer au monde une bonne nouvelle, le mariage de Beatrice ! J'ai pu douter qu'Amélia, pardon Beatrice, trouve un jour prétendant à son niveau, prêt à se plonger dans le folklore royal tout en gardant une activité rémunérée. C'est un homme d'affaires italien, Edoardo Mapelli Mozzi ; il n'y connaît donc rien en royauté britannique et c'est tant mieux. Joli garçon, en outre. Autant ma petite-fille a des airs de Carrie Symonds, autant « Edo » est loin d'un physique à la Johnson. Je relis attentivement le communiqué rédigé par Donal McCabe : blablabla… Décidément, ce Donal a beau venir du monde des paris, il s'est bien coulé dans le moule royal… Blablabla, Wedding, 29 mai, chapelle royale de St James. Quatre mois à peine avant l'événement, cela semble tard, mais le lieu est libre et Beatrice sait déjà quelle robe elle souhaite porter.

— Allô, Granny ?

— Oui ma chérie, félicitations, ton grand-père et moi sommes ravis d'apprendre la nouvelle !

— Merci beaucoup, Granny, merci. Granny, j'ai une faveur à vous demander.

— Dis toujours.

— Voilà, pour la tenue de mariage…

— Comme toujours, tu pourras piocher dans ma garde-robe, ma chérie.

— Pensez-vous, Granny, que je puisse porter votre tiare de mariage ?

— Oh !

Les souvenirs me reviennent. Cette magnifique tiare de diamants, fabriquée pour ma grand-mère, Queen Mary, portée par ma propre mère qui me l'avait prêtée pour notre mariage le 20 novembre 1947. « *Something borrowed* », quelque chose de prêté, pour épouser mon bien-aimé, mais la tiare s'était cassée pendant les préparatifs. *Thank God*, les joailliers de la cour sont les meilleurs et la couronne, escortée par la police, m'était revenue à temps pour rejoindre l'autel. Mais Philip était si séduisant dans sa tenue d'officier que je l'aurais épousé quoi qu'il en soit, dussé-je m'affubler d'un vulgaire couvre-chef ! Depuis, ma fille Anne a porté la tiare sans incident – sinon son divorce –, alors la prêter à ma petite-fille, Beatrice, fille d'Andrew… On peut y réfléchir…

— Beatrice, il faudrait que tu me laisses quelques semaines pour y penser.

— Granny, je suis désolée, j'ai une autre requête… Mademoiselle a aussi des vues sur une robe. Une pièce magnifique, crème, en taffetas, satin et organza incrustés de diamants. Une quasi-œuvre d'art, signée Norman Hartnell, et que j'ai portée dans les années 1960 pour l'ouverture du Parlement et la première de *Lawrence d'Arabie*. Soyons honnêtes : cela fait bien longtemps sans doute que le vêtement ne me sied plus. Et de toute façon, je ne porte plus guère que de la laine et du coton, sauf les soirs de gala. Alors pour la robe, c'est oui.

— Oh, merci Granny ! J'ai si hâte de vous voir à mon mariage !

— Et sans doute avant…

— Oui, bien sûr, balbutie ma petite-fille, un peu gênée de m'avoir si vite éjectée de son futur proche.

Trêve d'eau de rose et de cérémonies, il est temps de rentrer à Londres. La date fatidique du 6 février, jour du décès de mon père, est passée. Philip m'a souhaité d'un air bourru « Joyeux anniversaire, chou ». Soixante-huit ans de règne, cela ne nous rajeunit pas. Le remède s'appelle travail, ou devoir, en tout cas action. Quelques jours et un baiser à mon époux plus tard, me voilà à la gare de King's Lynn, puis dans le train direction Londres.

Dès le lendemain, retrouvailles forcées avec l'ébouriffé.

— Bonjour, monsieur le Premier ministre.

— Bonjour, euh, madame. Ravi de vous voir en si bonne santé.

— Est-ce mon rhume récent qui vous fait dire cela ?

— ...

— Cher Premier ministre, je crois que nous avons beaucoup de temps à rattraper !

— En effet, madame, euh, mon gouvernement est en train de lancer une véritable révolution verte...

— *Is that so ?* (Est-ce bien vrai ?)

Le Premier ministre me raconte : l'interdiction de vente de diesel en 2035 – année où ni lui ni moi n'aurons à subir une éventuelle colère populaire –, la mise en place de grands projets, comme ce HS2, deuxième ligne de train à grande vitesse britannique, fortement controversée et à laquelle le gouvernement vient de donner le feu vert, l'étude commandée en vue de la construction d'un pont entre l'Écosse et l'Irlande du Nord, une « arlésienne », comme disent les Français, que j'ai vue maintes fois réapparaître au cours de mon règne.

Il s'enflamme :

— Voyez-vous, madame, c'est, euh, ce genre de projets qui fera de votre royaume un seul pays, euh, vraiment uni !!

— À propos d'union, que dire du remaniement, monsieur le Premier ministre ?

L'enthousiasme retombe. Boris Johnson me décrit un ministre des Finances en bout de course, dont il fallait se séparer. Le prix de l'action, simplement.

— Certains sacrifices, euh, nous permettent d'avancer, note doctement le diplômé d'Eton.

Sans doute a-t-il remarqué dans mon œil une lueur d'incrédulité.

— Et le coronavirus, monsieur le Premier ministre ? Je m'inquiète de plus en plus des restrictions imposées aux citoyens chinois et même aux Britanniques de retour de Chine. Et faut-il s'alarmer face aux cas repérés sur notre territoire ?

— Oh, madame, je m'attendais à cette question, mais, euh, vraiment, ce virus n'a fait que quelques dizaines de morts tout au plus, dans un pays lointain qui plus est. Nous, Britanniques, nous avons des habitudes d'hygiène mieux installées, sans compter les performances de notre fantastique NHS !

— Tout de même, il s'agit de faire preuve de prudence, non ?

— En effet, mais euh, de la prudence quotidienne, madame ! Se laver les mains, éternuer dans un mouchoir, rien que vous ne fassiez déjà, sourit l'animal, de sa dentition un peu désordonnée.

— Vous ne préconisez donc pas de changement radical des habitudes en ce qui nous concerne, moi et mes sujets ?

— Ça dépend desquels, bien sûr, mais euh, je me garderais bien d'altérer euh, votre mode de vie pour une grippette !

Quelques mots échangés encore, et le Premier ministre repart à reculons. Me laissant fort perplexe. Que penser de ce parasite qui nous importune ? Une grippette, comme le dit mon Premier ministre ? Un virus mortel et fortement contagieux, comme semblent le craindre des médecins interviewés à la BBC ? Et si Charles, en visite à la Tour de Londres ce 13 février, allait attraper la maladie auprès d'un touriste contaminé ? Le virus va-t-il blesser mon royaume autant que le Brexit, et d'ailleurs, en finirons-nous un jour avec ce satané Brexit ?

Si quelqu'un a la réponse, c'est peut-être bien Sir Andrew Parker, patron du MI5, joyau britannique du contre-espionnage et de la sécurité au service de Ma Majesté. Lors de ma visite secrète le 25 février, l'air de ne pas y toucher, je ne lui épargne pas mes questions. J'ai tout mis de mon côté : tenue bordeaux discrète, petit air naïf, hommages appuyés. Mais, bizarrement, Sir Andrew Parker n'a pas flanché. Et les questions du coronavirus et du Brexit restent posées.

Lundi 23 mars 2020

— Granny, il faudrait activer votre caméra... Appuyez sur le bouton !

— Mais quel bouton ?

Sur mon bureau de Windsor, la statuette du garde paraît se moquer sous son chapeau de fourrure. L'ordinateur émet un petit « bip » désapprobateur sans pour autant établir la connexion avec Eugenie. Sa voix me paraît lointaine et son image est brouillée. Je vais finir par me résoudre à appeler Donal qui, en tant que responsable de la communication, parviendra certainement à établir le contact avec ma petite-fille. Voyez-vous, c'est son anniversaire aujourd'hui. Trente ans, et pas question qu'un quelconque *« lockdown »* vienne m'empêcher de le lui souhaiter.

Une grippette, disait-il. Le Premier ministre, nullement spécialiste en matière de santé, s'est lourdement trompé. Et nous voilà, comme nos voisins européens, forcés au *lockdown*, le confinement. En clair, sorties interdites sous peine d'amende, sauf s'il s'agit de faire ses courses ou de l'exercice, d'aller travailler, ou de promener son chien (*of course, thank God for the dorgis*) : je vais donc pouvoir continuer à mettre le nez dehors. Avouons que mon domaine de Windsor m'offre déjà un assez vaste terrain de jeu pour un temps de confinement, et qu'avec ses mille pièces dont soixante-dix-huit salles de bains, je pourrais changer de décor chaque jour pour mes ablutions. Car oui, je me suis retirée à Windsor, avec Philip, il y a quelques jours, face à l'alarmante situation sanitaire : cent quatre morts du coronavirus au Royaume-Uni depuis hier, des écoles qui ferment, l'épidémie qui avance sans que mon Premier ministre sache faire barrage de son corps – massif – pour empêcher le virus de s'attaquer à mes sujets et à Ma gracieuse Majesté.

Cette retraite forcée mécontente beaucoup mon époux qui regrette ses calèches de Sandringham et n'a pas peur des virus. Il prétend parfois qu'il aimerait en être un, pour lutter contre le surpeuplement de la planète. La plaisanterie me semble moins drôle, tout à coup. Quant à moi, le confinement me rappelle mes treize ans. Mon père, George VI, refusant de quitter le royaume en proie au Blitz de la Seconde Guerre mondiale. L'admiration, bien légitime, du peuple britannique face à ce couple qui refusait d'abandonner un navire en danger. Les fenêtres calfeutrées, les alertes nocturnes aux bombardements, ces nuits passées dans des donjons infestés de cafards et sans chauffage central. Mais aussi un moment d'aventure dans le sérieux de notre vie. Les histoires que nous contait notre mère, les pièces de théâtre amateur montées avec Margaret pour distraire nos parents et le personnel… Une pas si sombre période, qu'il me semble retrouver avec le confinement récemment décidé par le Premier ministre. Parenthèse dans le sérieux, mais un peu menaçante, assombrie, cette fois, par la perspective d'un virus encore mal connu… C'est aussi pour moi l'occasion d'un peu de temps en famille, avec Philip, nous qui nous parlons beaucoup mais ne nous voyons plus si souvent depuis sa retraite. Ici à Windsor, nous retrouvons parfois des élans – et des disputes – de jeunes amoureux, et c'est assez rafraîchissant.

En moins d'un mois, les choses ont changé du tout au tout. Fin février encore, nous nous croyions à l'abri, protégés par quelques mesures basiques d'hygiène, qui avaient sûrement manqué en Chine et en Italie. Ma petite-fille Zara était d'ailleurs rentrée de ses vacances dans la péninsule sans s'isoler, quant à moi je poursuivais mes rencontres habituelles, ambassadeur d'Angola, ambassadeur du Salvador, bien plus préoccupée par le choix de mes tenues avec Angela que par le port de gants qui, quelques jours plus tard, me semblent devenus si indispensables. Les Cambridge, eux, promenaient en mon nom leur perfection en Irlande du Nord, multipliant les poignées de main, et – en ce qui concerne William – les mauvaises blagues. Je frissonne encore au souvenir de l'article du *Daily Mail* racontant la visite de l'héritier. « Je suis sûr que tout le monde arrive en disant : j'ai le coronavirus, je vais mourir, plaisantait William avec un ambulancier. Et vous répondez : mais non, c'est juste un rhume. » Moins drôle encore, rétrospectivement, cette grimace moqueuse de mon petit-fils parodiant un éventuel titre de presse : « Le duc et la duchesse de Cambridge répandent le coronavirus ! » Peut-être bien que oui, finalement… Mais à l'époque tout cela semblait loin. La très fiable et avenante comtesse Sophie de Wessex, elle, continuait à jouer les abeilles industrieuses auprès des femmes de tous horizons, de l'école de ballet britannique au Soudan du Sud.

Nos péripéties familiales royales ? De l'histoire ancienne. Ou presque. Tout juste une rumeur sur Internet rapportée par Donal, selon laquelle Andrew, pour séduire ses conquêtes, aimait les asseoir sur mon trône. Et une déclaration du procureur général américain selon laquelle mon cadet, malgré ses offres publiques de coopération, refuse de collaborer à l'enquête Epstein. S'ajoute un entrefilet gênant dans la presse de gauche, pour rappeler à mes sujets que mon cadet, accusé de pédophilie, vit toujours à mes crochets malgré son retrait des engagements publics. Eh bien, je suis bien placée pour le savoir n'est-ce pas, et sans mes fonds privés, de quoi vivrait-il, ce pauvre Andrew ? On peut vouloir sauver l'image de la royauté sans pour autant couper les vivres à ses enfants ! Quoi d'autre ? Une décision de rien concernant Camilla. La duchesse de Cornouailles, non, ne sera pas reine consort quand – et si – Charles accède au trône. Elle sera princesse, comme cela était prévu lors du mariage, et comme elle le souhaite. « C'est bien toujours cela votre souhait, Camilla, n'est-ce pas ? — Oui, madame. » Bon.

Avec Harry, le climat s'apaise. J'y ai mis du mien. L'un de ses derniers projets comme membre à plein temps de la firme consistait à faire enregistrer par la chorale des Invictus Games – sorte de jeux olympiques pour nos vétérans blessés ou handicapés – un titre de musique en duo avec Jon Bon Jovi, un de ces chanteurs modernes, du moins me semble-t-il. En signe de soutien, j'ai personnellement demandé à mes gardes écossais de jouer plusieurs morceaux de ce monsieur dans la cour de Buckingham. Musique punchy et magnifiques uniformes gris sous bonnet fourré, l'événement fut un triomphe ! Vous auriez vu l'expression des badauds venus assister au changement de la garde, j'en ris encore derrière mes rideaux de velours ! Harry aussi s'esclaffe, le dimanche suivant, devant son assiette à liséré doré. Déjeuner en tête à tête, presque improvisé, au château de Windsor.

— Bon Jovi, Granny, quel succès ! C'était tout à fait surprenant ! Un peu plus que votre déjeuner, je dois dire.

— Saumon et salade, cela ne vous plaît pas, Harry ?

— Si, si, c'est absolument conforme aux traditions !

Allez savoir comment ce garnement parvient toujours à me faire sourire, même dans ses pires impolitesses.

— Harry, votre famille et vous allez nous manquer. Particulièrement bébé Archie, qui va tant changer dans les semaines à venir.

— Je sais, Granny, mais comme vous l'avez compris, notre choix consiste justement à préserver notre famille. Nous ne pourrions sans doute pas le faire ici.

— J'ai cru comprendre, en effet.

Je songe à ma sœur Margaret, forcée de suivre jusqu'au bout son devoir royal, et qui en avait apparemment souffert. Le royal fripon, lui, se ressert des sandwichs au concombre. Comme quoi les traditions peuvent avoir du bon.

— Nous espérons rester le plus possible membres de la famille, et garder le contact, notamment avec vous et Grandpa.

— Vous serez toujours les bienvenus Harry, si vous changez d'avis.

Les mots flottent au-dessus de nos thés brûlants, comme amortis par la vapeur. Cela fait déjà quatre heures que nous devisons. Comme le temps passe vite en compagnie de Harry. Mais chacun doit retourner à ses obligations. Tout cela se déroule en petit comité dans les salons capitonnés, et bien loin des unes de tabloïds.

Et pour cause. Pour le moment, c'est le Premier ministre qui les occupe. Figurez-vous que Boris Johnson attend un enfant ! Un *autre* enfant, pour être exacte, et dans la mesure où lui-même entretient le flou sur sa descendance. Celui-là arriverait au début de l'été, ce qui fait remonter sa conception à la fin du mois d'octobre, date originelle du Brexit. Une sorte de célébration du départ, peut-être ? Quelque peu prématurée, d'autant que le couple n'a pas convolé en justes noces. Enfin, cela suffit à nourrir la presse et sa soif de potins. Et quand ce n'est pas cela, le Brexit, à nouveau, occupe les plumitifs. C'est reparti pour la grande crainte du divorce sans accord. Cela n'a rien pour m'effrayer, moi qui suis familière des divorces : jugez-en par les mariages de mes enfants. N'empêche, le risque des transports interrompus et des pénuries de biens de première nécessité reparaît en une des journaux les plus sérieux. Cela devient si lassant que je m'en endormirais presque dans mon bain du matin. En clair, et si je comprends bien la presse : pas d'accord entre Bruxelles et Londres en juin, et mon gouvernement abandonnerait les discussions pour se concentrer sur la préparation d'un Brexit sans accord. Je ne parviens plus à m'en inquiéter : quelque chose me dit que le saumon et le cresson, à ma table royale, jamais finalement ne viendront à manquer. Le poisson fait pourtant partie des points d'achoppement, si j'en crois les journaux et les comptes rendus de débats à la Chambre des communes, car naturellement le Premier ministre ne m'en dit rien. Parmi les tables rondes thématiques de discussions entre l'Union et mon royaume, censées permettre de boucler un accord commercial d'ici la fin de l'année, celle sur la pêche s'annonce particulièrement tendue : les vingt-sept réclament « la poursuite de l'accès aux eaux territoriales et un maintien des quotas » alors que nous exigeons de retrouver le contrôle de nos eaux, avec une négociation annuelle pour attribuer un éventuel accès à chaque pays intéressé. Sur les normes et règles européennes, le bras de fer se poursuit, tout comme sur l'instance qui réglerait les litiges : ma tête brûlée de Premier ministre ne veut pas de la Cour européenne de justice. Boris Johnson menace de ne pas partager les données de sécurité avec les Européens, eux préviennent qu'ils n'accorderaient alors pas de laissez-passer à la finance britannique. Toujours la même rengaine, toujours le même pas-de-deux, mais il y a là, ma foi, de quoi remplir les colonnes des journaux sans que ma famille occupe toute la place, et cela me fait des vacances.

Sauf qu'une autre mélodie lancinante commence à prendre de plus en plus de place. Un premier Britannique est mort du nouveau coronavirus, fin février, sur le vaisseau *Diamond Princess*. Parti fin janvier du Japon pour une croisière en Asie du Sud-Est. Mais certains de mes sujets se trouvaient à bord du navire battant pavillon britannique. Coincés en quarantaine plusieurs semaines dans un port japonais. Un septuagénaire décède le 28 février. Tout cela se passe à des milliers de kilomètres de mon royaume, mais le virus se rapproche. Au point que le Premier ministre donne une conférence de presse spéciale, cheveu ébouriffé entre deux Union Jack et deux directeurs d'administration fort dégarnis, sur la moquette de Downing Street, sur l'air tout de même de *keep calm and carry on*, restons calme et continuons, comme on dit chez nous. « Nous sommes préparés à prendre toutes les mesures raisonnables et nécessaires pour mettre fin à cette épidémie. » Le chef du gouvernement déroule son plan d'action, bien vague en réalité. Quatre étapes, dit-il : contenir le virus, ralentir son extension, rechercher ses origines et le remède, et finalement diminuer son impact s'il finit par s'étendre. Les moyens ? « Notre fantastique NHS », réplique Boris Johnson. « Pour la majorité des gens qui contractent le virus, ce sera une maladie bénigne dont ils se remettront rapidement et complètement », assène encore le chef du gouvernement. Et d'ajouter, plein de défi : « Je serre des mains sans arrêt, j'étais à l'hôpital récemment et je pense qu'une partie des patients étaient précisément atteints du coronavirus, et vous serez contents d'apprendre que j'ai serré les mains de tout le monde, et que je continue de serrer des mains. » Rétrospectivement… En sommes-nous contents, vraiment ? Mettre ainsi sans vergogne en danger le chef de gouvernement d'une grande démocratie, le Premier ministre, par pure bravade ? Mais le voilà qui répond déjà à des questions sans lien avec le virus, assurant qu'il prendra sans doute son congé paternité de deux semaines pour s'occuper du bébé à naître… Et le soir même de ce mardi 3 mars, premier d'une interminable série de conférences de presse consacrées au coronavirus, l'ébouriffé va rendre visite à Charles, chez lui, à Clarence House, pour une inhabituelle prise de contact – et très certainement une poignée de main. Charles, mon fils certes, mais surtout l'héritier du trône. Sans vergogne, vous dis-je. Face à ces signaux contradictoires, je ne sais guère sur quel pied danser. Il s'agit de poursuivre à tout prix mes engagements sans pour autant nous mettre en danger, ni moi, ni mes sujets.

C'est songeuse et incertaine qu'Angela Kelly me trouve dans ma chambre de Buckingham le même jour. Je lui expose mon dilemme.

— Madame, peut-être pouvez-vous porter des protections ?

— Des protections, qu'entendez-vous par là, Angela ? Je ne vais tout de même pas enfiler une combinaison et un masque ! Cela donnerait l'impression que je me coupe de mes sujets, tout en risquant de les alarmer sans raison.

— Un masque ? Oh non, madame. J'imaginais plutôt des gants. Et peut-être moins de poignées de main.

— Des gants, riche idée ! J'en porte déjà lors de beaucoup d'événements habituels.

— Oui, madame, ainsi cela sera transparent pour la plupart des observateurs, même si ces gants-là sont un peu renforcés.

Souriante, elle me tend une paire de gants blancs qui remontent jusqu'à l'avant-bras. Ils contrastent avec la robe crème que mon habilleuse propose pour la cérémonie, et l'ensemble compose une tenue claire du plus bel effet. Chic et sobre, idéale pour décorer du « Most Excellent Order of the British Empire » un vétéran de la Seconde Guerre. Celui-ci s'appelle Harry Billinge, il a peu ou prou le même âge que moi, un peu plus voûté sur sa canne, un peu moins vaillant, quoique. Il a déployé des trésors d'énergie pour collecter une livre sterling par soldat tombé en Normandie le D-Day. La somme servira à financer un mémorial dans cette région française. L'humour est toujours vif, les yeux toujours étincelants, la modestie fort charmante, « Je ne le mérite pas. » Mais Harry ne remarque pas, non, que d'habitude, pour ces remises de décoration, la souveraine jamais ne porte de gants.

Difficile, en revanche, de couvrir mes mains pour rencontrer le président de Malte le lendemain. Lui connaît le protocole. De son côté, Charles, toujours en bonne santé apparente, va jusqu'à emprunter un bus pour célébrer les vingt ans du réseau de transport londonien, depuis chez lui jusqu'au musée consacré au sujet, à Covent Garden. Une première victime du coronavirus sur le sol britannique ? Qu'importe – ou presque – semble répondre le Premier ministre. La pauvre femme décédée à l'hôpital de Berkshire était encore jeune, dans les soixante-dix ans, pas récemment partie en voyage hors du royaume. Mais elle souffrait aussi d'autres comorbidités. « Nous sommes toujours dans la phase de maîtrise de l'épidémie, tempère le chef du gouvernement à la télévision, nous préparons la phase de retardement. [...] Lavez-vous les mains avec du savon et de l'eau chaude, aussi longtemps que si vous chantiez *Happy birthday* deux fois. » Boris Johnson persiste et signe : « Ce qu'on dit pour le moment c'est lavez-vous les mains, c'est la meilleure chose que vous puissiez faire, et faites comme d'habitude. »

Comme d'habitude, ma fille Anne vaque à ses royales occupations, en l'espèce baptiser un train de Paddington Station « Odette Hallowes », du nom d'une espionne britannique de la Seconde Guerre, trop oubliée. Comme d'habitude, je me partage entre mes engagements royaux et mes loisirs – aller bouchonner mes poneys à Windsor, par exemple, même si une négligence du personnel oblige mes chauffeurs à faire de multiples fois le tour du château avant qu'enfin on daigne m'ouvrir la porte. Comme d'habitude, mon fils Edward multiplie les déplacements sur ses terres d'Essex pour ses cinquante-six ans, avec à la clé un gâteau géant. Comme d'habitude, ou même mieux, Harry et Meghan éclairent de leur aura l'un de leurs derniers engagements en tant que membres de la famille. La duchesse, en robe bleu ciel, sous une pluie battante devant la monumentale Mansion House de la City, admet que « c'est bon d'être de retour ». Les Sussex profitent des acclamations, entendent à peine les huées de certains curieux. Et remplissent parfaitement leur mission : apporter leur charisme au Endeavour Fund Award, prix réservé aux vétérans blessés en service et pourtant auteurs d'exploits sportifs. « Beaucoup d'entre vous m'ont dit ce soir que vous me souteniez, glisse Harry au micro. Moi aussi, je vous soutiens. » Double langage *indeed*, mais sans scandale.

Suite de l'opération de rapprochement, j'invite Harry et Meghan à me rejoindre en voisins pour la messe à Windsor, le dimanche suivant, 8 mars. Ils sont en noir et blanc, à l'image peut-être de leur manichéisme. Pour moi, Angela a choisi un ensemble des plus apaisants, du tweed aux tons bleutés, accessoirisé de mes éternelles perles. De quoi adoucir les mœurs, assurément. Le virus semble bien loin cet après-midi, tandis que je peaufine, stylo-plume à la main, mon discours pour la cérémonie du Commonwealth le lendemain. Dernier grand rendez-vous avec le peuple britannique pour les Sussex, grand moment de retrouvailles familiales, mais aussi, en principe, moment d'unité pour les membres de notre ex-empire britannique. La plume dorée de mon stylo court sur la feuille blanche, revient en arrière, rature… Le discours ne fera que quelques lignes, mais il s'agit qu'il soit riche de sens. « Un tel mélange de traditions sert à nous rendre plus forts, individuellement et collectivement, en nous fournissant les ingrédients nécessaires à la résilience… » Meghan s'appropriera peut-être le message. Ajoutons une référence au sens des responsabilités : « Comme jamais auparavant, où que nous vivions, nos choix et actions affectent le bien-être des gens et des communautés qui vivent loin de nous. » Je signe, comme toujours, « Elizabeth R », R comme Regina, la reine, en latin. Au cas où mon interlocuteur peinerait à m'identifier. Ma tenue, pour ce jour qui célèbre les liens entre les cinquante-quatre pays du Commonwealth, et accessoirement mes liens familiaux ? Du bleu, encore du bleu, bleu « poudré » comme le décrit savamment Angela, un déploiement de douceur. Et cette fameuse broche flocon de neige, pour mes « *snowflakes* », Meghan et, surtout, Harry.

Kate, la plus-que-trop-parfaite, a déployé tous ses efforts pour mettre à l'aise le couple. Elle porte une ravissante tenue rouge, précisément celle qu'elle avait ce Noël 2018 à Sandringham, quand ils étaient encore « les Fab Four », les quatre fabuleux, les deux fils de Diana et leurs magnifiques épouses. Les Cambridge ne m'accompagnent pas dans l'abbaye de Westminster : ils sont déjà à leur place, ayant renoncé à faire partie de la procession pour ne pas froisser Harry et Meghan qui s'en trouvaient exclus. Malgré cela, pas d'effusions. La chère Sophie Wessex et mon fils Edward se tiennent assis comme des paratonnerres entre mes deux petits-fils. Tout juste Meghan articule-t-elle un « Hello », esquissant un geste de la main en direction de Kate. L'important n'est pas là. Les cinquante-quatre drapeaux défilent dans le chœur de Westminster. La lumière darde à travers les vitraux. Les enfants en collerettes, vêtus de rouge et blanc, chantent magnifiquement. Anthony Joshua, boxeur nigérian fort aimable de sa personne, tient un discours édifiant sur la célébration des différences et notre futur en commun. Une fillette m'offre un bouquet de fleurs bariolé. Et déjà ma Rolls bordeaux démarre. Scandale évité. On en oublierait presque le virus, mais je reste plus que jamais gantée.

Boris Johnson, pas du tout. Présent au Commonwealth service, en cravate bleue lui aussi, sa fiancée en bleu également. Couleur à la mode, semble-t-il. Bleue, est aussi la blouse qu'il porte sur les images de la BBC, lors d'un déplacement dans un laboratoire du Bedfordshire. Tel un oiseau de malheur, Boris Johnson annonce des « dérangements significatifs » à venir avec l'épidémie. Sous l'œil des caméras, il promet 46 millions de livres supplémentaires contre le virus, se lave consciencieusement les mains en chantant *Happy birthday*, à un rythme quelque peu accéléré toutefois. Quelques jours plus tard, le voilà dans la matinée sur ITV, suggérant qu'en théorie mon royaume pourrait « encaisser le virus et lui permettre de circuler dans la population » pour que l'épidémie se termine plus vite. Cependant Nadine Dorries, secrétaire d'État à la Santé, cruelle ironie, vient d'être testée positive au coronavirus et se trouve désormais à l'isolement ; par ailleurs, le tout nouveau, tout fringant chancelier de l'Échiquier, notre ministre des Finances, Richi Sunak, vient de dévoiler un budget teinté de virus, pas moins de trente milliards de livres d'aides pour combattre le nouvel ennemi. « Le plus important coup de pouce budgétaire depuis trente ans », se réjouit le jeune conservateur et ex-banquier dans le chaudron de la Chambre des communes. Des aides aux entreprises, des congés maladie allongés… Les tories auraient-ils découvert le socialisme ? J'imagine Margaret Thatcher, ma très austère Première ministre des années 1990, se retourner dans sa tombe. L'idée me fait sourire. Mais ce mouvement contre-nature m'inquiète. C'est un peu nerveuse que j'attends, ce mercredi 11 mars, l'arrivée du chef de mon gouvernement dans la salle d'audience aux tons crème et dorés. Sonnette. Le voilà, tout brinquebalant. Il me tend brusquement sa main, je recule d'un demi-pas.

— Monsieur le Premier ministre, je salue les efforts de votre gouvernement en direction des personnes affectées par le coronavirus. Il n'empêche que cela semble plaider en faveur de la gravité de ce virus, pour la santé de mes sujets et celle de l'économie.

— Madame, je vous assure, euh, que la meilleure chose aujourd'hui est encore et toujours de se laver les mains. C'est très simple, euh, il suffit de chanter deux fois…

— … *Happy birthday*, oui je sais. C'est très certainement utile. J'aimerais toutefois en savoir davantage sur le plan que vous avez exposé à la presse la semaine passée.

— Si vous avez écouté mon intervention, euh, madame, vous en avez les grandes lignes. Mais je tiens à vous rassurer. Grâce à l'immunité collective, le coronavirus, euh, ne devrait pas affecter longtemps le peuple britannique.

— Dites-m'en un peu plus sur cette immunité ?

— Oh, je préférerais, euh, que vous entendiez les explications du conseiller scientifique du gouvernement, Sir Patrick Vallance, bien plus calé que moi en la matière, madame, poursuit mon Premier ministre, faussement modeste. Pour résumer, il s'agit, euh, non pas de supprimer le pic de la maladie, mais de l'étaler dans le temps, pour que, euh, le NHS puisse faire face. La population peut être contaminée largement par une forme bénigne du virus, et cela, euh, ralentira naturellement sa circulation.

— Comme un vaccin, en somme.

— Tout à fait, comme un vaccin, madame. D'ailleurs, nous contribuons aussi à financer la recherche sur le sujet, avec l'université d'Oxford.

Pour une fois, le chef du gouvernement me quitte presque convaincue par ses explications. Une vaccination naturelle pour permettre à la vie de poursuivre son cours. Quelle délicieusement britannique manière de faire face à une pandémie ! *Keep calm and carry on*, on y revient.

La conférence de presse du Premier ministre le lendemain après-midi me replonge dans la perplexité. Pour mieux décrypter l'événement, j'ai convoqué Edward et Donal. Me voilà donc fermement assise dans le canapé, entre mes dorgis Candy et Vulcan. À ma gauche, dans un fauteuil Empire, Edward, son léger double menton et ses lunettes carrées. À ma droite, les cheveux grisonnants et les sourcils broussailleux de Donal, versé dans l'art de décrypter la communication, fût-elle aussi erratique que celle de mon Premier ministre. Devant nous, quelques biscuits que je me garderai bien de toucher et de fumantes tasses de thé, car aucun événement n'est aussi dramatique qu'il ne puisse être atténué par un voluptueux Assam ou un Earl Grey.

Devant les Union Jack de la salle de presse de Downing Street, Boris Johnson arbore une cravate à pois. Manière d'adoucir le propos ? Le regard, lui, est inhabituellement grave. « Je veux être clair, ceci est la pire crise de santé publique de notre génération. Certains l'ont comparée à la grippe saisonnière, hélas, cela n'a rien à voir. » Je manque de m'étrangler avec ma gorgée de thé. « Beaucoup d'autres familles vont perdre des personnes aimées prématurément. […] Beaucoup d'autres gens vont mourir. »

Mes deux assistants les plus proches observent un bien nommé silence de mort sur leur fauteuil. Nous tendons l'oreille, plus encore, pour voir quel plan d'action le gouvernement tire de ce constat. Rien. Ou très peu. Le gouvernement demande aux personnes de plus de soixante-dix ans « de ne pas faire de croisière », aux personnes présentant des symptômes de s'isoler une semaine. Il insiste, une fois encore, sur le lavage des mains. Pas d'annulation d'événements sportifs : « Cela aurait peu d'effet sur la contagion », assure Boris Johnson. Pas non plus de fermeture d'écoles : « L'effet est minime, et il faut le faire pendant treize à seize semaines ou plus », avance le conseiller scientifique, Sir Patrick Vallance.

— Quelque peu contradictoire, articule finalement Edward, apparemment sonné.

Donal McCabe, lui, l'homme des médias et de la communication, manipule frénétiquement son téléphone. Puis exhibe une vidéo du Premier ministre, il y a quinze ans peut-être. Même tignasse, les traits moins creusés. Devant un public de financiers, le candidat à la mairie de Londres plaisante à peine. « Le vrai héros du film *Les Dents de la mer*, c'est le maire de la ville. Un poisson géant mange tous ses administrés et il décide de garder les plages ouvertes. OK, dans ce cas de figure il avait tort. Mais en principe, nous avons besoin de plus d'hommes politiques comme ce maire. »

— Cela me semble bien peu sage.

— En effet, madame, mais ce que disait alors le futur Premier ministre, c'est qu'il fallait protéger en priorité l'économie. Et pour une fois, il ne semble pas avoir changé d'avis.

Donal m'arrache un sourire, sans dissiper mon angoisse.

— Pouvez-vous ouvrir cet article, Donal ?

Mon chargé de communication appuie sur le lien situé sous la vidéo de Boris Johnson. Au moins une nouvelle rassurante : selon l'article en question, on ne peut pas attraper le coronavirus par son chien ! Je caresse mes petits compagnons et me tourne vers Edward.

— Que faire ?

— Concernant vos chiens, madame ?

— Non. Faut-il adapter encore notre comportement, respecter un certain nombre de contraintes ?

— Je crains, madame, que vous ne fassiez partie de la population à risque. Par conséquent, et à mon sens, la plus grande prudence s'impose. Pour vous comme pour votre héritier qui, par son âge, entre également dans la catégorie à risque.

— Très bien. Il va donc falloir annuler mes déplacements et ceux de Charles, bien que le gouvernement n'ait émis aucune consigne en ce sens. De quoi parle-t-on ?

— Une visite dans le quartier de Camden, madame. Et une autre dans le Cheshire. Pour votre fils, c'est la Bosnie, Chypre et la Jordanie.

— Vous pouvez aviser son secrétaire, Clive Alderton, de ces indispensables précautions à prendre. Merci, Edward. Merci à vous également, Donal, je vous laisse publier un communiqué demain.

Bien nous en a pris. Le lendemain, vendredi 13, le conseiller scientifique du gouvernement Patrick Vallance dégaine sur Skynews des chiffres pour le moins alarmants. C'est mon secrétaire Edward qui me prévient de cette intervention, lui dont le travail est de tout savoir. Quant à moi, je me contenterais fort bien d'une télévision qui diffuserait uniquement la BBC. C'est grâce à elle que je sais que la France et l'Irlande, dès la veille, ont fermé leurs écoles. Que l'Écosse elle-même interdit les grands rassemblements. Docte sous ses quelques mèches grisonnantes, Patrick Vallance estime que, pour obtenir l'immunité collective, il faudrait « sans doute que 60 % des Britanniques attrapent la maladie ». J'ai toujours été assez douée en mathématiques, et ce calcul-là me donne la nausée. Quarante millions de mes sujets devraient donc être contaminés. Et pour quelle mortalité ? Les instances de la Premier League de football, notre élite du ballon rond, semblent être parvenues au même résultat et en avoir tiré les mêmes conclusions. Matchs annulés jusqu'au 4 avril. Même chose pour le cricket. Des maisons de retraite ferment aux visiteurs. La communauté scientifique s'alarme : plus de deux cents personnalités publient une lettre ouverte pour demander à mon gouvernement une réponse plus contraignante à l'épidémie. L'Organisation mondiale de la santé elle-même s'alarme de notre approche par la voix d'une de ses porte-parole.

Je suis encore plongée dans ma baignoire, même pas officiellement réveillée par mon joueur de cornemuse, quand le timbre d'une certaine Margaret Harris résonne dans la matinale de la BBC4. « On peut parler de théories scientifiques, mais à ce moment précis, nous sommes face à une situation où il faut passer à l'action. » Je vous fais grâce des multiples critiques égrenées au fil des interviews, concernant la politique de mon gouvernement. D'ailleurs, le ministre de la Santé rétropédale déjà. Dimanche, dans le *Telegraph*, quotidien ô combien conservateur, Matt Hancock publie une tribune : « Nous avons un plan, fondé sur l'expertise de scientifiques de pointure mondiale. Et l'immunité collective n'en fait pas partie. Notre but est de protéger la vie face à ce virus, notre stratégie est de protéger les plus vulnérables et notre système de santé le NHS. » La rumeur venue de Downing Street aussi envahit les colonnes des journaux : il y est question d'interdire, finalement, les grands rassemblements, mais le week-end suivant. De confiner peut-être chez eux les plus de soixante-dix ans, mais plus tard.

Changement de cap confirmé après ce week-end agité. Mon Premier ministre, orbites de plus en plus creusées, se tient à nouveau devant les drapeaux de la salle de presse de Downing Street. Il admet : « Sans action drastique, les cas de coronavirus pourraient doubler tous les cinq ou six jours. » Conséquence : il faut mettre en place des mesures « difficiles et disruptives », selon les mots que le Premier ministre articule avec peine. À savoir : une quarantaine de deux semaines pour les proches de personnes atteintes de fièvre ou de toux. Il conseille aussi à mes sujets de cesser tous les contacts sociaux et voyages non essentiels, d'éviter les pubs et les clubs. Aucune interdiction ferme, mais même les grands événements n'auront plus le soutien du gouvernement, c'est-à-dire qu'ils seront privés du personnel de secours qui leur permet d'avoir lieu.

Trop léger, encore ? Quelques heures à peine après la conférence de presse, Edward me fait passer un document signé par les scientifiques de l'Imperial College. D'après la synthèse qui en est faite, les scientifiques londoniens projettent que faute de restrictions plus sévères, le nombre de morts britanniques pourrait atteindre 250 000.

— Pas de sortie pour la Saint-Patrick, madame ?

— Donal, votre nom étant McCabe, ce qui indique des origines irlandaises, je m'attendais donc à une telle question !

— Bien sûr, madame.

— Non, hélas, avec le virus qui se répand dans notre pays, je crains que nous ne devions nous contenter d'apparitions sur les réseaux sociaux.

Mon chargé de communication exhume pour les réseaux sociaux une photo de moi inspectant la garde irlandaise à Windsor il y a quelques années. Le teint est frais, l'ensemble bleu lavande fort bucolique, et les soldats sont gaillards. Nous sommes en 2019. Je valide la publication de ce cliché. Donal en profite pour mentionner d'autres messages, à diffuser ce mardi également sur Internet, en soutien à la Croix-Rouge britannique dont je suis patronne. J'acquiesce, à nouveau, à cette communication. Plus préoccupée, je l'avoue, par le rendez-vous du soir : la nouvelle conférence de presse spéciale Covid de mon Premier ministre. Pas de mesure fracassante, mais le langage trahit l'urgence. « Nous devons agir comme un gouvernement de guerre, martèle Boris Johnson. Cet ennemi peut être mortel. » Et le lendemain, encore. J'écourte notre audience hebdomadaire, debout sous les dorures. Le Premier ministre a trop à faire. Combattre le virus et ses déjà cent quatre morts, tenter de raisonner mes sujets qui dévalisent les rayons farine et papier hygiénique des grands magasins, gérer sa majorité divisée, parfois en quarantaine, et son propre père, aussi, qui se répand à la télévision : « Bien sûr que j'irai au pub, si j'ai besoin d'aller au pub. » Et l'ébouriffé, lui, où va-t-il ? Lui seul le sait. Le soir même, il annonce la fermeture des écoles. Mon audience du jour avec les officiers dirigeants du porte-avions *HMS Queen Elizabeth* était sans doute la dernière avant un moment, il faut s'y résoudre.

Je compose le numéro de téléphone de Philip à Sandringham. Un valet décroche et passe la communication à mon époux.

— Bonjour, Philip.

— Bonjour, mon chou. J'attendais votre appel.

— Je crains que nous ne devions quelque peu changer nos plans pour les semaines à venir.

— Encore ce satané virus ! Mais quand cessera-t-on de nous importuner avec ces microbes ? Les maladies vont et viennent, c'est la loi de la vie, ça ne devrait pas nous empêcher de vivre normalement !

— Vous emporter est inutile, mon cher. Nous faisons partie de la population à risque, mais nous sommes aussi des figures publiques, et un véritable soutien pour le peuple britannique. Si nous succombions à ce satané virus, comme vous dites, cela serait un coup dur pour mes sujets.

— Quelle est donc votre conclusion ?

— Nous allons nous retirer quelques semaines à Windsor, comme prévu pour les vacances de Pâques, mais avec un peu d'avance. Cela permettra d'éviter tout contact social inutile, comme le préconise le gouvernement, tout en poursuivant en ce qui me concerne mon activité de chef d'État.

— En quoi suis-je concerné par tout cela ?

— Philip, il importe de limiter au maximum les contacts et de nous replier sur notre ménage. Une grande partie du personnel de Sandringham va cesser provisoirement son activité. Et puis, étant tous les deux moins autorisés à nous déplacer, cela sera agréable de pouvoir partager malgré tout des moments ensemble.

— Soit.

— Très bien. Nous nous retrouverons demain, donc, à Windsor.

Reportée, la visite d'État de l'empereur du Japon, réduit, le futur mariage de Beatrice, annulées, mes garden-parties du printemps, décalés d'un an, les Invictus Games chers à Harry… Le monde habituel s'effrite, mais à l'arrière de ma Bentley, je n'oublie pas mon rouge à lèvres, le 19 mars au matin, pour quitter le palais de Buckingham sous l'œil inquisiteur des caméras. Comme moi, mon dorgi Vulcan reste impassible. Brave petit chien ! Un peu plus tôt, j'ai validé avec Donal le communiqué le plus encourageant possible pour le peuple britannique. Donner l'impression que nous abandonnons le navire britannique en pleine tempête est hors de question. La reine garde son trône et sa couronne – oui c'est bien de moi que je parle.

« Alors que Philip et moi arrivons à Windsor aujourd'hui, nous savons que, pour beaucoup d'individus et de famille du Royaume-Uni et du monde, commence une période de grande préoccupation et d'incertitude.

» Il nous est conseillé à tous de changer nos routines traditionnelles, pour le bien de notre communauté, et en particulier pour protéger les plus vulnérables en son sein.

» De telles périodes me rappellent que l'histoire de notre nation a été forgée par des gens et des communautés unis, concentrant nos efforts sur un but commun.

» Nous remercions énormément les scientifiques pour leur expertise et leur implication, les soignants, les services publics et les services d'urgence ; mais maintenant, plus que dans n'importe quel moment de notre passé récent, nous avons tous un rôle vital à jouer en tant qu'individus – aujourd'hui et dans les jours, semaines et mois à venir.

» Beaucoup d'entre nous trouveront de nouvelles façons de rester en contact avec les autres et de s'assurer que leurs proches sont en sécurité. Je suis certaine que nous pouvons relever ce défi. Soyez assurés que ma famille et moi sommes prêts à jouer notre rôle.

» Elizabeth R. »

Court, efficace, précis. Et répercuté entre autres par les Sussex auprès de leurs milliers d'abonnés sur les réseaux sociaux, ce qui ne gâche rien.

C'est avec Philip, comme un de ces couples normaux qu'on voit parfois à la télévision, que nous passons nos premières soirées dans le Berkshire à suivre, à commenter et à critiquer, surtout, les conférences de presse suivantes de mon Premier ministre. Celle du jeudi, jour de notre arrivée. Classique cravate bleu pâle. « Nous pouvons inverser la tendance dans les douze prochaines semaines et je suis absolument confiant dans le fait que ce pays peut chasser le coronavirus. Mais seulement si nous respectons les mesures mises en place. [...] Nous allons soutenir les entreprises, nous espérons que les entreprises soutiendront leurs employés. » La correction m'interdit de répéter les jurons proférés par Philip, devant notre écran de télévision.

Puis, conférence de presse du vendredi. Cravate rouge, jurons plus virulents encore de mon époux. « Nous ordonnons aux cafés, pubs et restaurants de fermer ce soir aussi tôt qu'ils pourront raisonnablement le faire, et de ne pas rouvrir demain. Nous ordonnons aussi aux boîtes de nuit, théâtres, cinémas, salles de sport et centres de loisirs de fermer selon le même calendrier. […] Certains d'entre vous seront tentés de sortir ce soir et je leur dis “Ne le faites pas”. […] Nous voulons que vous restiez chez vous, c'est comme ça que nous pouvons protéger notre système de santé et sauver des vies. »

Moment solennel, gravité du ton et du regard. Mais une anomalie se glisse dans la conférence, à la faveur d'une question de journaliste sur la fête des Mères, dimanche. Le Premier ministre verra-t-il Charlotte Johnson-Wahl, sa propre génitrice ? « Je lui enverrai certainement mes meilleurs vœux et j'espère pouvoir la voir », répond l'ébouriffé en s'échappant. Fureur de Philip : « Souhaite-t-il voir mourir sa mère, cet énergumène ? »

Un peu plus tard, Downing Street précise : il s'agissait de voir sa maman par écran interposé *via* une conversation virtuelle, bien sûr. N'empêche, quel changement de pied en quelques jours à peine ! De la grippette à la fermeture des pubs, institution britannique s'il en est ! La presse rapporte que le Président français aurait menacé de clore sa frontière si aucune mesure restrictive contraignante n'était prise. Je n'ose croire une telle énormité : en aucun cas Londres ne se serait ainsi incliné devant Paris.

Concernant le virtuel, l'Internet, il va bien falloir que je m'y attelle, car certains journaux ne paraissent plus qu'en ligne, et surtout cela risque pendant un temps d'être mon seul lien avec mes sujets et ma propre famille. Aujourd'hui même, mon Premier ministre vient de prononcer ce mot de *lockdown* que les journaux affichaient en lettres grasses et massives à leur une depuis quelques heures, non loin des photos d'hôpitaux débordés. Une allocution cette fois, solennelle, sans question, depuis son bureau de Downing Street, les yeux plongés dans l'objectif, et tiens, sans avoir changé de cravate. « À partir de ce soir, je dois donner aux Britanniques une instruction simple : vous devez rester à la maison. Si vous ne suivez pas les règles, la police aura le pouvoir de vous y forcer, y compris par le biais d'amendes ou en dispersant des rassemblements. » Tous les magasins non essentiels restent porte close. Seuls motifs de sortie ? Le shopping, qui n'est pas de mon ressort, l'exercice physique une fois par jour, Dieu merci, le soin pour soi ou pour les autres, ou le voyage essentiel pour le travail. Cela n'inclut pas les anniversaires, hélas ! J'avale une pétillante gorgée de champagne en cliquant à nouveau sur mon écran. Combien de temps Donal me fera-t-il donc attendre pour venir établir la connexion avec Eugenie ?

17 avril 2020

Comme d'habitude, j'avais tout prévu au millimètre. Et, comme d'habitude, ce balourd de Boris Johnson a failli tout faire capoter. Angela avait choisi avec soin une robe verte, couleur de l'espoir. Une couleur fort rare dans mon royal dressing, et censée redonner le moral à mes pauvres sujets ébranlés.

— Vert, vous êtes sûre, Angela ? Cela ne me flatte guère le teint…

— Tout à fait sûre, madame. Les Britanniques ont besoin d'air, de grands espaces et d'espérance. Vous pourriez accessoiriser votre tenue avec cette broche de votre grand-mère. Un bijou en turquoise, une pierre censée soigner et prodiguer amour et protection.

— Ce n'est pas ma broche favorite, mais soit. Pour ce qui est du vert, tout de même, je n'en ai pas porté depuis quatre ans !

— Raison de plus, madame, si vous me permettez. Cela soulignera l'importance exceptionnelle de l'événement.

Exceptionnelle, *indeed.* Ce n'était que la cinquième fois de mes soixante-huit ans de carrière de majesté que je m'adressais à mes sujets, en dehors bien sûr des occasions convenues. Cinq fois que j'avais dû, comme mon père, surmonter ma timidité et ma difficulté à parler en public pour entrer directement en communication avec le peuple britannique. Il y eut le début de la guerre du Golfe, la mort de maman, mes soixante ans de règne et, hélas, la mort de ma belle-fille Diana. L'heure était grave et justifiait que je sorte à nouveau de ma réserve : quatre mille neuf cent trente-quatre morts du coronavirus. Un cadre du ministère de la Santé affirmant qu'un « bilan en dessous des vingt mille morts serait un bon résultat ». Et un Premier ministre malade, officiellement atteint de « symptômes bénins du coronavirus, une fièvre et une toux persistante ».

Avec Donal, nous avions sélectionné quelques images poignantes : des Britanniques applaudissant les soignants, des soldats et des infirmières au travail, une vidéo de ma sœur Margaret, avec moi, lors de notre première intervention radiophonique en 1940, déjà pour remonter le moral des enfants britanniques ébranlés par la guerre... Le dispositif, également, était ajusté au cordeau. Pas question de nous contaminer, ni Philip, ni moi, ni les membres du personnel de Windsor. J'avais déjà échappé aux miasmes d'un de mes employés de Buckingham, testé positif peu après mon départ du palais, et j'avais contourné les microbes de Charles, déclaré positif le 25 mars – Dieu merci, je ne l'avais vu qu'une quinzaine de jours auparavant et depuis il était à l'isolement à Balmoral –, ou encore ceux de William, secrètement atteint du virus et qui m'inquiétait diablement ; j'avais même déjoué une méchante rumeur sur Internet qui me disait positive au virus. Un appel d'Harry pour m'encourager quelques heures avant l'enregistrement, cher petit, et le jour J, dispositif ultra-sécurisé : moi, seule avec un caméraman masqué et ganté, dans le salon blanc du château de Windsor, suffisamment vaste pour respecter les deux mètres de distance de sécurité. Le reste de l'équipe dans une autre pièce, loin de mes fragiles poumons. Quatre minutes trente de discours, pas plus.

Nous voilà avec Philip, sur la banquette du salon, à regarder comme tous les Britanniques mon intervention de ce dimanche à *8 : 00 pm*, au moment même de sa diffusion.

Sur le fond, des remerciements, du positif : « Ensemble, nous combattons cette maladie et je veux vous assurer que si nous restons unis et déterminés nous la surmonterons. » Une comparaison bien sentie avec l'endurance britannique, sa « bonne humeur » pendant la Seconde Guerre mondiale. Et un horizon souriant : « Nous devrons peut-être encore endurer des difficultés, mais des jours meilleurs reviendront : nous serons à nouveau avec nos amis, à nouveau avec nos familles, nous nous retrouverons. »

La perfection. Philip me lance un regard complice. « Nous nous retrouverons. » Titre de mon morceau préféré de l'époque, chanté par Vera Lynn. Surprise, mon époux fredonne la chanson et m'entraîne dans un demi-pas de danse.

— Philip, vous perdez la tête, nous n'avons plus soixante-dix ans !

Un doux moment dans cette triste pandémie.

Et voilà que Boris Johnson vient tout gâcher ! Quelques minutes après mon allocution, coup de fil d'Edward et alerte sur les écrans : le Premier ministre est transporté à l'hôpital londonien Guy's and St Thomas, tout proche de Downing Street. « Par précaution », affirme le porte-parole. « Pour des analyses de routine », écrit ensuite Boris Johnson. « Précaution », un dimanche soir. *Ce* dimanche soir. Juste après mon royal discours.

Certes, cela faisait un moment que le chef de mon gouvernement affichait une petite mine. Il semblait pourtant ravi et alerte lors de notre premier coup de téléphone de confinement. Le traditionnel point hebdomadaire entre Premier ministre et souveraine, mais par téléphone, bien sûr, pour éviter tout contact entre nos haleines respectives. Pendue au bout du fil, au milieu de mes statuettes de corgis, j'avais rassuré Boris Johnson sur mon état de santé, bien que Charles fût lui-même contaminé. J'avais aussi confirmé : bien sûr, la loi sur l'état d'urgence sanitaire, nécessaire pour mettre en œuvre les mesures de restriction, obtiendrait mon royal assentiment. Un mot d'encouragement, enfin, les temps difficiles justifiant des mesures exceptionnelles : « Cher Premier ministre, plus de quatre cent mille Britanniques volontaires pour venir aider le système de santé, bravo, c'est exceptionnel – Euh, merci, madame. »

Jusque-là tout allait bien. Puis le ministre de la Santé avait été déclaré positif. L'ébouriffé avait ensuite publié cette vidéo du 27 mars annonçant ses « symptômes bénins » : « Je travaille depuis la maison, je m'isole, c'est exactement ce qu'il faut faire. [...] Je veux remercier tous nos services d'urgence. [...] On va s'en sortir, bien sûr, en appliquant les mesures dont vous avez tous entendu parler. [...] On va vaincre le virus, et on va le vaincre ensemble. Restez à la maison, protégez le NHS et sauvez des vies. » *So far so good.* Les messages sur Internet et les communiqués se succédaient. Et puis, le 2 avril, tout le royaume est sorti sur son perron pour applaudir nos soignants. *Gosh !* Le Premier ministre avait une mine horrible. Fantomatique, malgré une épaisse couche de maquillage.

— Que dites-vous Philip ?

— Je dis que le maquillage, c'est pour les ladies !

— Certes, mais c'est admis aussi à la télévision, vous savez.

— Franchement, on ne dirait pas un Premier ministre, mais une poupée Barbie patraque.

Malgré son habituelle outrance, Philip avait raison, et la mine orangée d'un Premier ministre aux orbites creusées cachait certainement quelque chose… De là à imaginer le pire… Et pourtant. Le dimanche suivant, donc, le 5, jour de mon si réussi discours, le chef du gouvernement intègre l'hôpital Guy's and St Thomas, à une largeur de Tamise de la Chambre des communes.

Le lendemain, le ministre des Communautés Robert Jenrick, invité sur la chaîne BBC4, annonce : « Je m'attends à voir revenir Boris Johnson très bientôt. » Le chef du gouvernement, officiellement, reste aux commandes et continue de poster des messages Internet, que me rapporte scrupuleusement Donal. Dans l'après-midi, Mr Johnson remercie les soignants et assure qu'il a « bon moral ». À peine quelques heures plus tard, le voilà en soins intensifs. Ce mercredi, une ligne et demie encore : « Le Premier ministre continue à faire des progrès constants. Il reste en soins intensifs. »

Comme une descente aux enfers sur l'air, encore et toujours, du *Keep calm and carry on*, devise officieuse britannique. La résilience en spectacle. Avec le soutien des tabloïds : « Il est resté au travail pour vous, priez pour lui à la maison », titre le mercredi en une le journal *The Sun*, le plus lu au Royaume-Uni. « Nous sommes avec toi, Boris », annonce le gratuit *Metro*. Alors que le *Daily Mail* cultive l'optimisme : « Boris est un battant, il va s'en sortir », clame la manchette du quotidien. Mon message de soutien universel et optimiste ? Effacé. Quel gâchis, *such a waste !*

Je me résous à appeler Edward pour demander des nouvelles.

— Edward, je ne reçois plus les messages et communiqués du Premier ministre dans mes boîtes rouges. Non pas que cela me manque, bien au contraire, mais dois-je m'inquiéter concernant Boris Johnson et sa santé ?

— Madame, nous sommes en contact avec Downing Street qui s'en tient à la version des choses relayée par les médias.

— Vous savez que je n'épluche pas l'intégralité de la presse, Edward, elle ne mérite pas cela. Quelle est-elle, cette version ?

— Mr. Johnson se trouve en soins intensifs sur les conseils de son équipe médicale, pour avoir accès à un respirateur au cas où la nécessité se présenterait. Dominic Raab est désigné « *survivor* » pour remplir les fonctions du chef du gouvernement en son absence.

— Le karatéka ?

— Oui, madame. Il est également ministre des Affaires étrangères. Mais il n'y aura naturellement aucun contact physique entre vous !

— Naturellement.

Le lendemain mardi, les services du Premier ministre envoient un communiqué. Une ligne et demie, encore, pour signaler que Boris Johnson « reste en soins intensifs » et garde « bon moral ». Je me ronge les sangs et tourne en rond dans un de mes salons. Puis je décroche le téléphone.

— Edward, c'est le moment d'envoyer des vœux de rétablissement au Premier ministre, je le crains. On ne voudrait pas sembler inhumain. Ni perdre un Premier ministre maintenant, ce qui risquerait d'engendrer une véritable crise politique dans le pays, vu l'état du parti conservateur.

— Bien, madame. Quel genre de message souhaitez-vous adresser au Premier ministre ?

— Vu le flou sur l'état de santé de Mr Johnson, j'ignore s'il sera en état de me lire. Autant m'adresser directement à sa compagne, Carrie Symonds. Mais elle aussi souffrait du coronavirus ?

— La presse et mes contacts rapportent qu'elle va mieux, madame.

— Très bien.

Nous nous mettons au travail. Un petit carton, mon stylo-plume. Les yeux perdus sur le gazon, à travers la large fenêtre, je cherche un mot clé… « *Speedy recovery.* » Un rétablissement rapide. J'écris :

Chère Carrie,

En ces temps difficiles, je pense à vous ainsi qu'au Premier ministre. Je souhaite à Boris Johnson un rétablissement rapide.

Sincèrement,

Elizabeth R.

Edward semble avoir passé le mot au reste de la firme. Un peu plus tard, c'est Charles qui, sans grande originalité, envoie au chef du gouvernement ses vœux « pour un rapide rétablissement ». Un peu plus d'efforts du côté des Cambridge : « Nos pensées accompagnent le Premier ministre et sa famille qui, comme beaucoup au Royaume-Uni et dans le monde, sont affectés par le coronavirus. Nous lui souhaitons un rétablissement rapide en ces temps difficiles. » À l'étranger, les messages de soutien se multiplient aussi. L'orang-outan d'outre-Atlantique propose à mon chef du gouvernement une place à l'hôpital américain, avec traitement à la clé. Donald Trump envoie ses vœux à celui qu'il appelle un « très bon ami ». Quant au Président russe, il exprime son soutien par télégramme. « Certain que votre énergie, votre optimisme et votre sens de l'humour vous aideront à terrasser la maladie. »

Tant qu'à prendre la plume, j'en profite pour adresser un message aux soignants. Il est question « d'engagement désintéressé », de « dévouement », de « meilleurs vœux de ma famille et moi-même ». Consensuel et indispensable. De quoi les encourager à tirer du gouffre le chef du gouvernement ? En tout cas, les jours suivants, la situation de Boris Johnson semble en progrès. Son état « s'améliore », assure le jeune loup des Finances, Rishi Sunak. Il a pu « s'asseoir dans son lit ». C'est donc qu'avant il ne le pouvait pas. Tout cela ne me rassure guère.

Dans les tourments du Brexit et les affres de l'épidémie, je dois confier n'avoir jamais tant souhaité voir l'ébouriffé en bonne santé. Au point de promettre au Très-Haut de sacrifier des colliers de perles et des diadèmes en diamant. Et ce que la reine veut, Dieu le veut : voilà que mon souhait fou se réalise ! Boris Johnson renaît, tel le Christ au jour de Pâques, mais en moins spectaculaire. La résurrection s'incarne dans un simple coup de fil à mon secrétaire particulier. Soulagement palpable dans la voix sans timbre d'Edward.

— Quelles nouvelles, Edward, comment allez-vous ?

— Bien, je vous remercie, madame.

« Bien » n'aura jamais sonné aussi peu enthousiaste.

— Madame, votre chef du gouvernement est sorti des soins intensifs. Il se repose dans une aile classique de l'hôpital Guy's and St Thomas.

— Le pensez-vous tiré d'affaire, Edward ?

— Je ne saurais dire, madame. D'après le 10, Downing Street, son moral est extrêmement bon. Mais avec sept mille neuf cent soixante-dix-huit morts, celui du pays, lui, est loin de l'être. D'autant que le gouvernement menace de prolonger le confinement.

De l'art de se réjouir des bonnes nouvelles. Quant à moi, je manque d'esquisser un petit pas de danse sur l'air de *We'll meet again*. *Thank God*, nous avons toujours un chef de gouvernement. Bref instant de légèreté. Interrompu par le bip-bip de mon téléphone, objet moderne de malheur. Le message m'arrive de Kate la plus-que-parfaite. Sobre, précis, concis, comme d'habitude. Mais mon sang bleu ne fait qu'un tour.

« Chère Granny, je vous espère en bonne forme malgré cette terrible épidémie. William, les enfants et moi sommes toujours à Anmer Hall où nous profitons de votre merveilleux domaine de Sandringham. Hélas, comme vous le savez, William a contracté la Covid. Il souffre de fièvre et son souffle court l'empêche de s'exprimer de façon satisfaisante. Il est donc contraint d'abandonner pour quelques jours ses engagements à votre service, et je vais devoir consacrer plus de temps aux enfants. Nous reprendrons naturellement le travail dès que sa santé nous le permettra. Bien sincèrement, Catherine. »

Mon petit-fils doit être bien malade pour que les irréprochables Cambridge se résolvent à abandonner leurs missions. Depuis ces quelques semaines de *lockdown*, ma famille et moi n'avons simplement pas cessé nos activités, même distanciées, en appui du moral de nos sujets. Encouragements aux services de secours, proposition d'activités en ligne pour les enfants (« invente ta propre médaille et colorie-la », une idée brillante de Donal), hommage aux associations, publications sur Internet de recettes secrètes de mes pâtissiers, illuminations bleues à Windsor pour célébrer notre service de santé, inauguration d'un hôpital de campagne par Charles… Mon couturier Stewart Parvin a même cessé de fabriquer mes robes pour se lancer dans les blouses hospitalières : moins esthétiques, mais indéniablement plus pratiques par les temps qui courent. Pour la première fois en soixante-huit ans de règne, j'ai même enregistré un message pour Pâques. Codé et inspirant, sur une reposante vidéo de bougie à la flamme vacillante. L'idée était de Donal, encore : cet homme brillant sait rendre la royauté indispensable quand la nation est en danger.

« Cette année, Pâques sera différent pour beaucoup d'entre nous, mais en restant éloignés, nous protégeons les autres. Mais Pâques n'est pas annulé ; en effet, nous en avons besoin plus que jamais. Nous savons que le coronavirus ne nous vaincra pas. Aussi sombre que la mort puisse être, particulièrement pour ceux qui subissent un deuil, la lumière et la vie sont plus grandes... », etc. Encouragement pour mes sujets autant que pour moi, si inquiète de la faiblesse de William.

Mais le miracle de Pâques fait son effet. Quelques jours de repos, et dès le jeudi suivant, l'héritier inaugure à son tour par vidéo interposée un hôpital de campagne à Birmingham. Le secret de sa maladie n'aura pas été trahi, pour ne pas inquiéter plus encore mon peuple endeuillé. Il revient, si blond, si beau, si élégant, si généreux aussi, capable dès sa sortie de convalescence de débourser une belle somme pour le capitaine Tom Moore, vétéran de guerre, qui a promis de faire en déambulateur cent tours de son jardin de Bedford pour ses cent ans, histoire d'apporter un peu d'argent au NHS mis à mal par le coronavirus. « *Incredible, amazing !* » s'enthousiasme William. « Une légende absolue », exulte mon petit-fils. William 1 – Coronavirus zéro. Ou presque.

Je fais les comptes en grignotant un morceau de mon œuf en chocolat géant, sous l'œil moqueur de Philip, dans un des salons du palais.

— Combien pèse cette friandise, mon chou ?

— Moins de deux kilos, je crois. Cadeau de l'un de nos chocolatiers royaux.

— Oh, *well*, cela vous permettra au moins de tenir jusqu'à la fin du confinement.

Je souris, mi-agacée, mi-amusée. Le karatéka aux commandes de l'État en l'absence de Johnson vient de prolonger le *lockdown* pour trois nouvelles semaines. Treize mille sept cent vingt-neuf morts au compteur. « Relâcher prématurément les contraintes serait plus dangereux pour l'économie sur le long terme. Le gouvernement a décidé... », annone à la télévision le Premier ministre remplaçant en costume sombre. Je guette la réaction de mon époux. Qui s'indigne, pour la forme.

— Encore trois semaines ! J'espère que les écuyers de Sandringham soignent bien les chevaux qui conduisent mes calèches.

Silence gourmand de mon côté. Regard coulissant vers mon époux, veste en tweed et pantalon droit. Le chocolat onctueux fond sous ma langue. Mon esprit vagabonde. C'est vrai, me voilà privée du rendez-vous équestre Royal Ascot cette année, privée pour quelque temps de chevaucher mes poneys, car l'aide requise de mon personnel ne me permettrait pas de respecter la distanciation. Mon anniversaire officiel, Trooping the Colours, n'aura pas lieu sur le Mall, et même le mariage de Beatrice a dû être reporté. Mais ce maudit virus a deux avantages. Avantage numéro un : éloigner de mon quotidien le Premier ministre, cette petite nature, exilé pour sa convalescence avec sa compagne dans sa résidence campagnarde de Chequers où il « observe les oiseaux », « les buses, les piverts et les milans rouges », selon les rumeurs de presse. Avantage numéro deux : me rapprocher quelques semaines encore de mon époux, son allure, ses mauvaises blagues, et ses insupportables et charmantes sautes d'humeur.

Mardi 4 août 2020

Dieu bénisse l'Écosse et les Highlands ! Ce n'est pas pour rien que j'ai fait duc d'Édimbourg mon unique amour, et qu'un joueur de cornemuse me réveille chaque matin au son mélodieux de son instrument. L'Écosse et ses Highlands sont une contrée bénie et, sous les perles et le tweed, mon cœur bondit de joie dans la Bentley aux fauteuils crème qui nous conduit, Philip et moi, vers la base de la Royal Air Force à Northolt. Le gouvernement a enfin levé les restrictions sanitaires pesant sur les personnes de plus de soixante-dix ans. À nous les promenades dans la verdure, à nous les pique-niques, la chasse peut-être. À condition que mon royal personnel ait respecté les règles sanitaires, et surtout que les promeneurs aient cessé d'utiliser le domaine de Balmoral comme des toilettes à ciel ouvert. *Shocking, indeed.* Non seulement le virus maudit a décimé mes sujets les plus âgés, mais il a aussi fermé les toilettes publiques, les bars et les restaurants. Conséquence : les clairières et les chemins de Balmoral étaient, il y a peu encore, jonchés de déjections, de mouchoirs et serviettes. « Des gens choisissent de se soulager à côté de sentiers fréquentés et de monuments plutôt que de s'éloigner pour éviter la contamination », notaient pudiquement il y a quelques semaines les responsables du domaine. Avec quelques conseils pratiques pour préserver les lieux : « Si vous avez besoin d'uriner, s'il vous plaît, faites-le à trente mètres au moins des lacs et des cours d'eau. Si vous avez besoin de déféquer, faites-le aussi loin que possible des bâtiments, chemins, cours d'eau et animaux de ferme. Enterrez les selles dans un trou et recouvrez-le de gazon. » Pourvu que ces appels aient été suivis d'effets ! Car enfin, si j'accepte de troquer mes charentaises contre des chaussures de marche, il ne s'agirait pas de souiller mon royal soulier !

Je m'y suis attachée, à ces charentaises, cadeau espiègle de Philip pour l'un de nos Noëls à Sandringham. Car même en temps de pandémie, la reine répond présent, en soutien de ceux qui se mobilisent et du moral de ses sujets. Tenue impeccable et brushing parfait, grâce à la « bulle sanitaire » de Windsor, comprenant habilleuse et coiffeur, qui ont accepté une quarantaine avant notre arrivée. Mais pour la partie hors caméra, je reconnais m'être bien habituée à ces moelleux chaussons, plus confortables que mes habituels mocassins à petit talon. Je ne vous parle même pas des échasses que chaussent parfois les épouses de mes petits-fils. Il est désormais acquis que pour l'éternité, ce genre de soulier est banni de ma garde-robe. Je ne m'encombrerai plus jamais de ces engins de l'enfer qui obligent à se tenir en équilibre au risque de chuter, alors que l'on peut allègrement se mouvoir sur un lit de douceur.

Le non-respect des conventions vestimentaires pédestres ne m'empêche pas de m'activer, et de maintenir un cadre de vie et de travail acceptable. Réveil toujours au son de la cornemuse, socialement distanciée *of course*, sous les fenêtres du palais, pendant que Philip ronchonne derrière la porte en se pelotonnant dans ses draps. Thé, biscuit, bain peu profond, pas plus d'une vingtaine de centimètres, tout en écoutant attentivement les informations à la BBC. Petit déjeuner léger, puis travail à mon bureau : lecture des comptes rendus et communiqués des boîtes rouges qui continuent de me parvenir, messages réguliers d'encouragement à mes sujets, coups de téléphone à mes collaborateurs ou aux grands chefs d'État du monde…

« Jacinda ? Jacinda Ardern ? Oui ? J'appelle pour vous féliciter pour votre gestion de crise en Nouvelle-Zélande ! Apparemment cela porte ses fruits ! »

Même programme l'après-midi, avant le thé. Le reste de la journée se passe, je l'avoue, à profiter des charmes de Windsor, bien que privée un temps de mes poneys, et à apprécier la compagnie de Philip avec qui il m'est donné désormais de dîner chaque soir – fort bon prétexte pour continuer à porter des tenues élégantes qui auraient pu, faute de compagnie, se retrouver au placard.

Le 21 avril, nous entrechoquons nos verres pleins d'un cocktail Gin & Dubonnet à la couleur ambrée.

— Quatre-vingt-quatorze ans, joyeux anniversaire chou ! Heureux de le passer avec vous.

— Oh, Philip, quel joli sac !

— C'est un Launer, votre marque préférée a sorti une édition rien que pour vous.

Pour l'occasion, Angela a extirpé de mes malles une robe pailletée, éclair d'esprit festif dans ce monde endeuillé. Elle scintille dans la lumière tamisée. Précieux moment, d'autant qu'encore une fois l'épidémie assombrit la fête. Pas de coups de canon traditionnel tirés dans les parcs royaux pour célébrer mon royal *birthday*, pas de réception ni d'invités ; quant au gâteau, il me paraît d'autant moins savoureux qu'un ancien chef de la Couronne vient de révéler au public la recette de ce délice au chocolat qui remonte à la reine Victoria… Ne trouvez-vous pas que la meilleure pâtisserie a moins bon goût, quand tout le monde peut y goûter ? Malgré tout, les messages affluent dans mon courrier, sur mon téléphone et sur les réseaux sociaux. Florilège de photos postées par Charles, cliché presque comique des Cambridge avec moi, appels vidéo aussi. Camilla, Beatrice, Eugenie… Harry. Une visioconférence à l'heure du thé. Mon petit-fils arbore une tenue détendue à l'américaine, son épouse est comme toujours tirée à quatre épingles, leur fils Archie aussi.

— Hello, Granny ! Comment allez-vous ? Joyeux anniversaire !

— Merci ! Comment cela se passe-t-il aux États-Unis ?

— Nous nous confinons à Los Angeles. Nous venons d'aller sortir les chiens. Il a fallu retenir Archie pour qu'il ne leur coure pas après !

— Mais ? Sait-il déjà marcher ?

— Je plaisante, Granny.

— Archie a beaucoup grandi… et il a les cheveux roux, comme son papa !

On rit. Cet anniversaire est plutôt réussi, finalement.

Ah, les anniversaires… En cette période de repli, c'est toute une affaire. Pour contrebalancer l'éloignement physique d'avec les membres de la famille, aucun vœu, aucun message Internet ne manque. Le 23 avril : « Joyeux anniversaire au prince Louis. Aujourd'hui, il a deux ans ! » Petit autocollant gâteau d'anniversaire, petit autocollant ballon. Le 30 avril, une carte au capitaine Tom Moore qui a continué à arpenter son jardin et récolté finalement 31 millions de livres pour le système de santé : « Je suis si contente de savoir que vous célébrez votre centenaire ce 30 avril ! Je fus aussi très intéressée d'entendre parler de vos récents efforts pour lever des fonds pour le NHS en ces temps difficiles.

Je vous envoie mes félicitations et mes meilleurs vœux pour cette occasion spéciale. » Le 5 mai : « Un très joyeux anniversaire à la princesse Charlotte qui célèbre ses cinq ans aujourd'hui. » Le 6 mai : « Joyeux anniversaire à Archie Mountbatten-Windsor, qui célèbre son premier anniversaire aujourd'hui. » Le 21 juin : « Nous souhaitons au duc de Cambridge un très heureux anniversaire. » Le 17 juillet : « Nous souhaitons à la duchesse de Cornouailles un très joyeux anniversaire ! Son Altesse Royale a soixante-treize ans aujourd'hui. » Le 22 juillet : « Nous souhaitons au prince George un très heureux septième anniversaire. » Et aujourd'hui même, jour de naissance de Meghan : « Nous souhaitons à la duchesse de Sussex un très joyeux anniversaire ! »

Anniversaires historiques, aussi. Le 2 juin, soixante-sept ans de mon couronnement officiel, intervenu neuf mois après mon arrivée sur le trône. Le 24 mai, ç'aurait été les deux cent un ans de mon arrière-arrière-grand-mère Victoria, souveraine au plus long règne du Royaume-Uni, le mien excepté.

Le 8 mai, jour de commémoration de la victoire de 1945 en Europe ; à nouveau, je m'adresse directement à mon peuple. Angela Kelly a tiré de mes placards une robe en lainage aux tons très doux, bleu lavande, on ne peut plus rassérénant. Avec ça, mes habituelles perles et deux broches scintillantes comme la lumière au bout du tunnel. L'intervention commence par une archive, où *dear* papa rend hommage aux morts de la guerre : « Rappelons-nous les hommes de tous les services et les femmes de tous les services qui ont perdu la vie… » J'enchaîne : « Je vous parle aujourd'hui à la même heure que mon père, il y a exactement soixante-quinze ans... » Il est question de force et de courage, de foi en la victoire, d'engagement... Ne jamais abandonner, ne jamais désespérer. « Aujourd'hui, cela semble difficile de ne pas pouvoir marquer cet anniversaire spécial comme nous le voudrions. À la place, nous nous rappelons depuis nos maisons, ou les seuils de nos maisons. Mais nos rues ne sont pas vides, elles sont pleines d'amour et du soin que nous avons les uns pour les autres. »

Et ici, à Windsor, ce sont les couloirs qui sont pleins d'amour. Le 10 juin, Philip célèbre ses quatre-vingt-dix-neuf ans. Dont soixante-douze ans de relation, tumultueuse ou passionnée, mais jamais tiède. Le 9 juin, la veille, nous nous pomponnons pour le cliché. J'enfile perles et robe fleurie. Derrière la porte, j'entends mon époux rabrouer son valet de pied : « Puisque je vous dis que je veux une cravate rayée ! Je me fiche de savoir si vous considérez que c'est ou non assorti à la veste d'officier ! » Il quitte sa chambre et se présente à moi. Viril, du haut de son mètre quatre-vingt-trois.

— Allons-y, chou, finissons-en !

Le photographe nous installe dans le quadrangle du jardin de Windsor.

— Un petit sourire !

Philip et moi fixons l'objectif, un peu crispés. Clic ! Une rare photo du couple royal, pour l'Histoire, postée le jour J sur les réseaux sociaux. Exceptionnellement, à la demande de mon époux, pas de cornemuse pour nous réveiller ce jour de *birthday*. Une grasse matinée pour le duc d'Édimbourg – il est à la retraite, après tout. En guise de gâteau d'anniversaire, mes chefs apportent au déjeuner des « crêpes islandaises », sorte de pancakes mélangés aux prunes du jardin – loin du traditionnel *sponge cake* d'anniversaire. Mon mari a des goûts culinaires aventureux qui parfois m'échappent. Seule une petite étiquette de pâte d'amande clame « Joyeux anniversaire, Philip ! »

— Dernier anniversaire, chou !

— Philip, comment pouvez-vous dire cela, voyons ! Vous êtes en pleine forme.

— Je vous ai prévenue, Lilibeth, il est hors de question que j'atteigne l'âge de cent ans ! Je n'imagine rien de pire.

— Philip !

Quant au travail, grâce aux nouvelles technologies, Donal a mis au point une véritable stratégie destinée à investir les réseaux sociaux de la royale présence dont le public est privé. Nous dévoilons régulièrement des recettes pour les Britanniques que le confinement a ramenés aux fourneaux. Nous mettons aussi l'accent sur le jardinage, un autre plaisir retrouvé : photos des splendides plantes du jardin de Buckingham, questions-réponses sur les réseaux sociaux avec l'un de mes jardiniers, encouragements au marché aux fleurs de Chelsea, virtuel cette année, clichés en coulisse du palais de Buckingham habituellement ouvert aux visiteurs mais fermé cette année pour cause d'épidémie… Sans compter les commémorations, photos, journées d'hommage régulières à nos services d'urgence et de santé. Donal publie aussi des rappels de ces événements qui auraient dû avoir lieu dans un monde sans épidémie : aujourd'hui se seraient déroulées la première, la deuxième, la troisième garden-party de Sa Majesté, aujourd'hui en Écosse on participerait à la « cérémonie des clés »…

Miracle de l'Internet, je peux tout de même largement remplir mon devoir de souveraine depuis mon écran.

L'Histoire retiendra sans doute la date du jeudi 11 juin, premier appel vidéo d'une souveraine à ses sujets, en l'espèce des aidants, pour la semaine qui leur est consacrée. J'ai gardé mes chaussons, ni vu ni connu, mais enfilé une charmante robe fleurie, et me suis postée devant l'ordinateur, dans un joli salon du palais, entre moquette rouge, rideaux de velours et statuette de cheval dorée. Cette fois, Donal arrive à point nommé pour lancer la connexion avec le logiciel. Sur l'ordinateur, plusieurs femmes s'affichent. J'entends la voix de ma fille Anne résonner derrière l'écran.

— Bonjour à Windsor !

— Bonjour, je suis très contente de me joindre à vous !

— Pouvez-vous voir tout le monde ? Vous devriez avoir six personnes sur votre écran.

— Je peux en voir quatre, en tout cas.

— Vous n'avez pas besoin de moi, vous savez à quoi je ressemble !

Elle rit, et c'est vrai que je l'imagine, large sourire et échevelée comme toujours. Le rendez-vous se révèle fort convivial. Charmantes interlocutrices, témoignages émouvants. Comme un déplacement royal, mais moins fatigant pour les pieds. On y prendrait goût.

Un mois plus tard, c'est avec les forces armées, navales, de terre et aériennes que l'écran et les câbles Internet me permettent de converser. Même l'Esprit saint voyage par les réseaux. Stephen Cottrel, nouvel archevêque d'York, me fait son serment d'allégeance par appel vidéo. Et fin juillet, le ministère des Affaires étrangères m'invite virtuellement dans ses murs pour inaugurer un portrait en pied, censé me rendre hommage au sein du ministère. Un petit bonhomme en costume sombre s'agite sur l'écran au côté de la peintre Miriam Escofet.

— Votre Majesté, il y a un lien particulièrement fort entre le ministère des Affaires étrangères et Votre Majesté. Avec la permission de Votre Majesté, nous allons dévoiler un portrait de Votre Majesté.

Il tire sur le satin bleu qui recouvre la toile. Je réprime un haut-le-cœur. Le tableau représente une vieille dame sagement assise dans son fauteuil Empire, les pieds joints, un peu repliée, avec à ses côtés un bouquet de fleurs guère plus fraîches qu'elle.

Ne rien montrer. Je souris, lèvres légèrement pincées.

— Je suis contente d'avoir eu la chance de le voir, j'espère pouvoir l'admirer en vrai un jour.

Non sans ajouter une petite pique :

— Il manque un ingrédient clé dans la tasse de thé. Du thé !

L'appel se poursuit et mes interlocuteurs me racontent les deux mille cinq cents fonctionnaires du ministère et la reconversion de neuf cents d'entre eux en agents de la lutte anti-coronavirus et du rapatriement des Britanniques de l'étranger.

— C'est incroyable comme vos collègues peuvent s'adapter et faire des choses complètement différentes de ce qu'ils sont censés faire. Je suis très impressionnée.

Propos parfaitement sincères. Mais en raccrochant, je m'emporte contre ces peintres officiels incapables de rendre justice à ma souveraine vitalité. Nouvelle résolution : ne plus passer des heures à poser pour ce genre de portrait.

De leur côté, mes enfants et petits-enfants aussi multiplient les interventions sur Internet. Par l'intermédiaire de la vidéo, Anne inspecte par exemple des régiments. Et pendant que la famille royale mène l'offensive dans les nouvelles technologies, d'autres rendent les armes : enfin, mon petit-fils Harry et son épouse Meghan ont fermé leur site Internet « Royal Sussex », comme je l'avais ordonné. Ils mèneront leurs activités *via* un compte et une fondation baptisés « Archewell », du nom de leur fils Archie. La marque royale ne sera pas galvaudée.

Pas galvaudée mais potentiellement affaiblie par l'épidémie. Car si le virus a ses avantages, il frappe aussi au porte-monnaie. Effet secondaire de la Covid, le foyer royal perd de l'argent et risque de devoir se séparer d'un certain nombre d'employés, ou du moins de baisser leurs subsides. Le Lord Chambellan, le comte Peel, gestionnaire des finances de la famille royale, m'a alertée il y a quelques jours. Un coup de téléphone pour m'informer, avant d'écrire au personnel royal.

— Bonjour, Lord Chambellan.

— Bonjour, madame.

— Quelles nouvelles de nos finances ?

— Madame, la famille royale n'est pas épargnée par la pandémie, pas plus que le reste du pays.

— Qu'est-ce à dire ?

— C'est le Royal Collection Trust qui est touché aujourd'hui. Le palais de Buckingham n'ouvre pas aux visiteurs cet été, ni Windsor, ni Clarence House, ni le palais de Holyrood en Écosse. L'an dernier, les visiteurs avaient rapporté à votre famille plus de 72 millions de livres. Je vous laisse faire le calcul, madame.

— En effet. Il nous faut avertir le personnel, vous me ferez passer le mémo pour validation.

Attablée à mon secrétaire, je griffonne des chiffres à la plume. On arriverait à un trou dans nos finances de 30 millions de livres. Mauvaise nouvelle pour nos quelques centaines de valets, cuisiniers, femmes de chambre, jardiniers, femmes de ménage… Quant à moi, ma Sovereign Grant, la somme de 86 millions de livres annuelles d'argent public qui m'est allouée, ne peut légalement pas diminuer. Mais le complément, les revenus du duché de Lancaster, est en péril. Les locataires ne peuvent plus payer, la valeur des investissements s'effondre. Coup dur pour mes enfants Anne et Edward, et pour mes cousins le duc de Kent et la princesse Alexandra. Je m'inquiète pour eux, et pour notre personnel, si dévoué. Et je tente, en vain, d'adoucir le propos du message du Lord Chambellan. La famille royale ne « fait pas exception » quand il s'agit de l'impact de l'épidémie, écrit le comte Peel. « La crise a déjà testé notre résilience, notre adaptabilité, notre préparation, de nombreuses façons et à tous les niveaux. […] Elle a aussi eu un impact significatif sur les activités de toute la famille royale. […] Indubitablement, des temps difficiles arrivent et nous avons conscience que beaucoup d'entre vous sont inquiets. » Difficile de dire mieux. Difficile de dire plus sans connaître l'horizon et les plans de ce virus importun, même si les résidences royales viennent de rouvrir. Je songe à Sheena, la douce Sheena, femme de ménage à Balmoral, si heureuse à l'automne dernier quand j'avais annoncé des augmentations pour tout le personnel. Que pensera-t-elle en voyant son salaire réel diminuer ? Les temps ont changé. L'économie souffre : 20 % de revenus générés en moins sur le territoire britannique, rien qu'au mois d'avril, 9 millions de personnes au chômage partiel. Conséquence : Boris Johnson vient d'assouplir encore les règles du travail le dimanche, pour relancer la machine. Ça ne l'empêche pas de dépenser généreusement : plus d'un million d'euros de peinture pour mettre son avion de fonction aux couleurs de l'Union Jack ! Et pas moins de 115 000 euros annuels provisionnés pour embaucher un porte-parole de Downing Street, façon Maison Blanche, destiné uniquement à la communication de l'ébouriffé. Pas sûr que cela suffise à rattraper ses gaffes. Au palais, nous nous creusons la tête, nous, pour inventer de nouvelles sources de revenus. La dernière en date : ce gin royal, infusion de vingt et une plantes cueillies dans nos jardins, et dont tous les bénéfices reviennent au Royal Collection Trust. Un délice à 40 livres la bouteille. Croyez-en mon palais aguerri.

En dehors des ennuis sonnants et trébuchants, la rumeur du monde vient cogner aux portes du palais. Le mouvement Black Lives Matter s'empare de la planète, depuis la mort, le 25 mai dernier, de George Floyd, cet Afro-Américain étouffé par un policier. Entendons-nous bien, j'adhère sans réserve au fait que *black lives matter*, les vies noires comptent. Parole de dirigeante du Commonwealth et de son nuancier d'épidermes colorés. Mais quelques jours après ce décès, les manifestations surgissent à Londres, Cardiff et Manchester, en dépit de toutes les règles du *lockdown*.

Des jeunes surtout, pancartes à la main, qui défilent de Trafalgar Square à l'ambassade des États-Unis, avec quelques arrestations à l'arrivée. Des rassemblements dans plusieurs endroits du Royaume-Uni et de la planète, il n'en fallait pas plus à ma belle-petite-fille, Meghan Markle, pour ressortir son esprit militant. Vidéo destinée aux étudiantes de l'école du « cœur immaculé », à Los Angeles, pour leur remise de diplôme. En tenue soignée, maquillage léger, haut blanc, cheveux lisses, Meghan affiche sans vergogne ses émotions, raconte ses expériences des émeutes raciales des années 1990, se désole que le monde ne soit pas devenu meilleur. Elle avoue s'être interrogée avant de s'exprimer sur le sujet – que ne s'est-elle interrogée plus longtemps ? Et s'être avisée que la seule mauvaise chose à dire, « c'est de ne rien dire ». L'étincelle qui vient allumer la mèche. Maintenant qu'un membre de la famille s'est exprimé sur le sujet, de plus en plus d'éditorialistes et militants réclament que je prenne position, moi, la reine. Et voilà qu'en juin le mouvement se radicalise, qu'il abat des statues sous les hourras, comme celle de l'esclavagiste Edward Colson, certes, mais qu'il menace aussi celle de mon cher Winston Churchill sur la place du Parlement. Le maire de Londres, Sadiq Khan, se résout à dissimuler la statue sous les palissades pour la protéger des manifestants, parce que le cher Winston aurait tenu un rôle ambigu dans l'esclavage. Le Premier ministre, adepte avoué de son prédécesseur, fulmine et dénonce « des mensonges à propos de notre histoire » et des manifestations « confisquées par les casseurs, par des intentions extrémistes et par la violence ». Pire, voilà que le peuple britannique est sondé par un magazine américain : souhaitez-vous que la reine s'engage sur le sujet ? Aucun résultat probant : un tiers des interrogés souhaite que je prenne la parole, un tiers que je ne le fasse pas. Boris Johnson, lui, a choisi : il ne veut pas être contraint de « poser un genou à terre » contre les inégalités raciales, car « il ne croit pas aux gestes », assure-t-il. Face aux députés, dans la Chambre des communes, le Premier ministre martèle même : oui, la mort de George Floyd fut épouvantable, mais concernant les qualités de Mr Trump, « il est le président des États-Unis, notre plus important allié dans le monde aujourd'hui. Et quoi qu'en disent les gens, les États-Unis sont un bastion de paix et de liberté ».

Sur ces sujets, mieux vaut toujours se taire, je crois. Même quand mon petit-fils Harry et son épouse Meghan affirment dans une discussion vidéo avec le Queen Commonwealth Trust qu'il « n'y a aucune façon d'avancer sans reconnaître le passé », fût-il « inconfortable ». Fureur. Comment osent-ils sous-entendre que la famille royale ne reconnaîtrait pas ce passé ? Et comment peuvent-ils imaginer que je m'avance sur un tel sujet, aussi controversé ? *Snowflakes indeed.*

Fort heureusement le déconfinement progressif du pays m'offre dès le mois de mai quelque distraction. Ça commence le 10 mai, avec un Boris Johnson de plus en plus hirsute – fermeture des salons de coiffure oblige – qui dévoile un « plan conditionnel » de levée progressive des contraintes sanitaires. Le slogan officiel n'est plus « Restez à la maison », mais « Restez vigilants ». Qu'en mots prudents ces choses-là sont dites ! Et comme les nouvelles règles semblent parfois absurdes ! Exemple : les Britanniques qui ne peuvent pas travailler depuis chez eux doivent retourner au travail. Oui, mais en évitant les transports publics. En juin au plus tôt, certains élèves pourront retourner à l'école et les commerces rouvrir. Oui, mais les autres endroits publics, les restaurants, les hôtels, attendront le mois de juillet. Et les autres nations, Irlande du Nord, Écosse, suivront leur propre calendrier. Nous « modifions les mesures du confinement ». Oui, mais les amendes pour ceux qui les enfreignent seront alourdies, et une quarantaine sera instaurée pour les voyageurs, au risque d'irriter nos voisins. Le discours du Premier ministre est posé sur mon bureau, sous la lampe : je l'annote et le rature, parsemant la marge de points d'interrogation. Bien sûr, le chef du gouvernement ne verra rien de ces mouvements d'humeur sur papier. Mais cela me soulage.

En tout état de cause, pas question pour moi de quitter Windsor pour reprendre une vie « normale » à Buckingham. Le Premier ministre peut bien, en attendant, utiliser les jardins du palais pour y faire ses joggings de convalescent. Pour ma part, je profite de cette légère levée des contraintes pour des retrouvailles avec mon cher vieux poney de quatorze ans, Fougère de Balmoral. Une veste en tweed, un jodhpur, des bottes, un foulard sur la tête et hop ! Quelques libertés et le bonheur retrouvé.

Le 13 juin, Trooping the Colours, mon anniversaire officiel en version covido-compatible. Angela a choisi avec grand soin une élégante tenue pour renouer avec les mondanités. Tailleur et chapeau vert d'eau, agrémentés de perles aux oreilles et au cou. Sur le cœur, une broche, exceptionnellement différente de celle que je porte chaque année à la même date : un poireau en diamants, cadeau des gardes gallois, ceux-là mêmes qui déploient leur charme viril sur les pelouses de Windsor pour cet événement adapté à la pandémie, sans public, et avec des distances de plus deux mètres entre chaque beau soldat en bonnet fourré. Assise dans mon habituel fauteuil, sous un chapiteau, j'apprécie ce petit anniversaire officiel rien que pour moi. Une rare respiration. Cette année, pas de célébration du jour de la Jarretière, le plus ancien ordre de chevalerie ; pas non plus de Royal Ascot, cette course de chevaux que j'affectionne. Je me contente de regarder les compétitions à la télévision, une première en soixante-huit ans. Les organisateurs et jockeys ont reçu un mot de ma part : « J'envoie mes meilleurs vœux à tous les professionnels de la course et à tous les enthousiastes, qui se joindront à moi pour célébrer le Royal Ascot de cette année. En ces temps difficiles, nous sommes à nouveau ravis d'accueillir les meilleurs chevaux et jockeys du monde entier, et nous rendons hommage à ceux qui ont fait que cette course soit possible. » Pour une rare fois dans ma vie, j'envie Charles, de retour, lui, sur le terrain, en visite au Gloucestershire Royal Hospital dès le 16 juin. Mon fils a abandonné la poignée de main pour un étrange geste d'inspiration bouddhiste, un « *namaste* » pour saluer ses interlocuteurs. Mon petit-fils William, lui aussi, est de sortie, premier de la famille à s'afficher masqué à l'hôpital Churchill d'Oxford.

L'horizon semble s'éclaircir. « C'est la fin d'une longue hibernation », se félicite maintenant le Premier ministre sur mon écran de télévision. Cette fois, Boris Johnson annonce le passage de deux à un mètre de distance obligée, et la possibilité pour des familles d'en rencontrer d'autres, y compris de les inviter à passer la nuit chez elles et de les retrouver au pub. Les pubs et les campings, qui rouvrent le 4 juillet et, *thank God*, les salon de coiffure également, car j'avoue mon irritation grandissante face à la tignasse décoiffée de ce Premier ministre censé représenter le royaume à la face du monde. Tignasse décoiffée, carcasse costaude, du moins c'est ce que le chef du gouvernement veut montrer. Jusqu'à poser fin juin en une du *Daily Mail*, en bras de chemise, sur la moquette de Downing Street, pour prouver sa capacité de faire des pompes et « à quel point il va bien ».

— Cet exhibitionnisme est plus que choquant ! s'indigne Philip en jetant le journal par-dessus ses œufs brouillés.

— Je suis d'accord avec vous, mon cher. Mais tout ça n'est que basse politique.

— Que le Premier ministre britannique fasse le mariole en une des tabloïds !?

— Une grosse ficelle pour afficher la continuité de l'État.

— Mais l'État c'est vous, chou !

— C'est Boris Johnson qui dirige, et il veut le prouver. Il y a aussi son « *new deal* », les 5 milliards de livres pour relancer l'économie. Vous savez, *build, build, build*, autrement dit construire, construire, construire. Bref, le chef du gouvernement montre les muscles.

— Je vais lui montrer les muscles, moi.

Mon époux continue de grommeler en mâchonnant son bacon. Au moins aurons-nous une chance de ne plus voir trop souvent la figure du chef du gouvernement : le Premier ministre préconise désormais de porter des masques dans les boutiques, et il s'exécute pour montrer l'exemple. Entre le grand masque bleu et les cheveux, ne restent que quelques centimètres de Boris Johnson et c'est tant mieux !

Joie supplémentaire, quelques événements mondains peuvent enfin agrémenter notre quotidien. Plus besoin de décoder le casse-tête envoyé au début du mois par un petit Britannique de sept ans, inquiet que je m'ennuie et me sente solitaire. Non, nous voilà de retour dans le monde, Philip et moi. Oh, rien de spectaculaire, mais tout de même un heureux moment : le mariage de ma petite-fille Beatrice à qui j'ai prêté robe et diadème, lesquels, ma foi, lui vont à merveille. Quant à moi, je m'interroge sur la tenue à adopter pour cette parenthèse au cœur de mois confinés.

— De la douceur et de la gaîté, madame, tout ce dont vos sujets ont besoin, et vous aussi j'en suis sûre !

— Vous avez raison Angela.

Je conserve le confort de mon sac à main et de mes petits mocassins noirs à talons, comme des grigris. Mais mon habilleuse y ajoute un chapeau et un manteau couleur menthe sur une robe fleurie, le tout complété par d'autres fleurs très roses piquées sur mon chapeau. L'été dans toute sa splendeur, et de quoi faire de jolies photos avec Beatrice et Edoardo devant la Chapelle royale de tous les Saints de Windsor, à bonne distance tout de même, épidémie oblige. *God bless* Angela pour le bon choix de cette tenue, car je dois m'éclipser rapidement et sans même me changer, pour un autre rendez-vous d'importance : faire chevalier l'héroïque capitaine Tom Moore qui, grâce à ses tours de jardin en déambulateur, a récolté plus de 32 millions de livres pour notre système de santé. Pas question de m'approcher, je laisse le soldat à distance d'épée, à la pointe de l'arme de mon père George VI. À cent ans, la moindre infraction au protocole sanitaire lui serait potentiellement fatale. Les cornemuses retentissent. « Grand merci pour l'incroyable somme que vous avez récoltée. » Le chevalier ne plie pas le genou, mais le cœur y est. « Une journée incroyable… Que souhaiter de plus ? » s'interroge-t-il ensuite devant les caméras de télévision. Que souhaiter de plus, en effet, que des rencontres et des festivités, même distanciées ?

Même Philip a son lot de mondanités, avec le passage à Camilla de son rôle de colonel en chef du régiment des Rifles. Petite cérémonie sans façons dans la cour du château, mais avec la duchesse de Cornouailles et un air de trompette. Les soldats souhaitent à mon époux « bon vent et bonne mer ». Un au revoir obligé, après soixante-sept ans de service. Sauf qu'une nouvelle tempête se profile à l'horizon. D'après la presse, le chef du gouvernement a demandé à l'armée de se préparer à une quadruple crise hivernale : nouvelle vague de coronavirus, épidémie de grippe, Brexit et inondations. Dans sa première interview depuis le confinement, il admet même, en bégayant, que son équipe n'a pas compris le coronavirus « pendant les premières semaines et mois », et avance que peut-être les « avis scientifiques étaient faux ». Quelques jours plus tard encore, coup d'arrêt. Debout derrière son pupitre estampillé « Rester alerte, contrôler le virus, sauver des vies », l'ébouriffé déclare qu'il est temps d'« appuyer sur la pédale de frein ». Devant l'écran de télévision, Philip s'indigne.

— Je n'avais pas l'impression d'avoir redémarré le véhicule !

Boris Johnson poursuit : les lieux de loisirs, casinos et bowlings, les instituts de beauté resteront fermés pendant au moins deux semaines, les mariages à plus de trente sont annulés. Les masques deviendront obligatoires en intérieur. En revanche, les deux millions de personnes fragiles peuvent quitter leur maison et retourner au travail. Au micro de la BBC, un syndicaliste en colère réagit : « Comment peut-on dire aux gens qu'ils sont en sécurité en allant travailler mais pas en allant au bowling ou à la patinoire ? » « Lavez-vous les mains, couvrez votre visage, faites de l'espace », semble répondre Johnson en écho. Nouveau slogan d'un gouvernement apparemment bien démuni face à la maladie.

Pas question, de mon côté, de me laisser décourager. Pour les soixante-dix ans de ma fille Anne, je lui prépare une petite surprise : déjeuner à Frogmore Cottage, le fief déserté de Harry et Meghan, sur le domaine de Windsor. Rien d'extravagant – du saumon et des épinards –, et un tout petit comité, sans même Philip, pour éviter tout risque de contamination. N'empêche, le moment est précieux.

— Maman, je suis contente de vous voir en bonne forme.

— Moi aussi, Anne, moi aussi. Après tout, nous faisons toutes les deux partie des populations à risque face à ce maudit virus.

— Et de plus en plus chaque jour !

Elle rit.

— Quels sont vos plans, maman ? Rester à Windsor jusqu'à ce qu'il n'y ait plus aucun malade ?

— Cela semble encore loin, et ça ne me ressemble guère.

— Certes.

— Avant tout, votre père et moi allons partir à Balmoral pour les vacances.

— Balmoral, n'est-ce pas prendre un risque trop important ?

— Tout a été réfléchi. Nous ne prendrons des repas avec les visiteurs qu'en extérieur. Et depuis quelques semaines, Edward prépare une « bulle » de vingt-deux personnes qui se sont isolées pour pouvoir sans risque rester à nos côtés.

— Brillant !

Anne croque avec délice dans son fondant au chocolat. Si quelqu'un doutait de notre lien de parenté, en la voyant ainsi profiter de son gâteau il saurait immédiatement ce qu'il en est.

Balmoral en vue, donc. En attendant, les mêmes journées, routinières et agréables, agrémentées de menues distractions, comme ces feuilletons politiques que je suis de loin, entre comptes rendus officiels et reportages télévisés. Feuilleton, bloqué dans un surplace permanent : le Brexit. « *The clock is ticking* », l'horloge tourne, disait le négociateur européen Michel Barnier en avril. Et pourtant, rien ne bouge, ou si peu. Visioconférence après visioconférence. L'Irlandaise du Nord Arlene Foster boude. Mon gouvernement joue les intraitables : pas de prolongation de la relation après la rupture effective du 31 décembre. « On ne voit pas une ferme volonté d'obtenir un accord satisfaisant pour tous », se désole le président du Parlement européen. Et ce n'est pas la rencontre du 18 juin avec le président français qui fait avancer les choses. Le jeune Emmanuel Macron vient commémorer l'appel à la résistance du général de Gaulle le 18 juin 1940. Charles l'accueille avec une satisfaction visible, les deux passent en revue la troupe des grenadiers, se recueillent au pied de la sculpture du général à Carlton Gardens, tout près de mon palais de Buckingham et des statues de mes parents. Le Frenchie rend hommage aux Britanniques et à ce cher vieux Churchill, et remet à un Charles aux anges la Légion d'honneur pour la Ville de Londres. Il y a quatre-vingts ans, « la monarchie britannique devenait le refuge de la République française », rappelle le fringant chef d'État. « Aujourd'hui, monsieur le Président, réitérons notre engagement à travailler ensemble, à renouveler les liens qui unissent nos pays, qui sont des alliés, des partenaires et des amis », réplique mon héritier qui semble déguster ses propres mots, en français dans le texte. Suit un tête-à-tête entre l'élancé Macron et le grassouillet Johnson à Downing Street, sourires et pose distanciée pour les photographes, revue d'objets historiques et démonstration aérienne, sans que rien avance sur le divorce entre mon royaume et l'Union européenne. En revanche, le président français me fait le plaisir d'un appel en fin d'après-midi. Charmante distraction de jour confiné. Il se montre parfaitement bien élevé et courtois, même si nos relations n'avancent pas. Dernière déclaration en date sur le Brexit quelques jours plus tard, début juillet sur LBC : « Je crois qu'on peut atteindre un bon accord, se persuade le Premier ministre. Mais bien sûr, si nous n'y parvenons pas, nous aurons aussi une très bonne option, une relation à l'australienne. » Soit une absence d'accord. Donc traduisons : un « *no deal* » en guise de *new deal*, une absence d'accord, est, selon mon gouvernement, « une très bonne option ». On en est là.

Plus distrayant : les gaffes et incartades à répétition de l'administration Johnson. Oh, bien sûr, elles me choquent, mais je dois avouer aussi qu'elles m'amusent. Il y a d'abord eu la débauche de Neil Ferguson, membre du groupe de conseillers scientifiques du gouvernement britannique. « Erreur de jugement », avait plaidé cet épidémiologiste de l'Imperial College, coupable d'avoir ouvert sa porte à sa maîtresse mariée alors qu'il avait contribué à instaurer la règle du « Restez à la maison ». Démission. Et maintenant, Dominic Cummings, l'âme damnée de mon Premier ministre, repéré plusieurs fois loin de chez lui au lieu de rester cloîtré. Révélations fin mai du *Guardian* et du *Daily Mirror* : le 27 mars, en plein confinement, le conseiller spécial aurait quitté son domicile londonien pour se rendre chez ses parents à Durham, à quatre cents kilomètres de route vers le nord-est. Un accroc au contrat d'autant plus grave que le stratège et sa femme présentaient tous les deux des symptômes potentiellement liés au coronavirus. Deux jours plus tard, *The Observer* et le *Sunday Mirror* évoquent un autre aller-retour du conseiller à Durham, le 19 avril. Et rapportent également que le 12 avril dernier, Cummings s'est lancé dans une virée de près de cent kilomètres pour se rendre au château de Barnard Castle.

Face à l'adversité, mon Premier ministre lui-même décide d'aborder le sujet lors d'une des conférences de presse quotidiennes consacrées à la Covid. Défense en règle : « En voyageant pour trouver la bonne solution de garde [de son fils], au moment où lui et sa femme s'apprêtaient à être frappés d'incapacité par le virus, et quand il n'avait aucune alternative, je crois qu'il a suivi les instincts de tout père, de tout parent. [...] Il y a eu beaucoup d'autres allégations [...], complètement fausses pour certaines. Je crois qu'à tout point de vue il a agi de façon responsable, légalement, avec intégrité et dans le but prépondérant d'enrayer la diffusion du virus et de sauver des vies. » Déluge de critiques. Steve Baker, médiatique député pro-Brexit, appelle même au départ de Dominic Cummings, « certainement pas indispensable », estime-t-il à la télévision.

Le taiseux conseiller spécial doit se résoudre à une conférence de presse, le 25 mai. Tasse de thé dans une main, sandwich au concombre dans l'autre, je ne peux quitter des yeux l'écran de télévision. En chemise blanche mal repassée au milieu des roses de Downing Street, le stratège égrène son emploi du temps. Les yeux rivés sur ses feuilles, il bafouille. Attitude embarrassée, mais propos très clairs : « pas d'excuses » et « pas de regrets » sur son comportement. « Je connais les règles, mais il s'agissait de circonstances exceptionnelles », se défend le conseiller spécial. S'il est allé voir ses parents et sa sœur dans leur ferme du Nord-Est alors que lui-même ressentait les premiers symptômes du coronavirus, c'était pour être certain de pouvoir faire garder son fils de quatre ans. Le conseiller n'aurait effectué aucun arrêt sur la route, il aurait dormi dans un cottage, séparé de celui de ses parents. Et s'il s'est arrêté au château de Barnard avec femme et enfant le 12 avril, ce n'était pas pour visiter, non, mais pour tester sa vue, « vérifier qu'il pouvait conduire » malgré des séquelles liées au coronavirus. Bref, Cummings assure avoir agi de façon « raisonnable et légale ».

« Raisonnable et légale »… Comme en écho, ces éléments de langage reviennent ensuite dans la bouche du Premier ministre. Mais plusieurs députés de la majorité protestent. Et ce mardi, Douglas Ross, secrétaire d'État pour l'Écosse, quitte le gouvernement en signe de protestation. D'après le sondeur Yougov, une majorité d'interrogés pense que l'âme damnée de Johnson a enfreint les règles du confinement, et qu'il devrait démissionner. Mais mon chef du gouvernement persiste et signe : « Je ne crois pas que qui que ce soit au 10, Downing Street ait fait quoi que ce soit qui diminue la portée de notre message. »

Autre feuilleton intéressant, qui oppose mon imposant chef du gouvernement au véloce footballeur de Manchester, Marcus Rashford. Cette saga est largement relayée par la presse qui s'amoncelle entre mon bureau et la table du petit déjeuner. Le jeune sportif a publié une lettre ouverte pour demander que les écoliers les plus pauvres continuent à toucher des tickets repas de 15 livres la semaine pour la cantine pendant l'été. Pas question, pour le gouvernement, qui a tenu une heure, deux heures, trois heures… vingt-quatre heures, face aux parlementaires. Jusqu'à la volte-face du Premier ministre. D'accord, finalement, pour un fonds d'aide destiné à soutenir 1,3 million d'écoliers pour l'été. « Je remercie Rashford pour ce qu'il a fait », affirme Johnson au point presse habituel consacré à l'épidémie. Rashford 1 - Johnson 0.

Autant d'amusants feuilletons à suivre depuis ma retraite du Berkshire, mais j'avoue une préférence ces derniers jours pour les vrais feuilletons, ceux qui me dépaysent totalement du marasme ambiant. J'ai fait commander pour l'été l'intégrale de *Doctor Who* en DVD et une bonne quantité de productions de la BBC. Hélas, l'une de mes séries préférées manque à l'appel : *The Crown* saison 5 ne sera pas diffusée avant 2022. Il paraît que les producteurs font « une pause ». Et moi, me voyez-vous faire des pauses ?

Jeudi 5 novembre 2020

Here we go again. Le *lockdown* est de retour la nuit prochaine. Et quel meilleur message de solidarité que de partager les affres de mes sujets ? C'est ce à quoi je viens de me livrer cet après-midi, à mon corps royal défendant. Vers *4 : 00 pm*, trajet retour de l'abbaye de Westminster, direction le château de Windsor, mon refuge de confinement. Cortège discret, à peine trois rutilantes Range Rover et quelques motards. Quand soudain, sur Chiswick High Road, à l'ouest de Londres, tout ralentit. « *Covid gridlock* », marmonne Iain, mon chauffeur, en contractant ses mains musclées sur le volant de cuir.

— Que voulez-vous dire, Iain ?

— Pardon, madame, je pensais tout haut.

— Dites-moi ce qui vous chagrine ?

— Tous les propriétaires de cottages et de résidences secondaires sont en train de fuir la capitale pour le confinement, madame. D'où les embouteillages.

— C'est fâcheux. Mais après tout, n'est-ce pas, nous avons le temps ! Quatre semaines, au moins…

Quatre semaines, c'est la durée des nouvelles restrictions annoncées par mon Premier ministre il y a quelques jours. La respiration de mon employé semble s'apaiser sous sa casquette noire, et sa nuque solide légèrement se détendre. Au milieu des véhicules, Iain enclenche son clignotant, traverse la route et reprend le trajet sur le côté droit de la chaussée. J'apprécie l'audace, bien qu'un peu inquiète pour ma sécurité. Au moins ce petit passe-droit me permettra-t-il d'arriver à temps pour dîner avec Philip. Pas sûr que ce soit dans une tenue correcte, en revanche, car la robe commence à se froisser. Angela m'avait pourtant choisi un élégant ensemble noir pour cette dernière sortie avant le confinement : noirs le chapeau, la robe, les accessoires et le manteau. Sombre sans être triste, pour commémorer dignement le centième anniversaire de l'enterrement du soldat inconnu dans l'abbaye de Westminster. Importance de l'accessoire : un coquelicot du souvenir piqué sur mon pardessus, un masque chirurgical noir sur ma figure, comme les règles l'exigent désormais pour les lieux de culte. Entre cet ornement et mon chapeau, seuls ressortent mes yeux bleus, et j'aurais tout aussi bien pu envoyer à ma place une autre dame pour rendre hommage à nos vétérans. Mais vu la rareté des sorties, je n'aurais raté le moment pour rien au monde. La semaine prochaine, pour la journée du souvenir, il y aura plus de personnes, certes, mais à grande distance. Je serai coincée pour ma sécurité sur le balcon du ministère des Affaires étrangères, à regarder de loin. Et cette histoire de couronne de fleurs envoyée par Harry et refusée par le palais risque encore de faire polémique. Pourtant, quoi de plus naturel que de refuser cet hommage, puisque mon petit-fils exilé ne représente plus personne pour l'armée ?

Bref, je m'égare. Westminster, donc, 5 novembre. Descente de voiture côté ouest, accueillie par le révérend David Hoyle, doyen de Westminster, masqué de bleu dans sa robe rouge.

— Madame, vous voir pour cet hommage en ces temps de pandémie, cela veut dire beaucoup. C'est très difficile de fermer les portes des églises aux fidèles, cela va à l'encontre de tous nos devoirs.

Sous les voûtes de Westminster quasi vide, paroles et chants résonnent plus que d'habitude. Le doyen se tient à plusieurs mètres de moi, tout comme mon écuyer. Dans son bel uniforme, le lieutenant-colonel Nana Kofi Twumasi-Ankrah s'empare du bouquet en camaïeu de blanc, inspiré de mes fleurs de mariée, et le dépose sur la tombe du soldat. Mon joueur de cornemuse, le major Richard Grisdale, entonne *Flowers of the forest* sur son instrument. Une cérémonie, un hôte, trois invités, comité resserré pour un rendez-vous dans l'ombre du coronavirus. De quoi calmer les polémiques nées de ma dernière (rare) sortie, il y a trois semaines : le laboratoire militaire secret de science et de technologie de Porton Down, près de Salisbury. Il s'agissait de ma première sortie officielle depuis sept mois, dans un endroit plein de gens charmants et testés négatifs à la Covid. L'occasion d'un petit vol en hélicoptère et de retrouvailles distantes avec William, en costume sombre et cravate pourpre. *Thank God*, mon petit-fils semble désormais complètement remis de la maladie. Mais impossible de le serrer dans mes bras, la règle est claire. Le directeur nous avait guidés dans la visite, raconté comment le personnel avait contribué à identifier le poison utilisé dans cette affaire d'espionnage à Salisbury, en 2018, comment aujourd'hui la structure se concentrait, elle aussi, sur des sujets liés au coronavirus. J'avais dégainé ma tenue la plus rose, mon plus vaillant sourire… Mais cela n'avait pas empêché une partie de mes sujets de protester sur les réseaux sociaux. Coup de fil immédiat de Donal, au retour de ce déplacement.

— Alors Donal, les Britanniques ont-ils apprécié cette première sortie depuis sept mois ? Un signe positif, peut-être, dans le marasme ambiant ?

— Oui madame, et votre tenue est comme d'habitude saluée par les amateurs de mode…

— … mais ?

— Mais il faut que je vous lise ces messages postés sur Internet. « La reine ne porte pas de masque, pourquoi devrais-je le faire ? » « Ne devraient-ils pas montrer l'exemple ? » Je vous épargne les plus impolis…

— *Oh well*, vous avez donné l'explication n'est-ce pas ? La distance, l'avis du médecin, le fait que tout le monde avait été testé… ?

— Ça ne suffit pas, madame. Pour certains, c'est juste une question d'apparence.

— Très bien, nous sortirons donc couverts !

Dont acte, donc, ce jour de commémoration à Westminster. Un masque, pas de couronne. Et pourtant, on me reconnaît.

En dehors de ces quelques sorties, des semaines agréables, ma foi, entre vacances et routine de confinement. En Écosse, d'abord. Balmoral, mon fief d'été, mon escapade, ses odeurs d'herbe fraîche, de terre, de chien mouillé et de produit vaisselle, puisque c'est mon privilège de reprendre mes gants de ménagère dans cette résidence. Fin août, nous avons même la joie de recevoir la famille Cambridge au complet. Grâce au relâchement des restrictions sanitaires, et grâce à la météo aussi, car mes médecins ont insisté pour que les retrouvailles familiales se tiennent en extérieur. « Plus de deux cents kilomètres carrés de terrain, Docteur, ce sera assez ? »

Retrouvailles aussi entre Philip et son cher barbecue, alors que quelques employés masqués papillonnent autour de nous pour distribuer saucisses et côtelettes aux invités. Et quels invités ! En dehors de la famille parfaite, Catherine, William, George, Charlotte et Louis, sont venus la chère Sophie Wessex et son mari, mon fils Edward, et puis Anne, tout occupée à hurler ses commentaires et ses blagues à son père, pour passer les barrières de la distance, des bruits de charbon remué et de la légère surdité. Et Andrew, lui aussi, a fait le déplacement. C'est naturellement vers moi que se tourne mon fils, légèrement bedonnant dans son polo et son fin pull rouge.

— Alors, Andrew, comment allez-vous ?

— Ça me fait plaisir de vous voir, maman, cela faisait longtemps !

— Pas plus de deux mois, tout de même.

— C'est vrai, mais à Windsor, vu l'épidémie, je n'osais guère m'approcher.

— Ici aussi, attention à la limite des deux mètres ! Ç'aurait pu être une règle de vie à vous inculquer, y compris dans votre jeunesse.

— Que voulez-vous dire, maman ?

— Je crois que vous m'avez comprise, Andrew. Quelle est cette nouvelle qui prétend que vous ne collaborez pas à l'enquête sur cet affreux Jeffrey Epstein ?

— Maman, c'est entièrement faux, j'ai toujours affirmé ma volonté de collaborer !

— Deux mètres de distance, Andrew, deux mètres.

Dans son emportement, mon fils a failli franchir – comme trop souvent semble-t-il – la distance réglementaire. Mais la météo paraît être de notre côté, la saison estivale, l'ambiance bon enfant. Nous dérivons sur un tout autre sujet. Comme pendant les deux semaines que passe finalement Andrew dans mon château écossais. Seuls manquent à l'appel les mêmes, toujours les mêmes : Harry et son épouse, coincés, disent-ils, aux États-Unis par les règles de déplacement qu'impose l'épidémie. Mon cœur d'arrière-grand-mère se serre. Quand reverrai-je le petit Archie ?

Il en est un, en tout cas, qui ne me manque pas. Le Premier ministre, sa convalescence terminée, est parti pour ce qu'il appelle une « *staycation* », des vacances où l'on reste dans le pays, en quelque sorte, et il a choisi l'Écosse, lui aussi. Je croise les doigts pour ne pas tomber au détour d'un chemin sur Boris Johnson en débardeur et bermuda, femme et fils en bandoulière. Fort heureusement, si l'on en croit la presse, le Premier ministre camperait à plusieurs dizaines de kilomètres au nord de Balmoral, au milieu des moucherons et des fermiers peu accueillants. Il est vrai qu'on a beau avoir une tente de luxe et s'appeler Boris Johnson, sans doute vaut-il mieux ne pas escalader les clôtures pour s'installer sur un terrain, et éviter les feux de camp sans l'aval du propriétaire. Ces aventures rocambolesques du chef du gouvernement, ce sont les valets et femmes de chambre qui les racontent, dans les recoins du château, en riant sous cape. Je fais mine de n'en rien entendre et m'en régale, discrètement.

Parmi mes autres distractions de vacances confinées, les feuilletons, et notamment ceux de la plateforme Netflix. Mais me voilà à deux doigts de leur infliger un *royal boycott*. Qui croyez-vous qu'ils aient choisi pour incarner mon époux dans *The Crown*, cinquième saison ? Jonathan Pryce. Grisonnant et un peu dégarni, abonné aux rôles de méchants ou de barbons, dans le film *Pirate des Caraïbes* ou dans la série *Game of Thrones*. Cela ne rend guère justice à mon fringant époux. Et ce choix m'irrite d'autant plus que la plateforme me joue un autre tour pendable quelques semaines plus tard : au début de septembre, au milieu d'une fanfare hollywoodienne et de paillettes de pacotille, Harry et Meghan annoncent un contrat pluriannuel avec le site Internet. À venir : des documentaires, des séries, des films, des programmes pour enfants… Ma petite-bru ne jouera pas les vedettes, et on ignore combien leur rapportera cette fantaisie, mais la silhouette des Sussex et leur étalage de bons sentiments apparaissent en filigrane dans les lignes directrices du contrat : « Créer des contenus qui informent mais donnent aussi de l'espoir, expliquent mon petit-fils et son épouse dans un communiqué. Faire un programme familial et inspirant. » Évidemment, Netflix se réjouit et se dit « incroyablement fier et excité ». Et je rumine face à cette nouvelle et imprévue source d'embêtements. Tourner et retourner le problème dans tous les sens avec Edward n'aboutit à aucune solution.

— Edward, il doit bien y avoir un moyen d'empêcher la diffusion de ces programmes ?

— Absolument pas, madame.

— Parfois, je me demande à quoi cela sert d'être reine... Peut-être peut-on faire changer d'avis Harry. Je lui écris tout de suite !

— Hélas, madame, le contrat étant signé, je crains qu'il n'y ait rien que nous puissions légalement faire. Si seulement ils nous avaient prévenus avant...

— Toujours le même refrain !

— ...

Comme pour se rattraper cependant, Harry et Meghan jouent ostensiblement les bons élèves. Fin août, visioconférence avec le Queen's Commonwealth Trust. Les deux rebelles saluent mon travail – comme s'il leur appartenait d'en juger : « Je crois que tout ce que ma grand-mère voulait réaliser, quand elle a accepté cette immense responsabilité, elle l'a réussi. » Soit. Mais le couple en profite, encore une fois, pour se plaindre et accuser les réseaux sociaux. « On peut entraîner les gens à la cruauté, ou les entraîner à la gentillesse, c'est vraiment aussi simple que ça », note Meghan, en petite robe à bretelles, et... sur Internet, donc. Bons sentiments, vous dis-je.

Plus concret et plus quantifiable : les tourtereaux maudits décident enfin de mettre la main au porte-monnaie. Début septembre, Edward me signale un versement depuis leur compte : 2 millions huit cent mille euros pour la Sovereign Grant, principale source de revenus familiale. Soit le montant des rénovations de Frogmore Cottage, leur éphémère nid d'amour à Windsor, ces travaux qui avaient fait grand scandale avant la naissance d'Archie. La transaction est évidemment largement médiatisée par leur porte-parole, une manœuvre décrite par leur ancienne conseillère presse comme « *classic Meghan* », « typiquement Meghan ». Ai-je omis de le mentionner ? Sara Latham, anciennement chargée de la communication des Sussex, travaille désormais au côté de mon secrétaire privé. Un bon atout à posséder dans sa manche d'hermine quand Harry se lance dans la bataille, et une reconversion appréciée pour elle, licenciement collatéral du Megxit.

« Frogmore Cottage restera la résidence britannique du duc et de sa famille », assure mon petit-fils. Si toutefois ils décident de remettre un de leurs hollywoodiens orteils dans mon royaume. Car pour l'instant, restrictions sanitaires obligent, leur retour appartient à un futur fictionnel. Archie me manque quelque peu, je l'avoue. J'apprécie la compagnie des nouveau-nés : j'ai si peu fréquenté les miens !

Force est de reconnaître, malgré tous ces gestes de bonne volonté, que Harry et Meghan ne représentent pas (plus ?) l'avenir de la royauté. Le sujet vient me tourmenter alors que je caresse doucement mon dorgi Candy, venu me saluer avant mon coucher.

Récemment, Philip a piqué une colère au petit déjeuner, alors qu'il feuilletait le magazine *GQ*.

— Balivernes !

— Que se passe-t-il, mon cher ? Un grumeau dans vos œufs brouillés ?

— Non, c'est ce stupide magazine !

— *GQ* ? Qu'attendiez-vous exactement d'un titre consacré, selon ses dires, au « style masculin, à la mode, à la politique et aux tendances » ?

— J'ignore comment ce torchon est arrivé jusqu'à moi, mais leur interlocuteur est une fieffée fripouille !

— Et pourquoi donc ?

Mon époux brandit l'interview d'un certain Dan Snow, prétendument historien. Ce monsieur fait clairement peser un doute sur l'avenir de la monarchie. « On ne peut rien prendre pour acquis, assure-t-il. Rien n'est sacré dans une démocratie turbulente avec un électorat en colère. » Et plus loin : « La famille royale doit beaucoup au talent et à la personnalité de la reine. [...] La prochaine génération aura une tâche difficile. » Je pince les lèvres, faisant abstraction de la fureur de Philip. Il est vrai que j'ai assisté à semblable colère à la mi-septembre, alors qu'à la télévision la gouverneure générale de la Barbade livrait son discours de rentrée du Parlement local. « Ayant obtenu son indépendance il y a plus d'un demi-siècle, notre pays ne peut nourrir aucun doute sur ses capacités pour s'autogérer », expliquait Sandra Mason. Me voilà en passe d'être chassée du trône dans l'un des derniers États du Commonwealth. Divorce annoncé pour dans un an. Colère, encore, de Philip, et abîme de perplexité pour moi.

Où donc est l'avenir de la monarchie ? Qu'est-ce qui permettra de garder notre lustre ? Harry et sa péronnelle viennent encore de s'illustrer en accusant mon royaume de « racisme structurel » dans une interview au journal *Evening Standard*. Merveille de mise en scène détendue dans leur maison cosy de Santa Barbara. Ils lancent leur nouveau site et leur nouvelle fondation, Archewell. Au passage, le couple bling-bling nous livre l'explication de cet insupportable prénom : il semble que le mot « arche », en grec, signifie « source d'action », d'où le nom Archie, et la fondation Archewell. (Soupir.) Non, l'avenir de la Couronne ne se trouve certainement pas outre-Atlantique.

Pas non plus du côté d'Eugenie la potelée et de son mari, bien que la nouvelle de leur bébé à venir pour le début de l'an prochain me remplisse de joie. Quant à son père, Andrew, n'en parlons pas. Avec ses inconséquences à répétition, j'ai dû le chasser des rayons des boutiques de souvenirs de mes résidences. Ne cherchez pas : vous ne trouverez plus à Balmoral aucune carte postale qui représente mon fils cadet – et préféré. Ma fille Anne, elle, a bien mérité sa promotion au grade de général dans l'armée et de cheffe de l'air dans l'armée de l'air, mon cadeau d'anniversaire pour ses soixante-dix ans. Mais précisément, à cet âge avancé, on ne peut pas considérer qu'elle incarne le renouveau. Restent les très parfaits Cambridge, dont William à qui je viens à nouveau de céder le patronage de plusieurs organisations que je présidais, surtout des ONG défenseures de l'environnement. Cela risque fort d'agacer le spécialiste du sujet, Charles, le premier héritier. J'avoue que la perspective de le voir enrager m'amuse quelque peu.

Si l'avenir de la Couronne m'inquiète, en revanche la question du Brexit et ses atermoiements me plongent désormais dans le plus profond ennui. Cela n'a plus l'attrait de la nouveauté, ni le piquant des rebondissements. Les discussions de la dernière chance en juin se poursuivent évidemment à l'automne. Chaque nouveau développement relance simplement la spirale infernale de l'éternel recommencement. Et tel un hamster hirsute, le Premier ministre court dans la roue. *Thank God*, mes rencontres hebdomadaires avec Mr Johnson ne se tiennent plus que par téléphone, pandémie oblige. Je peux aisément coincer l'appareil dans mon cou ou mettre le téléphone sur haut-parleur, ce qui libère mes mains. Ces petits subterfuges me permettent de m'intéresser à tout autre chose pendant que le chef du gouvernement me vante le Brexit « qui est réalisé » et qui va « libérer le potentiel du Royaume-Uni ». Tout en acquiesçant régulièrement à ses discours prosélytes, je feuillette la presse. Tiens ! Un nouveau dinosaure apparenté au T-Rex a été découvert sur l'île de Wight. Immédiatement s'impose à moi l'image d'un Boris Johnson écailleux et griffu, aux minuscules bras et au long appendice caudal. Je me retiens de pouffer, ce qui entacherait ma crédibilité.

Oh, Space Walk, mon magnifique destrier de quatre ans, a dû être achevé après un accident de course à Newbury ! Là, c'est un message de mon directeur des courses qui détourne mon attention. Et je peine à retenir mes larmes, alors que le chef du gouvernement me raconte les tensions avec les Européens qui voudraient faire de nous « un État vassal » et tentent de « nous soumettre ». Pauvre Space Walk, comme son agilité et sa fougue vont me manquer ! Le chef du gouvernement n'a aucune idée de ce qui agite mes pensées. Il me raconte le réveil des nationalistes écossais et cette manifestation début août, devant le siège du gouvernement à Édimbourg ; les routiers qui s'inquiètent – bien à tort, selon lui – du désordre attendu avec la fin de la période de transition à la fin décembre ; il m'explique cette nouvelle loi britannique dite « Internal Market Bill », qui faciliterait la circulation de marchandises entre les différentes nations du Royaume-Uni, en passant outre les contrôles pourtant rendus obligatoires en Irlande du Nord sur les marchandises venues de Grande-Bretagne...

— Pas question d'être, euh, un État vassal de l'Union européenne, madame !

— Mais, monsieur le Premier ministre, la loi sur le retrait est bien un traité international, que nous sommes donc tenus d'appliquer ?

— Il s'agit de clarifications mineures, euh, dans des domaines spécifiques.

Nouveau rendez-vous de discussions début septembre. Le négociateur européen Michel Barnier nous rend visite à Londres. Loin de moi, dans ses bureaux du 10, Downing Street, le chef du gouvernement s'emporte au téléphone : « Si on ne peut pas conclure un accord de libre-échange d'ici le Conseil européen mi-octobre, ça veut dire qu'il n'y en aura pas. Il faudra que les deux parties acceptent ça et que nous passions à autre chose. Sans accord, nous aurons une relation comparable à celle de l'Australie avec l'UE. Ce serait une bonne issue pour le Royaume-Uni. » Pendant ce temps, je pianote sur mon téléphone portable un petit mot pour mon chargé de communication : « Alors mon cher Donal, mes sujets apprécient-ils l'ouverture du cinéma drive-in sur notre domaine de Sandringham ? » Bip-bip ! « C'était une excellente idée, madame, les tickets se vendent comme des petits scones. »

« Madame ? Madame ? Je ne vous entends plus ! » Au bout du fil, Boris Johnson s'alarme. « Je suis là, monsieur le Premier ministre. »

Les conversations se suivent et se ressemblent. « Je ne peux que vous répéter les propos de notre négociateur sur le Brexit, madame. Euh, nous arrivons après un gouvernement et une équipe de négociation qui ont flanché, et dont le bluff a été repéré à des moments critiques. L'Union européenne a appris à ne pas nous prendre au sérieux. Alors ce que nous essayons de produire comme effet, c'est qu'ils se rendent compte que nous faisons ce que nous disons. — Mh mh, mh mh. »

Quelques jours plus tard encore : « Nous n'accepterons pas l'ultimatum européen scandaleux, euh, qui nous demande d'appliquer bêtement l'accord de retrait à la lettre, au risque, euh, de menacer l'accord de paix en Irlande. »

Les jours passent et les appels se ressemblent. Voilà que le chef du gouvernement fait face à une petite fronde de sa majorité contre cette loi irlandaise contraire au droit international. Plusieurs ministres démissionnent, une trentaine de députés protestent. Résurrection de cette grande sauterelle de Theresa May qui dénonce un texte « sans vergogne » et « irresponsable », capable de mettre à mal la réputation britannique dans le monde. Et puis l'ex-conseiller juridique du gouvernement, le brexiter Geoffrey Cox, s'insurge. Et encore, même le candidat à l'élection américaine Joe Biden, sur l'air de « pas de respect du droit international, pas de traité de libre-échange avec les États-Unis ». Et aussi, Amal Clooney, représentante spéciale du Royaume-Uni pour la liberté de la presse, qui vient de quitter son poste ; l'avocate refuse de porter plus longtemps la parole du pays, elle considère comme « lamentable » le fait que le Royaume-Uni parle de son intention de « violer un traité international, signé moins d'un an plus tôt ». Et pourtant, le projet de loi est adopté à la fin septembre. Et il est aussitôt attaqué en justice par la Commission européenne.

— Bonsoir, monsieur le Premier ministre.

— Bonsoir, euh, madame.

— Félicitations, les députés ont adopté votre loi sur le marché intérieur. J'imagine que vous attendez mon royal sceau ?

— En effet, madame.

— Et que dois-je penser du fait que l'exécutif européen attaque votre nouveau texte ?

— Simple lettre de mise en demeure, euh, à ce stade, madame.

— Tout de même !

— Comme le dit mon secrétaire d'État à l'Irlande du Nord, euh, madame, la loi n'enfreint le droit international que de façon spécifique et limitée.

Encore une fois je risque de devoir apposer mon royal sceau « La reyne le veult » sur un édifice légal fragile qui pourrait diminuer la valeur de cet assentiment ! Sur le Brexit, ce gouvernement a décidément l'art de me mettre en position délicate.

Arrive la date supposément limite du 15 septembre, où se tient un conseil européen. Et rien. Les dirigeants de l'Europe insistent sur la nécessité d'un compromis, le négociateur Barnier, yeux bleus sous chevelure argentée, propose d'accélérer la discussion. Mais rien, toujours rien. Notre négociateur britannique, Frost, refroidit les ardeurs du sexagénaire français : il n'est pas le bienvenu à Londres sauf si l'Union européenne « change fondamentalement » son approche.

Mercredi 21 octobre. Dring ! Mon téléphone sonne. C'est Edward.

— Bonjour, cher Edward, comment allez-vous ?

— Fort bien, madame, vous également, j'espère.

— Bien également.

— Le Premier ministre pour vous.

— Merci, Edward.

Au son de la voix de Boris Johnson, on sent qu'il est aux abois.

— Monsieur le Premier ministre ?

— Madame.

— Le dialogue semble difficile entre nous et les vingt-sept ?

— En effet, madame. Euh... À moins qu'ils ne décident de changer de position.

— Je suis ennuyée, monsieur le Premier ministre. L'Église anglicane elle-même dénonce votre loi sur le marché intérieur comme un « désastreux précédent ».

— C'est, euh... sans doute que le gouvernement s'est mal expliqué, madame.

— En tant que souveraine, je souhaiterais que mon gouvernement s'exprime plus clairement.

— Oui, madame.

— Bonne journée, monsieur le Premier ministre.

Le soir même, la BBC nous annonce, à Philip et moi, que les négociations « de la dernière chance » reprennent sur le Brexit, soi-disant après une concession de Michel Barnier, prêt à « des compromis ». À nouveau, la « Brexit-fatigue » m'envahit. Mon époux, lui, s'est déjà endormi.

Alors que les négociateurs négocient, que les parlementaires parlementent, le coronavirus, lui, force mon gouvernement et l'ensemble de mes sujets à d'inconfortables contorsions. Ma propre famille en est le vivant exemple. La rentrée scolaire, d'abord, source de tracas pour les Cambridge, les Wessex, les Tindall… qui me laissent une avalanche de messages contradictoires concernant leurs engagements royaux et sorties de septembre. « C'est bon pour l'inauguration du laboratoire de Porton Down », confirme William. Puis non. Puis oui. Puis non. Puis oui, encore. *Thank God*, je ne suis pas la grand-mère habituelle, à qui ses descendants confieraient leur marmaille pour aller travailler ! Il m'appartient seulement de faire fonctionner le royal agenda, quand bien même j'ignore les intentions de mon gouvernement concernant la réouverture des écoles. Lui-même semble également l'ignorer, d'ailleurs. Conséquence : des unes de journaux assassines, mettant en scène le ministre de l'Éducation, Gavin Williamson, « l'homme qui refuse sa culpabilité ». Il assure pourtant qu'il y a « peu de preuves que la Covid se transmette à l'école », alors que le Premier ministre, lui, présente la rentrée scolaire de septembre comme une « priorité nationale ». Visiblement, mes petits-enfants n'y croient guère.

Finalement, les établissements rouvrent le 2 septembre, avec distanciation, gel hydroalcoolique, etc. Fort heureusement, leur progéniture n'a pas l'âge de faire ses études supérieures, car à ce niveau-là d'éducation, et si j'en crois les récits d'Auntie BBC, c'est la colère qui domine. Les étudiants n'ont pu avoir de notes à leur GCSE et leur A-level, équivalents des brevets des collèges et du baccalauréat français. Une estimation a donc été demandée à leurs professeurs, panachée à la note d'une dissertation à l'automne et à un avis de leur école. Scandale : niveau record de notes d'excellence au niveau national (A), mais plus du tiers des notes d'examen sont inférieures aux moyennes communiquées par les enseignants. Et beaucoup d'étudiants qui pensaient toucher du doigt leur rêve d'orientation le voient ainsi s'envoler. Voilà le jeune bleu Gavin Williamson forcé de s'excuser à la télévision : « Incroyablement désolé pour la détresse causée. » Tout cela alors que les journaux bruissent d'un problème informatique qui aurait faussé les notes des pauvres élèves anglais…

Les autres aléas du virus, eux, continuent de rythmer nos vies pour le meilleur – un peu de temps libre et des repas en tête à tête avec mon époux – et pour le pire – peu de sorties et de contacts, même familiaux. « Moins de malades dans les endroits chauds du coronavirus », assure la BBC mi-août alors que rouvrent les cinémas, les bowlings et les espaces de jeux pour enfants. En revanche, la télévision diffuse aussi des images d'exode sur les routes : mes sujets en vacances en France ou au Pays-Bas se hâtent de rentrer pour échapper à la quarantaine de deux semaines qui va s'appliquer aux voyageurs de retour du continent. Début septembre, l'Écosse remet en place des restrictions sanitaires. Les contaminations repartent à la hausse en Angleterre également : près de trois mille nouveaux malades identifiés le 5 septembre, du jamais vu depuis le mois de mai. « Nous sommes inquiets », admet Matt Hancock, ce Droopy de ministre de la Santé, au micro d'un journaliste.

Chez nous, le couperet sanitaire s'abat le 14 septembre : fini les réunions à plus de six, sous peine d'amende, annonce le Premier ministre lors d'une énième conférence de presse. Et de protester, dans son costume gris : « Ce n'est PAS un nouveau confinement. » Puis il bombe le torse : « Nous visons la Lune, avec un plan de tests massifs de la population. » Fort peu réaliste, songé-je devant mon écran de télévision, alors que les professionnels eux-mêmes reconnaissent une pénurie. Une mauvaise nouvelle sanitaire n'arrivant jamais seule, le laboratoire AstraZeneca et l'université d'Oxford se voient au même moment contraints de suspendre les essais cliniques sur le vaccin, à cause de la maladie qui frappe un participant.

Tout cela concerne certainement mes sujets, mais ne change pas grand-chose pour Philip et moi. Sinon que, par précaution, le retour au palais de Buckingham ne semble pas une option. Je m'en réjouis secrètement, alors que Philip se plaint.

— C'est impossible, chou, impossible. Je ne peux pas décemment laisser le personnel s'occuper aussi longtemps de mes chevaux à Sandringham sans aller y jeter un œil. Et puis j'ai mes affaires là-haut, et mon lit. J'apprécie le temps passé avec vous, mais mes habitudes sont à Sandringham.

— Vos habitudes de vieux garçon.

— Appelez-ça comme vous voulez, mais je ne passerai pas une semaine de plus dans ce lugubre château de Balmoral, s'il me faut ensuite retourner à Windsor.

— C'est une menace ?

— C'est une affirmation ! Vous êtes chez vous ici, chou, tout comme vous êtes chez vous à Buckingham et à Windsor. Mais mon seul chez moi, si tant est que j'en aie un, c'est Wood Farm, à Sandringham !

— Très bien, je demanderai à Edward ce qui peut être organisé.

— Ce n'est pas ce courtisan qui va décider ce que le prince consort doit faire !

Claquement de porte, pas lourds qui s'éloignent en martelant le parquet.

Mon secrétaire Edward comprend bien la situation. Et concède un passage dans le Norfolk à la mi-septembre. Souveraine je suis, mais épouse aussi, et s'il faut que je renonce à trois semaines au paradis pour la survie de mon couple, alors soit. Sans doute aussi est-ce une bonne façon d'échapper à mon fardeau de mère : cela fait deux semaines qu'Andrew habite avec nous à Balmoral, et outre qu'il ne participe guère à la vaisselle, le flou qui plane toujours sur l'affaire Epstein parasite nos relations. Y penser toujours, n'en parler jamais, oui, mais parfois cela confère une pesanteur désagréable à toutes les conversations. Bref. Nous voilà partis à la mi-septembre, mon époux et moi, direction l'aéroport, pour un vol vers Sandringham. Depuis les fauteuils crème de la Range Rover, Philip, en blouson de marin, exulte et salue à qui mieux mieux. Je cache sous mon foulard un petit pincement de cœur, sans oublier d'agiter la main également. Il est temps, le jet s'apprête à décoller.

Adieu mon paradis. Bonjour Norfolk. Des vacances, des vraies, et un cocon idéal pour amortir les mauvaises nouvelles qui s'agglutinent. Première alerte le 18 septembre. Des paroles attrapées au vol, par les journaux et les télévisions. « Je ne veux pas de deuxième confinement », affirme l'ébouriffé. Avant de trop largement nuancer : « Nous voyons maintenant une deuxième vague du virus… C'est absolument inévitable qu'elle atteigne notre pays, j'en ai peur. » Et le Premier ministre de se demander « si nous avons besoin d'aller au-delà de la règle des six personnes maximum ». Dont acte : Boris Johnson promet 10 000 livres d'amende à qui omet de s'isoler s'il est positif.

Réunion de crise le dimanche suivant. Deux jours plus tard, parole aux scientifiques du gouvernement. Là encore, constat sévère : nous sommes à un « moment critique », l'épidémie va « dans la mauvaise direction ». Le 22 septembre, c'est depuis Downing Street que le chef du gouvernement s'exprime. Je commence presque à m'habituer à le voir à la télévision plutôt qu'en vrai. Option préférable : il bafouille beaucoup moins et ne risque ni de briser mes porcelaines, ni de salir mes tapis. Candy et Vulcan, désormais familiarisés avec la voix de l'ébouriffé, se lovent sous chacun de mes coudes. « Il faut agir maintenant ! martèle le chef du gouvernement. Notre pays est formidable et aime la liberté ; et même si une vaste majorité a respecté les règles, il y a eu trop d'infractions. » Appel à la discipline, donc ; retour au télétravail, masque obligatoire dans l'hôtellerie et la restauration, et couvre-feu à *10: 00 pm* pour les pubs et les restaurants.

— *God damn it*, chou, comment ferons-nous pour aller déguster nos bières ? s'esclaffe Philip.

Mais de mon côté, l'humeur est sombre. J'ai bien entendu le nombre avancé par le chef du gouvernement : cinquante mille contaminations par jour d'ici octobre si l'on ne fait rien. « Le deuxième confinement commence », affirme en une le journal conservateur *The Telegraph* le lendemain. Il ne croit pas si bien dire. Les confinements locaux se multiplient, au pays de Galles, notamment. Et trois semaines plus tard, le même Boris Johnson présente devant la Chambre des communes un système d'alerte à trois niveaux pour le pays. Le plus élevé ressemble fichtrement à un *lockdown* : fermeture des pubs et restaurants, des salles de sport, et interdiction de fréquenter d'autres personnes que celles de son foyer. À peine ces nouvelles règles sont-elles annoncées que des comptes rendus de débats explosifs au sein de la Chambre des communes s'accumulent dans mes boîtes rouges. La fronde gronde chez les élus du Nord, Newcastle-upon-Tyne, Manchester, Liverpool, fâchés de se voir imposer des quasi-confinements alors que le reste du pays continue à vivre. Et le nombre de malades poursuit sa hausse.

J'attends avec impatience le mercredi 14 octobre. Philip est à la chasse, je crois, parti chercher avec nos écuyers des faisans et perdrix aux confins du domaine. Chorégraphie habituelle désormais : Edward m'appelle sur mon vieux téléphone fixe des années 1970, m'inflige quelques secondes d'inquiétude, puis me passe le Premier ministre.

— Bonjour, monsieur le Premier ministre.

— Bonjour, euh, madame.

— Qu'en est-il de la situation épidémique ?

— Euh, nous essayons de freiner les contaminations grâce aux nouvelles restrictions, madame.

— Ce système à trois niveaux…

— Oui, madame.

— Je comprends que les élus des zones estampillées « 3 » acceptent mal ce nouveau régime.

— Ils s'inquiètent, madame. Mais, euh, l'idée est d'éviter à tout prix un nouveau confinement.

— Et vous pensez pouvoir y parvenir ?

— De toutes mes forces, madame.

Est-ce par excès de confiance envers mon Premier ministre que je me rends le cœur léger et non masquée au laboratoire de Porton Down, pour ma première sortie depuis longtemps ? L'expérience aurait dû me pousser à la méfiance. 29 octobre : une étude de l'Imperial College révèle que cent mille de mes sujets attrapent chaque jour ce satané virus.

31 octobre : le Premier ministre annonce un nouveau confinement de quatre semaines. Accoudé à son pupitre, regard caméra, plus grave que jamais – il commence à intégrer ce rôle de composition –, Boris Johnson cite Margaret Thatcher : « *There is no alternative* », il n'y a pas d'alternative. Philip se tourne vers moi :

— Nous allons devoir rentrer à Windsor, n'est-ce pas ?

— Je le crains, mon cher.

En effet, notre couple évolue désormais en fonction de « bulles » sanitaires. Nous sautillons, de bulle en bulle, grâce au personnel encore en poste qui accepte de se faire tester régulièrement et de respecter des règles d'isolement. Vu le nombre réduit d'employés disponibles, impossible de conserver deux « bulles » distinctes aussi proches que celles de Sandringham et Windsor. Et le palais de Windsor est définitivement plus adapté à l'exercice de mon rôle, et à des retours occasionnels à Buckingham pour des audiences indispensables.

Pire est cette information que je n'ose encore annoncer à Philip. C'est l'inflexible gouvernante de Sandringham, Patricia Earl, qui me la communique, piteuse, lors d'un coup de téléphone que je croyais de courtoisie.

— Patricia ? Bonjour ! Souhaitez-vous déjà que nous nous organisions pour la période de Noël ?

Lourd silence au bout du fil. Je visualise les sourcils si souvent froncés de la gouvernante. Son front soucieux. Au bout du fil, la voix s'étrangle.

— Bonjour, madame. J'ai bien peur d'avoir de mauvaises nouvelles.

— Comment cela, Patricia, vous êtes malade ?

— Oh, madame, votre sollicitude me touche et me blesse tout à la fois.

— Peut-être pourriez-vous m'expliquer ?

— Vous savez que nous avions demandé à une vingtaine d'employés de votre famille de s'isoler pour la période de Noël, afin de vous protéger ainsi que le duc d'Édimbourg.

— C'est prudent et prévenant de votre part.

— Sauf que la plupart d'entre eux refusent de se séparer pour un mois de leur famille. À cette période, et après l'année qui vient de s'écouler, ils n'envisagent pas d'être loin des leurs.

— Oh !

— Je suis confuse et ne sais que vous dire, madame. J'ai utilisé tous mes moyens de persuasion, mais sans succès.

Furieuse, je raccroche quasiment au nez de la pauvre Patricia éplorée. Le petit personnel n'est plus ce qu'il était. Et pour la première fois en plus de trente ans, Philip, moi, nos enfants et nos petits-enfants risquons d'être privés de Sandringham pour les fêtes.

Au-delà du personnel, un vent de révolte semble souffler aussi sur mes sujets. Voyez ma liste de « *birthday honour* », celle qui recense tous mes sujets méritant d'être décorés, distingués, à l'occasion de mon anniversaire. Edward et moi l'avons repoussée spécialement cette année, afin de l'affiner. D'y ajouter des héros de la lutte contre la Covid 19 : médecins, infirmières, volontaires… Un travail de fourmi, souvent jusqu'à tard le soir, pour parvenir à cette liste de deux mille cinq cent quatre personnalités remarquables, à dévoiler en octobre. Eh bien, près de 3 % de ces chanceux ont tout simplement refusé cet honneur, accordé par mes soins. C'est le plus grand nombre de refus depuis 2010. Certains analystes évoquent un problème avec l'Empire. Les décorations s'appellent « officier de l'ordre de l'Empire britannique », « commandant de l'ordre de l'Empire britannique »… Or, selon ces spécialistes, l'Empire n'existerait plus, et dans l'esprit des gens son histoire est de plus en plus liée au colonialisme et au racisme. Que l'on gâche ainsi une partie de mon minutieux travail me met d'extrêmement mauvaise humeur.

À part ça ? Des visioconférences avec des ambassadeurs, des fonctionnaires, des volontaires. Des communiqués de condoléances lors des catastrophes – explosion de Beyrouth, accident de train en Écosse. Quelques initiatives culturelles : ouverture au public du jardin de

Windsor, exposition dans le château de ma robe, celle prêtée à Beatrice pour son mariage, félicitations aux lauréats d'un concours photo organisé par Catherine… Quelques menus scandales à gérer : arrestation de plusieurs gardes gallois pour détention et usage de stupéfiants, déchéance de l'ignoble Harvey Weinstein que j'avais autrefois décoré, action en justice contre un ancien valet de Charles, désireux de déposer la marque « Royal Butler » (*not even over my dead body*… Si j'ai refusé Royal Sussex, ce n'est pas pour accepter « Royal Butler »). Et des comptes à faire, tellement de comptes… Des matinées entières passées, penchée sur mon secrétaire, stylo-plume à la main, à souligner, cercler, biffer des colonnes entières de chiffres transmis par les « gardiens de la « *privy purse* », revenu privé du souverain du Royaume-Uni. Bilan : dépenses en hausse et finalement 41 millions d'euros de pertes potentielles liées à la pandémie. Un grand trou dans les comptes royaux. Mon patrimoine, lui, affiche une baisse de 589 millions d'euros, pour cause de boutiques fermées et loyers non payés. Conséquence ? 23 millions manquants pour la rénovation de Buckingham, un gel prolongé des salaires et des recrutements. Chiffres annoncés au moment même où l'on rend publiques les généreuses dépenses de ma descendance : 288 000 euros pour le voyage sud-africain des Sussex, 246 000 pour Charles et son déplacement à Oman afin de présenter ses condoléances après la mort du sultan. Pire, 19 000 pour Andrew et son vol charter en direction de l'Irlande du Nord pour assister… à un championnat de golf. Je relis le communiqué de Donal, défense en règle de mon si léger cadet. Ce tournoi était organisé par l'une des associations parrainées par Andrew, et « utiliser ce jet était le seul moyen pour le duc d'York de tenir son engagement tout en respectant ses autres rendez-vous ». Difficile de faire mieux, mais c'est un peu léger peut-être, quand le chancelier de l'Échiquier explique publiquement qu'il ne « peut pas sauver toutes les entreprises ». Espérons que mes sujets ne regardent pas trop attentivement mes comptes…

Au bout des tunnels de novembre et décembre, Noël ne brille pas pour le moment des lumières de l'espoir. Il y a une semaine, le ministre de l'Environnement a préparé le terrain : « Les gens risquent de ne pas pouvoir fêter Noël par un grand rassemblement, comme ils l'auraient fait normalement. » Les boutiques, commerces et café n'auront pas leur grotte ou leur chalet du père Noël cette année. Si la rencontre peut avoir lieu, ce sera *via* Facebook ou par visioconférence, explique-t-on. *How sad.* Boris Johnson ne peut donc pas compter sur Santa pour résoudre ses problèmes : d'après les rumeurs, rapportées par Edward et Donal, le Premier ministre se plaint à qui veut l'entendre que son salaire de 176 000 euros par an ne lui permette pas de prendre une nounou pour son petit Wilfred Laurie Nicholas. Mes collaborateurs citent les bruits de couloir répétés par les députés : d'après eux, le chef du gouvernement serait « très très mal servi », comme d'autres avant lui. Et d'autant plus qu'il a abandonné son travail de pigiste de luxe pour le quotidien *The Telegraph.* « Il n'a pas de gouvernante, mais une seule femme de ménage », note Donal.

Faut-il plaindre le chef du gouvernement ? Ou lui conseiller de se tourner vers celui qui est sans aucun doute le vrai père Noël cette année, Captain Sir Tom Moore qui, après avoir levé des millions d'euros pour le système de santé britannique, vient de lancer une nouvelle campagne pour ceux « qui se sentent solitaires et qui ont peur » pendant le confinement ? Cette fois, ce n'est pas lui qui marche en déambulateur dans son jardin, mais les internautes qu'il encourage à marcher, à raconter leur parcours sous le mot clé « Marchez avec Tom » et à donner quelques sous à sa fondation. Je souris, à la lecture de l'article, consacré à ce centenaire un peu timide que j'ai décoré avec fierté l'été dernier. Cette année, Santa a cent ans et une moustache. Mais c'est peut-être bien lui qui va nous sauver.

Samedi 2 janvier 2021

I wish you a merry Christmas, I wish you a merry Christmas, I wish you a merry Christmas and a happy New Year ! Yepee ! Brexit done !

Non pas que j'aie soudain décidé de me laisser aller à mes émotions et de communiquer mon opinion sur le divorce entre mon royaume et l'Union européenne : j'emporterai ce secret dans ma tombe. Mais un horizon merveilleux s'ouvre à moi. Celui d'un avenir qui ne soit pas rythmé par les audiences pro-brexitiennes avec le Premier ministre, pas bercé par le énième reportage sur la énième négociation de la énième dernière chance, pas déchiré par un sujet qui ronge mon royaume depuis presque cinq ans, opposant entre eux les familles, les amis, les voisins… En début de soirée, il y a deux jours, la boîte rouge contenant la loi sur la nouvelle relation post-Brexit, l'accord de commerce et de coopération, m'est parvenue, posée sur mon bureau, avec des allures de cadeau. À l'intérieur ? La délivrance. Du moins, c'est ce que je veux croire. Je ne me suis donc pas fait prier pour me coucher tard le soir du Nouvel An.

Chacun avait donné du sien pour que le document me parvienne à temps, avant la fin de la période de transition. Accord de mille deux cent quarante-six pages trouvé le soir de Noël, signé mercredi à Bruxelles, texte de loi soumis ce jeudi au Parlement, Chambre des communes le matin, Chambre des lords l'après-midi. Plus facile et rapide peut-être, parce que les députés ne sont que virtuellement présents à la Chambre, condamnés à rester dans leur circonscription pour cause de haut niveau d'alerte coronavirus à Londres. Vote final des élus à *11 : 00 pm*, et le zélé Edward se plante devant son ordinateur pour m'envoyer le texte à temps, soit juste avant minuit.

Ma plume court sur le papier. « La reyne le veult ! »

Avant ça, l'affaire avait pris le tour dramatique d'un film à suspens : reprise des discussions, loi sur le marché intérieur rejetée par les Lords, théâtralisation mi-novembre quand arrive le moment « de vérité », « ça passe ou ça casse », d'après les deux parties. Fin novembre, « dernière ligne droite » des négociations selon le ministre Dominic Raab. Début décembre, des députés font miroiter de « sérieuses perturbations » à venir sur les routes et au niveau des points de contrôle douanier après le 31 décembre. Lundi 8 décembre, trois semaines avant le jour J, avancée sur l'Irlande : le gouvernement retire les mesures controversées de sa loi sur le marché intérieur et accepte des contrôles douaniers entre Irlande du Nord et Grande-Bretagne. Mais une discussion téléphonique de quatre-vingt-dix minutes tourne court entre Boris Johnson et la présidente de la Commission européenne, Ursula von der Leyen. Session de rattrapage le lendemain, dîner au sommet avec au menu coquilles Saint-Jacques, quotas de pêche, turbot, harmonisation des règles de concurrence, *pavlova*, et questions sur les autorités habilitées à faire respecter l'accord. « De larges différences de vue persistent », annoncent les deux le lendemain. La perspective d'une séparation sans accord sur la nouvelle relation affole la presse : « Il y a une forte possibilité que notre solution soit une relation à l'australienne ou à la canadienne », soit un « *no deal* », prévient le Premier ministre. Au même moment, mon royaume signe un traité de libre-échange avec Singapour… Les « dates limites ont été manquées, encore et encore, mais malgré cela nous pensons qu'il est responsable de poursuivre », admettent Londres et Bruxelles le 13 décembre. Nous sommes toujours « contents de parler » assure l'ébouriffé, même si nous sommes « encore très éloignés ». Mercredi 23 décembre, jour d'audience avec le Premier ministre.

— Allô, bonjour, monsieur le Premier ministre.

— Bonjour, euh, madame.

Le ton est un peu las, usé. Entre enfant en bas âge, coronavirus et négociations tardives, les nuits sans sommeil commencent à peser.

— Nous approchons de la date limite pour conclure un accord sur le Brexit. Où en êtes-vous ?

— Euh, nous n'en avons jamais été aussi proches, madame. Mais comme je le dis toujours, même une absence d'accord serait une bonne nouvelle pour le Royaume-Uni. Nous serions libres de nos choix, et euh, nous pourrions libérer notre potentiel.

— Je connais vos slogans, monsieur le Premier ministre. Mais *quid* des problèmes d'approvisionnement, des tensions annoncées en Irlande du Nord ?

— Euh, nous faisons de notre mieux pour parvenir à un accord dans les temps. J'en suis à ma troisième visioconférence avec la présidente de la Commission en une journée.

La conversation me laisse un arrière-goût d'inquiétude. Vaine, pour une fois. Car le miracle de Noël se produit. Cinquième visioconférence entre Boris Johnson et Ursula von der Leyen : la révélation. *1 : 44 pm*, Edward me fait suivre une photo du Premier ministre postée sur les réseaux : lui-même, les deux pouces en l'air.

Je me saisis immédiatement de la télécommande et allume la télévision.

« Nous avons repris le contrôle de nos lois et de notre destin », se félicite, très fier, le chef de mon gouvernement. Et de détailler ce texte qui, selon lui, signifie une immense zone de libre-échange, sans tarifs douaniers, sans barrière législative. « Joyeux Noël à tous ! » se rengorge le Premier ministre. « C'était la bonne nouvelle de Belgique – maintenant, passons aux choux de Bruxelles. » (Cela peut sembler curieux, mais en mon royaume, les choux de Bruxelles sont un plat absolument festif.)

« C'est un jour de soulagement, mâtiné de tristesse », reconnaît de son côté le négociateur européen Michel Barnier. « À la fin d'une négociation fructueuse, normalement je ressens de la joie, confie la présidente de la Commission européenne. Mais aujourd'hui, je sens seulement du calme, de la satisfaction et, pour le dire franchement, du soulagement. »

Qu'est-ce qui concrètement a débloqué l'accord et ses plus de deux mille pages ? La question de la pêche et des eaux territoriales britanniques reprise en main par le royaume, les quotas de poissons à renégocier chaque année ? Mystère. Mais tout le monde semble soulagé, et moi-même je me sens légère. Même si le mélodrame a retardé l'enregistrement de mon traditionnel message de Noël, dans le salon vert de Windsor. Une nouvelle séquence filmée dans le plus strict respect des règles sanitaires, avec deux cameramen vêtus en cosmonautes. Faute de réponse sur le Brexit au moment de l'écriture, faute de connaître les restrictions sanitaires à venir, j'ai réfléchi, raturé, récrit, quelques lignes historiques et – toujours – un peu à double sens. Pour la tenue, j'ai laissé la main à Angela qui jamais ne se trompe dans ses choix.

— Mais n'est-ce pas la même robe que l'an dernier, Angela ?

— Du tout, madame, une touche de pourpre en plus ! Un petit twist, façon Angela Kelly.

— Elle ressemble tout de même beaucoup.

— En effet. Ne faut-il pas transmettre le message que Noël n'est pas une fête de la consommation, mais un éternel recommencement de la vie, Covid ou non ?

— Certes.

Histoire de varier, tout de même, Angela pique sur ma robe une broche de diamants et de perles, entre coquillage et méduse, héritage de maman qui l'a portée pour ses cent ans.

Face à la caméra, j'articule avec application ce discours longtemps travaillé, tentative pour allumer une lueur d'espoir dans le cœur de mes sujets.

« Chaque année, nous annonçons l'arrivée de Noël en allumant les lumières. Et les lumières font plus que créer une ambiance festive : elles apportent de l'espoir. [...] Bien sûr, pour beaucoup, ce moment de l'année sera teinté de tristesse : certains portent le deuil d'êtres qui leur sont chers, pour d'autres, leurs amis leur manquent, tout comme les membres de la famille distanciés par sécurité alors que tout ce qu'ils voudraient vraiment pour Noël est un simple câlin ou une pression de la main. Si vous faites partie de ceux-là, vous n'êtes pas seul, et mes pensées et prières vont vers vous. [...] Laissez les lumières de Noël – l'esprit d'altruisme, l'amour et l'espoir par-dessus tout – nous guider dans les temps à venir. Dans cet esprit, je vous souhaite un très joyeux Noël. »

Quelques jours plus tard, Donal me fait visionner le message monté : le *God Save the Queen* pour commencer, un charmant chœur du NHS pour le terminer, et entre-temps des images de volontaires, des captures d'écran des visioconférences auxquelles j'ai participé cette année, et ma famille en déplacement auprès des soignants. Charles et Camilla, William et Catherine, en majesté, tout comme Sophie Wessex, l'épouse d'Edward. Le message est clair : un tableau d'honneur des véritables héritiers et de ceux qui ont bien travaillé. Les importuns sont oubliés, et Philip trône, lui, seul sur mon bureau de bois verni, dans un cadre ovale et doré. Mon unique amour et mon unique compagnon pour ces vacances de fin d'année. Philip, en effet, m'a rejointe au début du mois pour ce nouveau confinement.

Vous reprendrez bien un peu d'espoir ? Le court message mis au point avec Donal pour le Nouvel An va encore plus loin. C'est lui, mon directeur de communication, qui l'a posté sur les réseaux sociaux il y a deux jours.

« Nous devons nous réconforter, en pensant que même si de nouvelles difficultés nous attendent, de meilleurs jours vont revenir : nous retrouverons nos amis, nous retrouverons nos familles, nous nous retrouverons – Sa Majesté la reine. »

En effet, l'un des privilèges de Ma royale Majesté consiste à pouvoir me citer moi-même – en l'espèce, citer cette intervention de début d'épidémie où je promettais déjà à mes sujets que nous nous retrouverions. J'y crois toujours, cela dure simplement plus longtemps que prévu. Cet optimisme précieux en des temps difficiles, je le puise à plusieurs sources. Ma jeunesse, bien sûr, qui m'a appris la persistance et l'espoir en des jours meilleurs ; ma joie de voir le sujet du Brexit enfin s'évaporer ; et enfin, mon plaisir à retrouver un véritable quotidien avec Philip, bien qu'il favorise accrochages et disputes.

Sur ces douces pensées, les verres tintent.

— *Happy new year*, Philip. L'année de vos cent ans !

— Merci chou ! Je ne laisserai pas cela se produire, je vous l'ai déjà dit...

— Oh, Philip !

Bien sûr, je me suis habillée, un long fourreau moiré, mais cette année point d'étrennes, point de charades, point d'échange de cadeaux à Noël. Simplement nous, en tête-à-tête. Avec Candy, mon dorgi. Car, hélas, Vulcan n'est plus des nôtres, mort de vieillesse au début de décembre. Cette petite peluche si douce nous a quittés dans son sommeil, près de sa gamelle dorée. Nous l'avons enterrée à Windsor, non loin de Susan, son arrière-arrière-arrière-grand-mère corgi, cadeau de mon père pour mes dix-huit ans.

Un autre être a déserté nos Noëls pour de bon : Patricia Earl, la sévère gouvernante de Sandringham, où nous n'avons pu nous rendre cette année. Mortifiée de n'avoir su convaincre le personnel de respecter quatre semaines d'isolement pour nous permettre de passer Noël là-bas, Patricia a remis sa démission. Adieu Patricia, après trente-deux ans de service.

— Vous êtes sûre, Patricia ?

— Certaine, madame. Au vu des événements passés, je ne me sens plus en mesure d'organiser le personnel de votre résidence.

Admirable sens de l'honneur ! Et départ amical, appuie Donal McCabe dans un communiqué du palais.

Coronavirus oblige, pas de visiteur familial, ni pour Noël, ni pour le jour de l'an. Mélanger plus de trois familles est interdit... et avec une si grande famille, comment choisir ? Secrètement, je me réjouis d'échapper aux retrouvailles, aux conversations à double sens, aux possibles ennuis, et de rester avec Philip. Cela m'évite aussi de devoir questionner Andrew sur le nouveau développement dans l'affaire Epstein, révélé par les tabloïds : Beatrice, ma petite-fille, ne se rappelle pas que son père l'ait accompagnée à Pizza Express à Woking, le soir où l'accusatrice Virginia Giuffre affirme avoir été forcée d'avoir des relations avec lui. De plus, l'agenda familial révélerait un rendez-vous de manucure à domicile pour Andrew au moment même où il aurait dû se trouver à la fameuse pizzéria. Frisson d'horreur le long de ma royale échine. Non, décidément, je suis bien contente d'éviter le sujet et de passer ces fêtes de fin d'année en petit comité.

Comment les concilier cependant avec mon grand amour pour la fête de Noël, ses lumières, ses chants traditionnels ? Rien de mieux qu'une rencontre familiale distanciée, presque improvisée, sur le pas de la porte de Windsor.

8 décembre, je me sens comme une enfant le jour de Noël, excitée et réjouie, prête à toutes les surprises. Pour l'occasion j'ai requis la présence physique d'Angela, chargée de me choisir une tenue spéciale. Et quelle tenue ! Un éblouissant ensemble de laine rouge, chapeau, robe, jupe et manteau. Sur la tête un amusant plumeau noir, et autour du cou un élégant foulard de soie pour réchauffer mon cœur. Une merveille festive.

— Angela, je me sens comme un lutin de Noël !

— C'est un peu l'inspiration, madame. Cette couleur est censée vous égayer mais faire aussi la joie de vos sujets, forcés de passer Noël au rabais.

— Riche idée. Et tout cela irait merveilleusement bien avec du rouge à lèvres.

— Du rouge à lèvres, bien sûr ! Tombons les masques de protection et ressortons ces ornements trop oubliés !

Toute de rouge vêtue, je trottine à travers les trottoirs parsemés de loupiotes, toque deux coups secs à la porte de Philip.

— Victor, je vous ai déjà dit, il n'est pas question que je mette votre plaid sur les épaules ! Je ne suis pas une vieille personne, je peux lire sans me cacher sous une couverture… Oh, pardon, chou, c'est vous…

— En effet, Philip. Alors qu'en dites-vous ? Allez-vous m'accompagner pour la petite réception de remerciements aux associations ?

— Hélas, je suis un peu fatigué et ce roman d'espionnage est passionnant, je crois que je vais passer mon tour. Par ailleurs, j'ai officiellement pris ma retraite : vos sujets ne comprendraient pas.

— Oh…

J'esquisse quelques pas tournoyants, pour exhiber ma tenue.

— Êtes-vous déguisée en paquet cadeau de Noël, chou ?

— En paquet ! Oh, Philip, vous êtes incorrigible !

Mi-fâchée, mi-amusée, je reprends mon chemin à travers les longs couloirs, traverse St George's Hall baigné d'étoiles et odorant de sapin. Un arbre de six mètres me contemple de haut alors que je passe la porte, le cœur bondissant, pour rejoindre ma famille et fredonner des chants de saison.

Ils sont là, au pied des marches de l'entrée des écuyers, illuminés par les réverbères dans la nuit déjà tombée. Ma fille Anne, un peu raide dans ses bottes noires, avec son habituelle choucroute sur la tête. Mon fils Edward et son épouse Sophie, tout en gris, toujours simples et avenants. Charles en manteau croisé et Camilla en pardessus bleu, élégamment vêtus et pourtant aussi rustiques et patauds que s'ils venaient de rentrer d'une marche autour de Highgrove, la résidence du Gloucestershire où ils se confinent. Plus près de moi enfin, mais à distance réglementaire, les parfaits : Catherine, longue liane perchée sur ses échasses, et William, très smart malgré sa calvitie. Comment peut-on afficher une telle fraîcheur après plus de deux mille kilomètres de train en trois jours ? Mon petit-fils et ma petite-bru rentrent en effet d'un voyage de trois jours *via* l'Écosse, le pays de Galles et le nord de l'Angleterre, pour saluer le travail des soignants et des volontaires dans tout le royaume. Source de polémique au plus haut sommet de l'État : Downing Street a même, pendant quelques jours, refusé de soutenir le déplacement, de peur de voir mon héritier répandre le virus dans tout le pays. Finalement, les proches du Premier ministre ont cédé devant les pouvoirs de persuasion d'Edward et de tous nos services : naturellement, les gestes barrières seraient respectés. Il ne s'agissait pas d'une tournée promotionnelle, mais de stimuler le moral des sujets britanniques, qui en avait bien besoin. Tout cela s'achève avec la bénédiction gouvernementale pour un voyage « de valeur », épopée ferroviaire du deuxième héritier bien accueillie par la population, malgré les critiques occasionnelles des autorités locales. Une publicité vivante pour la royauté. Et les voilà, droits comme des i, impeccables dans cette froide après-midi d'hiver.

— Alors, William, as-tu apprécié le voyage à bord du Royal Train ?

— Oh, Granny, c'était formidable, certains wagons semblent sortir tout droit du XIXe siècle !

— Trop vieux, tu veux dire ?

Catherine éclate d'un rire tintinabulant et un brin gêné.

— Nous avons particulièrement apprécié le voyage à bord de votre train, madame. William a une prédilection pour le salon du duc d'Édimbourg, quant à moi j'adore la salle de bains et sa baignoire.

— Tout ça me rappelle tant de souvenirs… J'espère le reprendre bientôt.

— Oh, bien sûr, Granny, vous aurez encore beaucoup d'occasions ! Dès que le virus aura enfin décidé de s'en aller.

L'Armée du Salut et les autres associations, les travailleurs de première ligne, entonnent *Hark the Herald Angels Sing* et *The First Noël*. Je savoure, au point de les accompagner en murmurant. À travers une fenêtre, derrière un rideau, je crois capter un regard coulissant de Philip, finalement déçu, peut-être, de ne pas participer à la fête. D'un geste appuyé, je rends hommage aux patrons locaux de l'Armée du Salut, Anthony et Gillian Cotteril. « Ce seront peut-être mes seuls *Christmas carols* cette année, alors grand merci. »

Un petit goût de fête, odeur de houx, rubans et paillettes. Cela m'avait manqué, mais au fond ces temps-ci ne sont pas si pauvres en occasions festives. J'avoue avoir trinqué, avec Philip, à l'accession à la présidence de Joe Biden, aux États-Unis. Au départ, surtout, du présidentiel orang-outan, même si mon époux trouvait occasionnellement Donald Trump « amusant ». On a ri, aussi, en postant la photo de Charles bébé sur les réseaux sociaux pour célébrer ses soixante-douze ans. Cliché en noir et blanc, où ma photogénie naturelle fonctionne à merveille, alors que Charles, deux ou trois mois peut-être, arbore déjà ses oreilles particulières et perd dans le vague un regard un peu bovin. On a regardé par les fenêtres du palais les feux d'artifice de la fête indienne de Diwali, début décembre.

Festivités en perspective, aussi : épidémie ou non, mon jubilé de platine se prépare. En février 2022, je passerai le cap des soixante-dix ans sur le trône. Toujours un peu décalé, mon gouvernement prévoit de le célébrer… au mois de juin. Pas moins de deux jours fériés, l'un déplacé pour l'occasion, l'autre créé tout exprès, afin de générer un long week-end entièrement dédié à mon règne. Dès maintenant, le gouvernement lance un appel à planter des arbres sur les terrains des écoles, des conseils locaux, sur les terrains privés… La « canopée de la reine », c'est le nom trouvé par mon gouvernement, et, ma foi, cela me sied. Sir Lindsay Hoyle, le président de la Chambre des communes, a déjà sollicité les députés pour financer un cadeau, une opération spéciale en mon honneur. Le ministre de la Culture, Oliver Dowden, promet un moment « vraiment historique ». Tout cela me réjouit, même si j'ai un regret : moi qui aime tant les surprises, c'est raté… Angela réfléchit déjà aux tenues à porter pour l'occasion tandis qu'Edward s'inquiète sur des détails organisationnels. Donal, lui, planche sur une immense campagne de communication qui ira d'Internet aux couloirs du métro, en passant par les traditionnelles médailles commémoratives, les timbres, etc.

En attendant, véritable feu d'artifice en mon honneur, une petite fête personnelle éclaire actuellement mes journées : la sortie de la saison 4 de la série *The Crown*. Je m'étais pourtant juré de ne plus participer aux profits de ces voyous de la plateforme Netflix. Peine perdue, la curiosité l'emporte, et me voilà lovée sous ma couette avec une boîte de chocolats à la menthe, littéralement suspendue aux lèvres des acteurs, hypnotisée par les images de cette histoire tout à la fois si proche et si différente de celle de ma famille. J'éclate de rire quand la trop rigide Margaret Thatcher se cogne aux traditions de Balmoral. Je manque d'écraser une larme devant les images de Helena Bonham Carter, pétillante Margaret, tombant malade ou s'insurgeant contre les sévères règles familiales. Et je m'indigne, notamment quand je vois le salut militaire mollasson d'Olivia Colman, censé m'incarner sur son cheval, lors d'un défilé de Trooping the Colours. La même Olivia Colman a osé affirmer à la radio qu'elle était contente de quitter mon rôle après m'avoir incarnée deux années. Quelle drôle de réflexion ! Que peut-on pourtant imaginer de mieux ?

Craquement de parquet, grincement de porte. J'éteins en catastrophe l'écran de ma télévision. C'est Philip, qui vient sans doute me souhaiter bonne nuit.

— Chou, vous dormez ?

— …

Il ne s'agirait pas que mon époux me découvre en train de fauter devant la télévision…

Motif de divorce ? Certainement pas. De dispute ? Sans doute. Mais combien en avons-nous affrontées en soixante-treize ans de mariage ! Autre événement à marquer ces dernières semaines : ces nombreuses années passées ensemble, malgré les tempêtes, les rumeurs d'infidélités, les appels du devoir, les crises de mon mari agacé de voir son autorité masculine bafouée… Pour une fois, nous voilà tous les deux ensemble. Devant notre écran, pour un concert d'enfants retransmis depuis Chypre, puis assis côte à côte sur un canapé du salon de chêne de Windsor. Pour l'occasion, Philip a quitté ses blousons de marin et ses croquenots. J'ai ressorti ma broche de chrysanthème et d'émeraudes, symbole de la persistance de notre amour. Nous dépouillons notre courrier, des dizaines de cartes célébrant notre union, des sourires, et des souvenirs. Presque un couple normal.

Pour une fois enfin, les bonnes nouvelles arrivent aussi du front de la pandémie. C'est peut-être un détail pour vous, mais mon habilleuse vient de m'annoncer une petite révolution.

— Allô, Angela ?

— Bonjour, madame. J'ai du nouveau !

— Concernant mes tenues pour le jubilé de platine ?

— Oh, pour ça, j'en suis seulement à sélectionner des étoffes. Non, cela concerne votre vie quotidienne, madame.

— Je vous l'ai déjà dit, il n'est pas question que je change de marque de chaussures.

— Il ne s'agit pas de cela, madame, s'esclaffe mon habilleuse. Mais de vos gants.

— Cela fait des décennies que je me fournis chez Cornelia James, Angela. Là non plus, pas question de changer.

— Voilà justement la bonne nouvelle ! Cornelia James va sortir des gants virucides pour prévenir la transmission de la Covid !

— Oh, prenez-m'en quelques dizaines de paires !

Voilà un signe avant-coureur peut-être que la vie pourrait changer. Que mon univers, pour l'instant cosy mais clos, pourrait se rouvrir bientôt, malgré la pandémie.

Un autre signe nous arrive le 8 décembre, de l'hôpital universitaire de Coventry. Il porte les traits avenants et le Christmas Jumper d'une certaine Margaret Keennan. Sur l'écran de télévision, elle remonte sa manche et tend son bras à l'infirmière May Parsons. À quatre-vingt-onze ans, Margaret Keenan est la première vaccinée britannique contre le coronavirus. Quelques jours auparavant, le Premier ministre m'a dévoilé le plan de vaccination d'une voix surexcitée, comme s'il attendait des félicitations de ma part.

— C'est le V-Day, madame, le jour du vaccin et de la victoire !! Nous sommes les premiers au monde à l'administrer !

J'éloigne le combiné pour préserver mes oreilles.

— En effet, monsieur le Premier ministre, c'est une perspective réjouissante. Quelles sont les prochaines étapes ?

— Huit cent mille doses d'injections Pfizer/BioNTech administrées dans les semaines à venir, jusqu'à quatre millions d'ici la fin du mois. Nous avons sécurisé quarante millions de doses déjà, de quoi immuniser vingt millions de personnes ! Quant au vaccin AstraZeneca développé avec l'université d'Oxford, il devrait être autorisé d'ici la fin de l'année. Nous commençons par piquer les personnels de santé et les plus de quatre-vingts ans. Vous êtes bien évidemment invitée à tendre le bras !

— Bien, je vais consulter mon époux et mes services, et je vous tiendrai informé.

Boris Johnson semble déçu de mon calme, pourtant ma principale caractéristique – et qualité. Il est vrai que le vaccin me tente pour rouvrir les portes du monde tel que je le connaissais. Pour éviter, aussi, des ratés techniques, comme celui que j'ai subi à la mi-décembre lors d'un appel à l'entreprise d'audit KPMG. Conversation agréable, mais déconnectée pendant quelques minutes. J'ai dû détendre mes interlocuteurs par une pirouette : « Vous aviez tous disparu ! » L'injection me séduit, donc, mais mon esprit de contradiction me retient, car depuis quelques jours Edward se fait insistant : le gouvernement semble vouloir m'utiliser comme une « mascotte » de l'injection anticoronavirus. Ce serait là un rôle presque politique qui ne me paraît pas tout à fait correspondre à mes attributions.

— Edward, je pense qu'il faudra patienter avant de me faire vacciner à mon tour. On ne voudrait pas voir le gouvernement accusé de favoritisme envers la famille royale.

Brexit done, vaccin anticoronavirus, horizon radieux, *indeed*. Sauf que…

Sauf que la BBC raconte les effets délétères du confinement sur les jeunes et leur santé mentale, sur les enfants dont certains seraient désormais « incapables de tenir un couteau et une fourchette » à la cantine. Les Britanniques sont dans une telle détresse qu'une épidémie de vols de chiens sévit aussi sur le pays. Que personne ne s'approche de mon dorgi !

Sauf que l'économie souffre : Arcadia, par exemple, maison mère de Burton, les vêtements pour homme, et de Topshop, habits pour jeunes trendy, vient de déposer le bilan. Le sort de plus de treize mille salariés est en suspens.

Sauf que le virus sévit encore. Plus de cinquante-trois mille contaminations quotidiennes à la fin de l'année, en hausse de 42 % sur une semaine. Mon sang ne fait qu'un tour à la lecture des comptes rendus de la Chambre des communes : le ministre de la Santé annonce qu'une nouvelle souche de la Covid 19, plus transmissible, sévit dans le sud-est de l'Angleterre. Conséquence : des frontières fermées aux Britanniques par de nombreux pays d'Europe et des produits frais soudain absents des rayons de supermarché. Sous pression, la France finit par laisser à nouveau passer camions et voyageurs, sous réserve d'un test négatif au coronavirus. Le Royaume-Uni, bête noire de la pandémie ? Avec le nouveau système d'alerte à trois niveaux instauré par le Premier ministre, la carte de mon royaume se colore chaque jour un peu plus de rouge, couleur des régions les plus touchées soumises à des quasi-confinements. Et si le chef du gouvernement a décidé d'autoriser trois familles à se mélanger pour fêter dignement les fêtes de fin d'année, il saisit chaque occasion pour marteler un message de prudence : « *Have yourself a merry little Christmas, and I am afraid I do mean little* », passez un bon petit Noël et j'ai bien peur que « petit » soit le mot approprié, martèle l'ébouriffé. « *Keep it small, keep it short, keep it local* », qu'il soit petit, qu'il dure peu de temps et qu'il soit local. Bref, rien de très festif là-dedans. Position d'autant plus difficile à maintenir que Boris Johnson s'est heurté à la Chambre des communes au mur des députés des zones sous le coup de l'alerte maximale : pas moins de cinquante-cinq rébellions dans le camp conservateur contre le nouveau système de restrictions sanitaires. Et un débat pour le moins curieux chez les buveurs de bière et adeptes des pubs : puisqu'il faut justifier d'un repas pour s'installer dans ces établissements, quand ils atteignent l'alerte de niveau trois, peut-on, oui ou non, considérer qu'un *scotch egg*, cet œuf enfoui dans une farce à la viande, est un repas ? J'aurais tendance à dire non, mais Philip, lui, serait sans doute favorable à cette classification…

En matière de mauvaises nouvelles, la Californie est aussi un bon producteur, surtout en ce qui concerne ma famille. En voilà une qui nous est arrivée par un article du *New York Times*, renvoyé sur ma boîte mail par Edward, et signé… Meghan Markle. Comme d'habitude, ni avertissement, ni préparation, sinon que mon petit-fils nous a fait parvenir le lien deux jours avant publication. Simplement une longue tribune intitulée « Les pertes que nous partageons » et sous-titrée : « Peut-être que le chemin de la guérison commence par trois simples mots : ça va bien ? » Toujours ce déploiement d'émotion à l'américaine, quand ici le stoïcisme et la pudeur sont une règle de bienséance et de survie de la royauté. La duchesse de Sussex y décrit comment elle a perdu son enfant à naître au mois de juillet dernier. Elle entre dans les détails : « Je suis tombée sur le sol avec Archie dans mes bras, fredonnant une berceuse pour nous permettre à tous les deux de garder notre calme. [...] Je savais, en serrant mon aîné, que je perdais au même moment mon deuxième enfant. » Meghan décrit le lit d'hôpital et le chagrin de Harry. Mon regard se brouille et la gêne m'envahit. Impossible de terminer l'article. En dehors de ma tristesse d'arrière-grand-mère, je me sens comme intruse dans les coulisses intimes de la vie de mon petit-fils.

Le téléphone sonne.

— Allô, Donal ?

— Oui, madame. Je souhaitais parler avec vous d'un éventuel communiqué de réaction concernant la perte du couple Sussex.

— Merci, Donal. Je ne sais pas. C'est une expérience personnelle, privée. Peut-être les journalistes peuvent-ils se contenter de cela.

— Bien, madame. J'imagine que les condoléances sont de rigueur.

— Merci, Donal.

Quelques heures, quelques jours à peine, et les journaux bruissent de la prétendue froideur de ma famille, de son cœur de pierre face au calvaire de Harry et Meghan.

Je rappelle Donal.

— Peut-être pouvez-vous laisser entendre que nous partageons le deuil de mon petit-fils et que nous sommes tristes, également...

Je pianote sur mon téléphone portable un message à destination de cette royale fripouille de Harry. « Mon cher Harry, je pense à toi, à vous. » Quelques minutes et l'appareil vibre brièvement. « Merci, Granny. » Ce monde moderne où l'on étale publiquement ses émotions ne sera jamais totalement le mien. Mais il me revient des souvenirs de la mort de ma belle-fille Diana, et des mêmes accusations d'indifférence de la part de mes sujets. Parfois, il faut savoir forcer sa nature.

À propos de Diana, voilà qu'une sombre affaire depuis longtemps oubliée ressort des cartons de la BBC. Vingt-cinq ans après l'interview choc de ma belle-fille, révélant, tout mascara et brushing dehors, les infidélités du prince héritier, le frère de Diana, Charles Spencer, accuse Auntie de malhonnêteté. Je me rappelle encore mon effroi, en 1995, en voyant ma bru en tailleur prononcer ces mots : « Nous étions trois dans ce mariage. C'était un peu encombré. » Eh bien, dans une lettre au *Daily Mail*, l'oncle de Harry et William pointe les faux documents utilisés selon lui par Martin Bashir pour décrocher l'entretien scandale de la décennie. Des faux relevés de comptes, censés prouver à la princesse que des employés étaient rémunérés pour l'espionner, et d'autres éléments révélant une liaison supposée entre mon fils Charles et la nounou des enfants, Tiggy Legge-Burke. On sait bien pourtant que le cœur de mon fils n'avait qu'une marotte et qu'elle ne se trouvait pas à Clarence House. *Anyway*. Martin Bashir aurait donc trompé, menti, et le frère de Diana n'entend pas laisser passer cela : il exige une nouvelle enquête. Impossible, répond la BBC qui évoque notamment l'état de santé de Bashir, souffrant de la Covid après un quadruple pontage… et aperçu quelques heures après, hors de chez lui, en train d'acheter bouteille de vin et curry. Sous pression notamment de ses anciens patrons, le groupe audiovisuel finit par céder et annonce, le 18 novembre, une enquête indépendante menée par Lord Dyson, ancien juge de la Cour suprême. Le directeur général d'Auntie promet « un processus approfondi ».

Coup de téléphone. Edward m'apporte les derniers éléments d'information de sa voix d'outre-tombe.

— Madame, votre petit-fils le prince William vous fait dire qu'il va publier un communiqué sur l'interview de Martin Bashir pour *Panorama.* Il souhaiterait votre aval.

— Et quel est-il, ce communiqué ?

— Le voici : l'enquête indépendante est un pas dans la bonne direction, elle devrait aider à établir la vérité derrière les actions qui ont mené à l'interview de *Panorama* et les décisions qui ont été prises par les dirigeants de la BBC à l'époque.

— Soit. Je l'autorise.

Dans cette affaire personnelle, il n'est pas question d'empêcher l'héritier numéro 2 d'exprimer sa demande, surtout avec pudeur et sans scandale. On n'attend, hélas, le résultat de l'enquête qu'au printemps prochain.

Plus scandaleux, voire sulfureux, le départ de Dominic Cummings, ex-âme damnée de Boris Johnson. 14 novembre, en direct, à la BBC toujours, un homme chauve, sac à dos, pardessus et sans cravate, quitte le 10, Downing Street, un carton dans les bras. Je frotte mes yeux pour m'assurer que ma vision de l'écran n'est pas brouillée. C'est le magicien du Brexit, artisan de la victoire au référendum, auteur du slogan « *Get Brexit done* », qui a probablement permis à l'ébouriffé de gagner l'élection… Le conseiller occulte et influent du Premier ministre part. Sans réelle explication. En direct de Downing Street, les journalistes rappellent les faux pas de cet anarchiste et génie politique, ses infractions au confinement, son caractère difficile et son mépris pour les parlementaires. Ils racontent que son allié, Lee Cain, directeur de la communication, vient lui-même de démissionner en refusant un poste de directeur de cabinet. Ils font allusion, aussi, à de supposées tensions avec Carrie Symonds. Mais rien de précis, rien de certain, rien de cartésien. Un conseiller s'en va, l'âme du Brexit avec lui. La porte claque, et le voilà parti.

À propos de départ, celui-là est irrémédiable. John Le Carré, créateur d'espions, quatre-vingt-neuf ans, vient de quitter les Cornouailles où il résidait pour rejoindre la demeure de l'Éternel. Ses histoires de guerre froide ont toujours fasciné Philip ; quant à moi, vu les circonstances, je tâche de ne plus lui en vouloir. Il avait cependant refusé tous les prix littéraires, mais aussi une récompense que je souhaitais moi-même lui décerner.

Pour ma part, en tout cas, je suis bien vivante et plus en forme que jamais. Et je tente de faire passer le message à mes relations et à mes cousins, proches ou lointains. Mi-novembre ils étaient nombreux à s'enquérir de ma santé. Et pour cause : la radio française RFI, équivalent de notre BBC World, avait publié rien moins que ma nécrologie. Un portrait en ligne, plutôt flatteur, ma foi. « Le Royaume-Uni se réveille orphelin… » RFI s'en est excusé, blâmant un problème technique qui a fait paraître en ligne un certain nombre de nécrologies de personnalités octo- et nonagénaires. *My God*, c'est tout de même étrange de lire un article sur sa propre mort ! Et encore, c'est la première fois que l'on me « tue » ainsi. D'après ce que je comprends, avec la bourde de RFI, un certain Bernard Tapie, ex-homme d'affaires et politicien français, en est déjà à sa troisième mort en ligne, dans trois médias différents…

Jeudi 8 avril 2021

Un moelleux coussin brodé dans le dos et sous mon royal fessier, quelques soldats et corgis sculptés pour me surveiller, un bureau de bois et d'or sur lequel m'appuyer… Voilà longtemps, hélas, que je n'ai pas pris le temps de coucher mes pensées sur le papier. Malgré les confinements, ces quatre derniers mois ont été particulièrement chargés. Mon regard se perd par la fenêtre et dans le parc, se pose sur le grand corps osseux étendu sur un transat. Baigné de lumière vespérale, Philip lit le journal. Chemise impeccable et pantalon de lainage, indiscutablement élégant. Moins alerte et nerveux peut-être : cela fait une heure, au moins, qu'il feuillette la presse sans avoir ni froissé, ni crié, ni jeté. La santé de mon époux me préoccupe. Pourtant, nous avons mis les chances de notre côté. Vaccinés, tous les deux, contre la Covid, dans l'ordre établi par le gouvernement, comme tout le monde – ou presque, puisque c'est un de nos médecins de famille qui est venu le 9 janvier réaliser l'injection au château de Windsor.

Le jour même, mon petit-fils William a lui aussi une visioconférence avec des salariés et volontaires du

NHS. Il saisit l'occasion pour se faire sentencieux : « Mes grands-parents se sont fait vacciner et je suis très fier qu'ils l'aient fait. C'est vraiment important que tout un chacun se fasse vacciner au moment où on le lui dit. » William comprendra-t-il un jour que le bon élève n'est jamais le préféré ? Les jours suivants, s'amoncellent sur mon bureau de nombreuses lettres de mes sujets. Eux aussi ont reçu leur injection. Ou ils hésitent. Ou ils se méfient. Et souvent ils se réjouissent de voir « à quel point c'est facile » de se faire ainsi immuniser. Un tel enthousiasme et l'acharnement de mon secrétaire privé contribuent à me convaincre : d'accord pour me faire l'avocate de ce produit censé nous redonner les clés du monde tel qu'il était.

— Edward, vraiment, je ne sais pas si c'est mon rôle en tant que reine.

— Votre rôle est de vouloir le bien de vos sujets, madame.

— En effet, mais ils savent qu'ils peuvent et doivent se faire vacciner.

— Madame, nous venons de passer fin janvier le cap des cent mille morts. Et les scientifiques sont alarmistes. D'après eux, un Londonien sur trente souffre de la maladie, un Britannique sur cinquante. Et pour citer Chris Whitty, le directeur de la Santé, le pire est à venir.

Imparable Edward, dans son rôle d'oiseau de malheur. Vient s'ajouter à cela la triste fin de Captain Tom, ce vieillard héroïque qui avait réuni tant d'argent pour le système de santé NHS. Captain Tom vient de mourir de la Covid. Je m'incline. Prête à jouer les VRP dans une visioconférence fin février. Robe rose, sourire et forme olympique lors d'une visioconférence avec les dirigeants de notre système de santé NHS, en charge du programme de vaccination. Mes interlocuteurs boivent mes paroles, conscients, sans doute, que la séquence, aussitôt terminée, se retrouvera partout sur Internet et dans les pages des journaux.

Je raconte :

« C'était très rapide, ça n'a pas fait mal du tout ! » (et Philip n'osera pas me contredire). Voilà pour les froussards.

« C'est difficile pour quelqu'un qui n'a jamais reçu de vaccin… Mais il faudrait penser aux autres plutôt qu'à soi-même. » Voilà pour les égoïstes.

« Et bravo pour le plan de vaccination, et ses progrès remarquables ! » Voilà pour les soignants et les dirigeants. Une forme d'encouragement aussi, pour mon royaume plongé jusqu'à récemment dans sa guerre des vaccins avec l'Union européenne. Face à la pénurie et aux retards des laboratoires, la commissaire européenne à la Santé a engagé des discussions – des discussions ? Une dispute, oui ! – avec AstraZeneca, qui développe ses vaccins chez nous avec l'université d'Oxford. Retards de livraison, non-respect du contrat… les griefs sont nombreux, côté européen. Et le laboratoire, pourtant dirigé par un Français, se défend : son contrat avec le royaume stipule que nous sommes les premiers à accéder aux injections produites chez nous, alors que celui avec les vingt-sept requiert seulement « le meilleur effort raisonnable » pour livrer les produits. Nouvelle escalade, le 29 janvier, un document de la Commission menace de contourner le protocole nord-irlandais sur la libre circulation des biens, pour limiter les exports de vaccins européens vers mon royaume. Mesure de rétorsion. « Un acte d'incroyable hostilité », d'après la pasionaria unioniste irlandaise Arlene Foster. Même le négociateur européen Michel Barnier appelle au calme.

Finalement, le 31, Edward me fait suivre un message publié sur le réseau social Twitter. Initiative fort utile : cela fait plusieurs mois déjà que je me suis désabonnée de toutes les alertes liées à l'Union européenne, y compris celles de la présidente de la Commission, Ursula von der Leyen. Et Ursula twitte, donc, elle salue un « pas en avant » dans les négociations. AstraZeneca accepte de livrer 9 millions de doses supplémentaires d'ici mars. La fin de cette guerre des aiguilles ? Je pose la question à mon Premier ministre lors de notre audience du mercredi 2 février.

— Monsieur le Premier ministre, je lis beaucoup de choses concernant les tensions entre nous et l'Europe sur la question des vaccins…

— Oh, euh, une broutille, euh, madame. D'ailleurs c'est déjà réglé.

L'optimisme aveugle est parfois récompensé. Quelques jours plus tard encore, juste avant mon appel promotionnel à l'injection, la présidente de la Commission soutient dans une interview qu'elle a raison… mais s'excuse d'avoir fait peser le doute sur la circulation des doses entre la région britannique nord-irlandaise et la république d'Irlande, toujours européenne.

Depuis le 4 janvier, le royaume est à nouveau confiné. Nouvelle séquence télévisée, nouvelle annonce du Premier ministre, accoudé à son bureau du 10, Downing Street. Pas même une conférence de presse, cette fois. Quelques secondes de déclaration en forme de résignation. Les paupières lourdes, la cravate verte bariolée – une sorte de diversion peut-être ? –, le chef du gouvernement martèle : « L'extension du nouveau variant est à la fois frustrante et inquiétante…

— Frustrante, *indeed* ! s'étrangle Philip, à côté de moi sur le canapé. Quand cette mascarade va-t-elle donc cesser ?

— Chuuuut !

Sur l'écran, Boris Johnson poursuit, impassible : « Les scientifiques ont confirmé que ce variant était 50 à 70 % plus transmissible. […] Le nombre de patients à l'hôpital est 40 % plus élevé que lors du premier pic en avril. […] En Angleterre, nous avons besoin d'un confinement suffisamment dur pour contrôler ce variant. »

Fermées, les écoles, pour celles qui avaient rouvert après les congés. Et le petit ministre de l'Éducation a beau se débattre devant la Chambre des communes, il ne parvient pas à expliquer comment les examens seront évalués. Les parlementaires, eux, valident largement les nouvelles restrictions dès le mercredi suivant, jour de leur entrée en application : cinq cent vingt-quatre voix pour, seize contre. On n'aurait pas imaginé si écrasante majorité du temps de Theresa May… Écrasante, mais silencieuse : pour cause d'épidémie, les bancs que l'on voit à l'écran sont déserts, à peine une poignée d'élus dans ce qui n'est plus le chaudron vert des Communes, mais une morne plaine. Puis le gouvernement annonce une quarantaine obligatoire de dix jours dès la mi-février pour les voyageurs venus de nombreux pays, de l'Afrique à l'Amérique du Sud en passant par le Portugal. Tout cela n'augure rien de bon, même si le ministre de la Santé écume les plateaux télé pour tenter de rassurer : « À l'automne, toute la population adulte devrait s'être vu proposer l'injection », avance Matt Hancock, à l'heure du petit déjeuner.

En attendant, ici, on valide l'organisation « Covid » de Royal Ascot qui comptera désormais plus de courses. Et on décommande les invités des garden-parties du printemps-été 2021. Festivités annulées.

Toutes, vous êtes sûr, Edward ?

— Madame, au-delà du risque sanitaire, il faut aussi considérer l'acceptabilité d'un tel rassemblement dans un contexte compliqué…

— Mais Angela Kelly avait déjà commencé à dessiner mes tenues de fête…

— Désolé, madame.

Quand on voit un établissement de pompes funèbres d'urgence ouvrir dans la campagne du Surrey, comté particulièrement frappé par le virus, difficile de discuter. À la mi-janvier, les hôpitaux signalent même des problèmes d'approvisionnement en oxygène en Essex et dans le sud du royaume.

Et le virus cause des pénuries, côté supermarchés aussi. En cause, bien sûr, le personnel forcé de s'isoler, cas contact ou contaminé. À quoi s'ajoute l'effet tant redouté du Brexit. Me voilà privée de jus d'orange pressée au petit déjeuner. Par une triste matinée, je me faufile dans les coulisses du palais, jusqu'aux cuisines. Un amusant périple, tout nouveau pour moi. Me voilà arrivée au cœur du garde-manger de Sa Majesté. Face à face avec l'un des chefs.

— Oh, *hello Mark* !

Sous son calot, mon cuisinier pâlit et bégaie de surprise.

— Ma… Ma… madame, bonjour, parvient-il à articuler en inclinant la tête. Que puis-je faire pour votre service ?

— J'aimerais savoir ce que doit faire une souveraine du Royaume-Uni pour se voir servir une orange pressée au petit déjeuner.

— Hélas, madame, les oranges font partie des fruits qui ont disparu des rayons ces derniers temps. Avec les fruits rouges et certains choux-fleurs.

— Comment donc ?

Et mon chef explique : le Brexit, l'application désormais stricte des contrôles aux frontières par nos voisins d'Union européenne. Et, *cherry on the cake*, la Covid. Je me renfrogne.

— Bon, j'attendrai des jours meilleurs.

Les Nord-Irlandais ne sont pas mieux lotis que moi : devant les difficultés liées aux contrôles Brexit, dans les ports, Marks&Spencer a renoncé à y acheminer tout un tas de produits, y compris le poulet à l'aigre-douce et – pire – le pudding chocolat-caramel. La communauté britannique en France, elle, souffre d'une pénurie de *custard* dans les rayons de Marks&Spencer. Quant aux amateurs de thé, les voilà fort marris : le luxueux Fortnum&Mason, riche d'un mandat royal et d'une longue histoire liée à ma famille, a renoncé temporairement à exporter vers l'Union européenne pour cause de paperasse trop longue à remplir ! Les directeurs de grandes entreprises s'indignent : « Le mois passé a été comme le cinquième cercle de l'enfer de Dante », éructe à la radio un porte-parole du secteur manufacturier.

Description apocalyptique : deux tiers des entreprises « prêtes pour le Brexit » souffriraient en fait de délais et de problèmes d'approvisionnement. Les fameuses *English sausages* subiraient des retards de transport, cinq jours de transit au lieu de deux, de quoi périmer purement et simplement le savoureux produit *made in UK*. En cause ? La nécessité, désormais, de mentionner l'origine, ou les origines, de chaque produit importé ou exporté. Avec, à la clé, des tarifs douaniers pouvant varier de 1 à 14 %. Sous le manteau, certaines petites mains des ministères de l'Environnement et du Commerce international conseilleraient aux chefs d'entreprise d'installer une antenne sur le territoire européen, histoire d'éviter les frictions.

Le ton monte aussi dans les coulisses diplomatiques. Ce qui m'amène à cette question : vais-je ou non recevoir en audience le Portugais João Vale de Almeida ? Non que j'y tienne particulièrement – quoique ce monsieur ait l'air fort bien élevé –, mais il est d'usage de recevoir tous les ambassadeurs de pays étranger pour leur souhaiter la bienvenue à Albion, en quelque sorte. Sauf que mon gouvernement ne semble pas accepter que ce respectable diplomate ait un statut diplomatique, un vrai statut d'ambassadeur. Non, Almeida – et sa délégation – seraient traités comme « les représentants d'une organisation internationale », ce qui les priverait, entre autres, d'une immunité diplomatique dans le cadre de la convention de Vienne et, surtout, surtout, d'une audience avec moi.

Pendant ce temps, sur le terrain, la colère gronde. À Larne et à Belfast, en Irlande du Nord, s'étalent sur les murs des graffitis hostiles au contrôle entre Grande-Bretagne et Ulster. Poids de l'Histoire et des mauvais souvenirs : les autorités locales décident de mettre en congé leurs personnels, par peur pour leur sécurité. Les patrouilles de police se multiplient, mais le contrôle des denrées d'origine animale s'arrête, faute de contrôleurs. Mon gouvernement écrit à Bruxelles, pour demander un allégement de ces vérifications et une prolongation de la « période de grâce », avec normes allégées. Un pas supplémentaire, le 3 mars : Mr. Johnson et ses sbires décident unilatéralement de conserver ces contrôles *light* sur l'agroalimentaire jusqu'au mois d'octobre, histoire de simplifier la vie des entreprises et des supermarchés. « Des étapes temporaires et techniques », assurent-ils au nez et à la barbe de la Commission européenne flouée… Laquelle, aussitôt, entame une action en justice.

L'action se déroule aussi dans la rue. Fin mars-début avril, des émeutes, comme on n'en a pas vues, peut-être, depuis le conflit, ravagent cette partie de mon royaume. Je suis seule, mes deux nouveaux chiots corgis, Fergus et Muick, sur les genoux, devant ma télévision. Philip se repose dans sa chambre. Mes jeunes compagnons aboient pour exprimer leur incompréhension face aux images qui passent à l'écran. Les unionistes défilent pour dénoncer le principe même des contrôles dans les ports, créés par le protocole nord-irlandais. Voitures brûlées, émeutes, bombes à essence, cocktails Molotov… et des blessés à l'arrivée. Du jamais vu depuis la fin des années 1990. En parallèle, les organisateurs du festival du Brexit, fantaisie initiée par Theresa May et adoptée par mon Premier ministre comme son propre rejeton, annoncent les premiers événements à l'affiche l'an prochain. L'une des équipes défend une initiative incitant les Britanniques à faire pousser eux-mêmes leur nourriture. L'autre entend célébrer la « météo » britannique. Le tout pour 141 millions d'euros de budget. Chacun ses priorités !

Mes priorités à moi vont, comme souvent, à ma famille. Ne le lui dites pas, mais la santé de Philip est devenue l'un de mes principaux sujets de préoccupation. Première alerte le 16 février. Mon époux n'est pas dans son assiette. Au lever, il manque s'effondrer. C'est du moins ce que les valets ont rapporté au majordome, et le majordome à mon secrétaire privé, Edward, qui s'est empressé de me le répéter. Silence pesant autour du petit déjeuner. Le prince consort chipote ses œufs et n'a bu que la moitié de son jus d'orange.

— Philip, comment vous sentez-vous ?

— Très bien, pourquoi cette question ?

— Il paraît que votre matinée a été agitée…

— Ah, ces bavards de valets !

Mon mari grommelle sans vraiment répondre à la question.

— Et maintenant ?

— Maintenant ?

— Maintenant, j'aimerais que vous voyiez un médecin.

— Ah, pas question ! Ces oiseaux de malheur en blouse blanche !

— Ce n'est pas une suggestion Philip, c'est un ordre.

Mon ton tranchant ne souffre pas de contestation. Philip boude, mais finit par rencontrer le praticien. Pas alarmiste, mais prudent.

— Je crois, madame, qu'il serait sage de transporter le duc d'Édimbourg à l'hôpital, par mesure de précaution. Il pourra ainsi prendre un peu de repos, tout en restant sous la surveillance attentive des soignants.

— Soit.

Philip proteste à peine et boude faiblement. Il consent à m'embrasser sur la joue avant de s'engouffrer à bord d'une Range Rover sombre, dans un claquement de porte. Direction l'hôpital Edward VII de Londres. Drapé dans sa fierté, mon mari refuse d'être transporté du véhicule à la porte et passe le seuil debout sur ses deux jambes.

Le lendemain, je me remets au travail, mais le cœur n'y est pas. Coup de téléphone au First Sea Lord de la Navy. L'amiral Tony Radakin me raconte les opérations navales en cours, les précautions prises pour le bien-être de nos soldats en ces temps de Covid. Je l'imagine dans son bel uniforme galonné… et soudain, c'est Philip qui surgit devant mes yeux. Pauvre Philip dans son hôpital, isolé ! Je chasse cette pensée.

— Merci, amiral, ce fut très intéressant.

— À votre service, madame. Et bon rétablissement au prince consort.

Impossible, donc, de l'oublier, même si je le souhaitais. La même réflexion revient comme une litanie dans les jours qui suivent.

Philip déteste les médecins, les médicaments et les lits d'hôpital. Quand le soir arrive, je ne peux m'empêcher de penser à lui, couché dans sa chambre blanche et verte. Mon mari. Premier week-end dans sa prison londonienne. Il faut plus d'examens, estiment les médecins, plus de repos.

N'écoutant une fois de plus que ses émotions, Charles décide malgré tout d'aller rendre visite à son père le samedi. Plus de trois cents kilomètres, depuis sa maison de campagne bien-aimée de Highgrove, dans le Gloucestershire. Pour passer à peine une demi-heure avec Father. J'ai pourtant sermonné mon fils avant la visite.

— Charles, n'épuisez pas votre père avec des effusions inutiles. Il a besoin de sérénité.

— Bien sûr, maman, vous pouvez être sûre que je ne pense qu'à son bien-être.

Je suis furieuse et je manque d'appeler mon fils quand je le vois apparaître sur mon écran de télévision, cheveux en bataille et yeux rougis, pour remonter dans sa voiture électrique. S'est-il fait passer un savon par son père pour l'avoir trop questionné sur sa santé ? Ou bien Charles se laisse-t-il juste envahir par l'émotion, lui qui n'a vu ni l'un ni l'autre de ses parents depuis avant Noël, Covid oblige ? Je termine lentement ma tasse de thé, et décide finalement d'épargner mon héritier.

« *A few days of rest* », disent les communiqués officiels, « quelques jours de repos ». Classique *understatement* à la britannique. Cela fait déjà une semaine que mon époux est à l'hôpital. J'enrage de ne pouvoir aller le voir pour le sermonner sur son attitude probablement odieuse à l'égard des soignants. Mais mes engagements de reine doivent primer, et il ne serait guère prudent pour la souveraine d'aller se promener dans ces ailes d'hôpital infestées de virus. Au septième jour, donc, mon petit-fils William, en visite dans un centre de vaccination, laisse échapper quelques nouvelles parfaitement calibrées. Son nouveau secrétaire privé, Jean-Christophe

Gray, un ex-porte-parole du Premier ministre Cameron, a appelé Edward pour solliciter l'autorisation de s'exprimer. Feu vert, ai-je décrété. Mon petit-fils, en costume marine, laisse négligemment s'échapper quelques mots. « Il est OK, ils le gardent sous surveillance. » De quoi rassurer les Britanniques ? Harry, en tout cas, n'est pas dupe ; il m'appelle quelques jours plus tard pour plus de détails. Je reste évasive, n'ayant moi-même qu'une quantité limitée d'informations.

— Granny, surtout tenez-moi au courant, s'il vous plaît. Meghan et moi nous sommes mis en quarantaine dans notre villa de Los Angeles pour le cas où nous devrions rejoindre rapidement le royaume…

La phrase de mon petit-fils reste suspendue, mais mes oreilles bourdonnent du désastre sous-entendu.

Deuxième semaine d'hospitalisation. Le téléphone sonne, c'est Edward, l'oiseau de malheur. Je camoufle avec peine mon ton excédé.

— Oui, Edward.

— Madame, j'ai eu des nouvelles des médecins du prince consort.

— Et donc ?

— Ils estiment que le prince consort doit être transféré dans un autre établissement, madame. Un établissement où il pourrait recevoir des soins plus spécialisés.

— Très bien. Merci, Edward.

Voilà mon époux dans une ambulance, direction St Bartholomew's Hospital, au cœur de la City. C'est le cœur, justement, de Philip qui inquiète les professionnels. Il doit être suivi pour une infection et subir une série de tests, lui qui porte depuis dix ans un *stent* pour cause d'artère coronaire bloquée. Mon cœur à moi se serre. Encore une fois, malgré mon trône et ma couronne, je ne peux rien faire, sinon valider le communiqué.

« Le duc demeure dans une situation confortable et il répond bien au traitement, mais il est prévu qu'il reste à l'hôpital au moins jusqu'à la fin de la semaine. »

Je me prends à espérer que mon époux n'ait pas de télévision dans sa chambre à coucher. Ou trop besoin de calme pour l'allumer. Car notre famille et nos proches sont ces jours-ci une source inépuisable de soucis et de désarroi. Voyez plutôt : le 4 janvier, un ancien assistant traiteur de Buckingham se voit condamner à huit mois de prison ! Il a plaidé coupable de vol au palais, de médailles précieuses et de photos de valeur, comme ce cliché signé de mon petit-fils William accompagné de Catherine ! Autant d'objets que l'insolent, se croyant finaud, avait osé mettre en vente sur un site Internet. Un documentaire maudit est également venu bousculer notre quiétude. Intitulé tout simplement *La Famille royale*, il a ressurgi de l'année 1969, pour notre plus grand désagrément. À l'époque, mon secrétaire particulier nous avait conseillé de laisser entrer les caméras dans l'enceinte du palais pour des heures de tournage consacrées à notre vie privée : les repas, les soirées devant la télévision, les discussions familiales… Objectif poursuivi ? Obtenir une revalorisation de la dotation publique allouée à ma famille. Sauf qu'avec cette manœuvre, nous avions aussi laissé entrer le loup dans la bergerie. Les caméras avaient capté quelques maladresses, et la presse tabloïd avait bien compris que les murs de nos palais n'étaient plus impénétrables. Impossible de revenir en arrière, mais nous avions toutefois exigé que la BBC retire totalement ces cent dix minutes de la diffusion, jusqu'à cette fin janvier où l'objet a reparu de façon impromptue sur le site Internet YouTube. Fort heureusement, « Edward-aux-yeux-partout » l'a repéré et a immédiatement réclamé sa dépublication.

Panique à bord de mon côté : le quotidien *The Guardian* s'est mis en tête de dénoncer le « *Queen's consent* », cette tradition qui oblige les parlementaires à me soumettre tout texte de loi affectant les intérêts royaux avant approbation par les Chambres. D'après ce journal de gauche, mes avocats auraient utilisé cette procédure à mauvais escient dans les années 1970 afin de me faire échapper à une loi qui aurait révélé mes investissements dans des sociétés privées, et donc l'étendue de ma fortune. Balivernes, *of course*. Mais cela réveille les républicains, qui s'agitent dans le *Mirror*, ce tabloïd de gauche. « Grandissons et faisons d'Elizabeth la dernière reine », titre le quotidien. Dans la foulée de ces supposées « révélations », Donal publie un communiqué : si l'on montre à la reine certaines législations avant leur adoption, c'est « par convention ». *That's it.* Et le reste n'est que spéculation. Cela dérape aussi du côté Phillips-Tindall, chez les enfants de ma fille Anne. Mike, ex-rugbyman et très spirituel mari de ma première petite-fille, Zara, défraie la chronique : il a sollicité le chômage partiel pour les salariés de son entreprise touchée par la crise sanitaire, alors que lui-même pèse personnellement 18 millions et demi d'euros. De son côté, Peter Phillips, le frère de Zara, a passé la nuit – en plein confinement ! – chez une mère de famille écossaise et amie de sa sœur, alors que les hôtels voisins accueillaient toujours des visiteurs. La rumeur bruisse sur une éventuelle aventure amoureuse des deux concernés, mais Peter tient mordicus sa ligne du voyage d'affaires et des difficultés à trouver un hébergement dans les alentours.

Fort heureusement, il y a le carnet rose. 9 février, naissance du premier enfant de ma petite-fille Eugenie, alias Amélie, l'oie des *Aristochats*. Un garçon de trois kilos six cents grammes, accueilli comme il se doit par communiqué royal : « La reine, le duc d'Édimbourg, le duc d'York, Sarah duchesse d'York, Mr et Mrs George Brooksbank ont été informés et sont ravis de cette nouvelle. » Au passage, les Brooksbank nous gratifient d'une délicate attention : l'enfant s'appellera August Philip Hawkes. Hommage à ses grands-parents et à l'arrière-grand-père hospitalisé. À son tour, ma petite-fille aînée Zara met au monde un garçon, trois kilos sept cents grammes, né « sur le carrelage de la salle de bains » précise mon très délicat petit-gendre dans son podcast de rugby. Prénoms : Lucas Philip. Que cela donne la force à mon époux de se remettre, et de faire face à l'autre ouragan familial qui nous menace à nouveau !

Car les Sussex sont de retour dans le paysage médiatique. Discrètement, d'abord. Une facétieuse interview de mon petit-fils Harry, dans l'émission américaine le *Late, Late Show* de James Corden. Donal me fait passer l'extrait fin février. La royale crapule raconte : « La reine nous a envoyé un gaufrier pour le Noël d'Archie. Il l'adore. » Je souris. « Archie se réveille le matin et, littéralement, il dit : "gaufres". » Bonne séquence presse, et charmante scène à visionner et revisionner le soir en cachette, comme une arrière-grand-mère gâteau. De son côté, Meghan a reparu également. Triomphe au tribunal de la duchesse difficile face au *Mail on Sunday* qui avait publié des extraits de lettres personnelles, adressées notamment à son mal élevé de père, Thomas Markle. Le quotidien veut faire appel, mais la victoire est symbolique. Est-ce cela qui a enhardi le couple maudit ? Ou la joie de la grossesse de ma petite-bru, annoncée, *of course*, le jour de la Saint-Valentin, avec photo bucolique en noir et blanc dans la presse mondiale ? En tout cas la nouvelle tombe le 15 février, comme une claque. Coup de fil affolé d'Edward.

— Bonjour, Edward.

— Bonjour, madame.

— Que se passe-t-il ? Rien de grave concernant Philip, j'espère ?

— Non, non, son état est stable, madame, et il garde bon moral.

— Épargnez-moi les éléments de langage réservés aux journalistes, Edward ! Ce n'est pas pour cela qu'on vous rémunère.

— Pardon, madame.

— Et donc ?

— Votre petit-fils Harry va donner un grand entretien vérité à Oprah Winfrey, sur la chaîne CBS.

— Oprah qui ?

— Oprah Winfrey. L'une des meilleures.

— L'une des meilleures quoi ?

— Une journaliste. Américaine. Ou quelque chose comme ça. Elle était au mariage de votre petit-fils. Les responsables de la chaîne parlent de « conversation intime ».

— Intime ? Mais quelle horreur ! *Please !*

— Intime.

— Hors de question que je subisse encore le visionnage d'un entretien de ce genre. Avec Diana et Charles, j'en ai eu assez pour une vie !

Je raccroche presque au nez de mon pauvre secrétaire privé qui, pour une fois, ne l'avait pas mérité. Bip-bip ! Nouveau message sur mon téléphone portable. C'est Harry.

« Bonjour, Granny. Sans doute avez-vous entendu parler de notre interview à la chaîne CBS le 7 mars prochain. Bien entendu, il ne s'agit pas de vous embarrasser, vous êtes toujours notre Queen, et ma grand-mère préférée. On nous a seulement demandé de dire notre vérité et je pense que cela éclaircira les choses. *Sincerely yours*, Harry. P.-S. : avez-vous pu prendre une décision concernant nos patronages et mes titres militaires ? »

La colère et l'inquiétude me submergent. Réponse laconique.

« Bonjour, Harry. C'est bien noté. Concernant vos titres et patronages, si vous n'avez pas l'intention de rentrer vivre au Royaume-Uni, il me semble impossible de conserver ces attributions. Avec amour, Granny. »

Bip-bip !

— Très bien. Merci Granny. Best, Harry. »

Je décroche mon téléphone fixe et j'appelle Donal.

— Donal, vous pouvez y aller.

— Bien, madame.

Quelques minutes, et le communiqué est publié.

« Le duc et la duchesse de Sussex ont confirmé à Sa Majesté la reine qu'ils ne reviendraient pas en tant que membres actifs de la famille royale. Étant donné cette décision, il n'est pas possible de continuer à exercer les responsabilités et les devoirs qui vont avec une vie de service public. Les engagements militaires et les patronages royaux relevant aujourd'hui du duc et de la duchesse vont par conséquent revenir à Sa Majesté, avant d'être redistribués aux membres actifs de la famille royale. Bien que leur décision nous attriste tous, le duc et la duchesse restent des membres très aimés de la famille. »

Adieu, donc, les Royal Marines, Royal Navy Small Ships and Diving, le Queen's Commonwealth Trust, l'union du rugby et du football, la ligue de rugby et de football, le Royal National Theatre, et l'association des universités du Commonwealth.

Un peu plus tard, Donal me fait suivre un communiqué de mon petit-fils.

« Comme l'a montré leur travail durant l'année passée, le duc et la duchesse de Sussex restent engagés à faire leur devoir au service du Royaume-Uni et dans le monde, et ils ont fourni leur appui continuel aux organisations qu'ils ont représentées, quel qu'ait été leur statut officiel. Nous pouvons tous mener une vie dédiée aux autres. Servir est universel. »

L'entretien avec cette Oprah est sur des rails, rien ne sert de vouloir résister. Le 1er mars surgissent les premiers extraits, maintes et maintes fois relayés sur les réseaux sociaux, décortiqués, décryptés dans l'ensemble de la presse. On y voit mon petit-fils et son épouse, dans un décor verdoyant, face à cette Oprah, en rose, cheveux frisés et lunettes cerclées. Harry porte un costume gris pâle et des chaussures assorties, assez chic, il faut bien le reconnaître, mais avec cette chemise ouverte et cette touche débraillée qui rappellent que ça y est, les États-Unis l'ont adopté. À ses côtés, la main dans sa main, Meghan affiche une allure tragique, son ventre de femme enceinte enveloppé dans une longue robe noire, chevelure noir de jais tirée en chignon et regard charbonneux. Si j'en juge par les quelques secondes dévoilées par CBS, le duo infernal a repris son combat contre la presse, souvenir de Diana Spencer en étendard. Harry se confie : « Je ne peux pas imaginer à quoi cela a ressemblé pour elle de devoir traverser ces épreuves toute seule, il y a toutes ces années. Parce que pour nous deux, ça a été incroyablement dur, mais au moins nous pouvons compter l'un sur l'autre. – Oui », approuve Meghan d'une voix blanche. Et, aïe ! Un coup de griffe au passage à Charles qui a donc laissé sa femme faire face aux épreuves « toute seule ».

Le ton de cet entretien m'inquiète. La figure lugubre de Meghan, l'honnêteté blessée de Harry. Il faut contre-attaquer.

— Bonjour, Donal.

— Bonjour, madame.

— Vous avez sûrement vu les extraits de l'interview de mon petit-fils.

— Oui, madame.

— Il est temps de faire du *damage control*, avant que cet entretien ne réduise en cendres la royauté et ce qu'il reste de notre famille.

— Par tous les moyens ?

— Par tous les moyens, je vous laisse juge de la méthode.

Jeudi 8 avril 2021

Deux jours plus tard, le *Times* affiche ce titre en grosses lettres : « Des employés royaux révèlent les accusations de harcèlement avant l'interview de Meghan chez Oprah. » Selon l'article, la duchesse aurait poussé au départ deux assistants personnels lors son passage à Kensington Palace, et en aurait « humilié » un autre à plusieurs occasions. Parmi les sources citées, Jason Knauf, ex-responsable de communication des Sussex, devenu depuis directeur de la principale organisation de charité de William et Catherine. « *A bit too obvious* », un peu trop évident, marmonné-je devant mon bol de céréales, regrettant l'absence de mon époux qui aurait forcément conforté mon jugement. Dans l'article, il est question aussi d'une paire de boucles d'oreilles, cadeau du prince saoudien Mohammed Ben Salman, portée par ma petite-bru peu de temps après le meurtre du journaliste Jamal Khashoggi. « Embarrassant », reconnaît une source proche du couple, alors que les avocats des nouveaux Wallis Simpson et David Windsor pointent la proximité entre ces révélations et l'entretien sur CBS : « Buckingham utilise la presse pour répandre une histoire complètement fausse sur le comportement de Meghan. » La duchesse serait « attristée », par ces accusations.

Accoudée à mon bureau, je consulte un nouveau courriel de Donal. « Pour validation », annonce l'objet du message.

« Le palais de Buckingham est très préoccupé par les informations relayées par le *Times*. Notre équipe des ressources humaines va enquêter sur les circonstances mises en avant dans l'article. Les membres du personnel concernés à l'époque, y compris ceux qui ne travaillent plus pour la famille, seront invités à participer pour voir si des leçons peuvent être tirées. La famille royale a mis en place une politique de dignité au travail depuis plusieurs années et elle ne tolère pas le harcèlement sur le lieu de travail.

» P.-S. : j'ajoute, madame, que sans avoir de calendrier à ce jour, nous pouvons présenter nos actions sur le sujet comme imminentes. »

Je soupire. Et tapote sur mon clavier : validé.

Pas de quoi décourager les maudits tourtereaux. Au contraire : nouvelle salve, nouvel extrait vidéo publié le 4 mars, jour même de l'opération cardiaque de Philip. Mon cœur de grand-mère à moi souffre d'une telle indélicatesse – mais faut-il s'en étonner, venant de celui que les tabloïds n'hésitent pas à nommer « Harry Potter » (Potter, comme *pot*, le haschisch), « *Dirty Harry* » (Harry le sale), « *Boozy Harry* » (Harry l'alcoolique), « *Harry the nazi* » (je vous épargne la traduction). Au fond, le rejeton de Charles a peut-être bénéficié trop longtemps de l'indulgence que j'ai eue à l'égard. 4 mars, donc. Mon époux opéré, et ma petite-bru qui s'exhibe, l'œil mouillé : « Je ne sais pas comment ils pourraient s'attendre, après tout ce temps, à ce que nous restions silencieux si la Firme joue un rôle actif en perpétuant des faussetés nous concernant. »

Je fulmine. Vite, un contre-feu.

— Bonjour, Donal.

— Madame.

— Il faut désamorcer cet entretien, avant qu'il nous explose dans les mains !

— Certes, madame. Une bonne manière de faire consisterait à détourner l'attention.

— Mais encore ?
— 8 mars… Réfléchissons…
— Le jour du Commonwealth ?
— Brillant, madame !

Nous convenons donc d'un discours ce jour même du 8 mars, pour célébrer – virtuellement – le jour du Commonwealth, accessoirement l'un des derniers engagements publics des deux exilés. C'est toute une escouade royale qui se mobilise ce jour-là. Programme spécial chez Auntie BBC, quelques heures avant l'interview tant redoutée. Un message de ma part pour célébrer « la façon dont les communautés de toutes les nations se sont rassemblées pour répondre à la pandémie ». Un message de l'héritier, pour déplorer la « dévastation engendrée par la pandémie » et saluer « le travail critique effectué par les nations de tout le Commonwealth contre le changement climatique ». La chère Sophie Wessex doit, elle, s'entretenir avec trois femmes du Commonwealth. Les Cambridge s'adresseront à du personnel « médical, associatif et volontaire ».

— Je crois que nous n'oublions rien ?

Toute la famille participant à cet appel groupé acquiesce.

— Quelqu'un regardera tout de même l'interview de Harry et Meghan ?

Silence assourdissant. Puis William ose prendre la parole.

— Je crois que c'est votre tour, papa.

— Ah non, non, pas question. Camilla et moi sommes pris ce soir-là. Et je refuse de me poser devant mon écran de télévision pour subir des critiques pendant une heure et demie.

— Soyons francs. Vous allez tous finalement regarder cet entretien, non ? suggère Sophie, l'air de ne pas y toucher.

Nouveau silence. Qui voudrait rater ce moment, dont les scénaristes de *The Crown* n'avaient même pas osé rêver ?

8 mars. Le D-Day, oserais-je écrire, si cela ne galvaudait pas ce jour glorieux. Nous sommes tous bien évidemment devant nos écrans de télévision. Philip a été opéré avec succès, *thank God*, mais il me manque tant ! J'ai appelé l'hôpital Edward VII, qui l'accueille pour sa convalescence : pas question de laisser un écran, une télécommande, un poste de radio, à portée de mon époux. Il ne doit rien savoir, protéger son cœur fragile du bruit médiatique derrière les murs de l'hôpital. À défaut de mari, mes deux plus proches collaborateurs, Donal McCabe et Edward Young, ont repris leur position de crise entre fauteuil et canapé. Précautions nécessaires, mais bien insuffisantes. Durant les deux heures d'entretien en fauteuil au milieu des fleurs, ou d'un poulailler – ça ne s'invente pas –, mon petit-fils et son épouse ne nous épargnent rien. Il y a bien quelques douceurs : « *It's a girl* », c'est une fille, annonce Harry, l'œil pétillant, à Oprah Winfrey. Puis, plus tard : « Je parle plus à ma grand-mère que je ne l'avais fait depuis très très longtemps. » Le couple évoque aussi une sorte de mariage secret que l'archevêque de Canterbury aurait célébré, rien que pour eux, quelques jours avant l'événement mondial du mariage princier. Sornettes. Mais entre les mièvreries, les bombes éclosent comme des pâquerettes dans une pelouse trop

bien entretenue. La petite duchesse difficile fait pleurer dans les chaumières en évoquant la dureté de la vie au sein de la famille royale : « J'avais honte d'avoir des idées suicidaires [...] par moments, je ne voulais plus vivre. »

Une gorgée de gin pour me remettre de cette annonce.

Et Harry de jouer les pauvres enfants mal-aimés : « Votre famille vous a coupé les vivres ? » demande cette intrusive Oprah. « Oui, au premier trimestre 2020. Mais j'ai tout ce que ma mère m'a laissé. »

Deuxième gorgée de gin.

Et le parallèle avec feue Diana revient et revient encore comme une litanie. « Votre père prend vos appels, maintenant ? » insiste la présentatrice vedette. « Oui, il les prend. Mais il y a beaucoup de travail de ce côté-là. Je me suis vraiment senti abandonné. »

Mon petit-fils décrit son père, l'héritier du trône, et son frère, futur roi lui aussi, comme deux pantins « prisonniers du système ». J'imagine Charles recroquevillé en position fœtale sur son canapé. À moins que mon fils ait réellement décidé de ne pas allumer sa télévision.

Mais vient le moment où je termine mon verre.

Petite musique d'ambiance, regard fragile de Meghan, noyé de khôl et de mascara. « Quand j'étais enceinte, nous avons eu une conversation sur le fait que mon fils n'aurait pas de protection rapprochée, qu'il n'aurait pas de titre ; il y a eu aussi des inquiétudes et des questions sur la couleur de peau de notre fils à la naissance — *What ?* s'indigne Oprah Winfrey, excellente actrice. Qui participait à cette conversation ? — Je ne le dirai jamais, tempère Harry sans éteindre l'incendie. Sur le moment, c'était bizarre, j'ai été un peu choqué. »

Regard désespéré en direction de mon verre désormais vide. Donal et Edward encaissent le choc dans un silence insupportable.

— Alors, qu'en dites-vous ?

— C'est un peu embarrassant, madame.

— Embarrassant, en effet, répond mon secrétaire privé comme en écho.

— Je crois qu'il ne faut pas laisser ces déclarations sans réponse.

— C'est le moins que l'on puisse dire. Par ailleurs je vous prie de ne révéler à personne que j'ai pu poser mes royales prunelles sur un aussi indécent déballage.

D'autant que la litanie se poursuit le lendemain. Dans des extraits inédits de l'entretien, Harry raconte notre rendez-vous manqué de janvier, la faute selon lui aux « mauvais conseils » donnés par mon secrétaire privé. « Une sorte de président-directeur général, au sein de l'institution royale », précise Meghan. « La reine ne peut pas faire ce qu'elle veut ? » interroge Oprah Winfrey. « Non », répond Harry.

Irritant, même si c'est un peu vrai. J'imagine Edward s'étranglant devant son écran.

Une seule séquence vient amortir l'uppercut : Oprah Winfrey, en pull violet, fait le service après-vente de l'interview : « Harry voulait rassurer sur le fait que ni sa grand-mère ni son grand-père n'étaient à l'origine des commentaires sur la couleur de peau d'Archie. » *Thank God*, car le fait que Philip prononce ce genre de phrase me semblait totalement de l'ordre du vraisemblable. Mais qui donc, alors ? Charles ? William ? Le père et le frère ne cachent pas en tout cas leur tristesse, rapportée par tous les articles de presse.

Dans les médias, d'ailleurs, le scandale s'ajoute au scandale. Piers Morgan, le présentateur vedette du *Good Morning Britain* sur ITV se fend d'un commentaire acerbe à l'égard de ma petite-bru : « Je suis désolé, je ne crois pas un mot de ce qu'a dit Meghan Markle. Je ne la croirais pas, même si elle lisait un bulletin météo. » Un présentateur météo justement défend la duchesse, le journaliste quitte le plateau furieux, les téléspectateurs se plaignent en masse : plus de quarante et un mille messages envoyés au gendarme des médias. Communiqué de la chaîne quelques heures plus tard : « Suite à des discussions avec ITV, Piers Morgan a décidé qu'il était temps pour lui de quitter *Good Morning Britain.* ITV a accepté sa décision et n'a rien à ajouter. » Les déblatérations des tumultueux tourtereaux auront au moins réussi à faire tomber un souverain de son trône. Même les rangs politiques sont secoués par l'entretien choc. Une fois n'est pas coutume, le Premier ministre ose mentionner ma royale personne dans sa conférence de presse consacrée à la Covid. En tout cas, l'ébouriffé croit voler à mon secours : « La meilleure chose que je puisse dire, c'est que j'ai toujours eu la plus grande admiration pour la reine et son rôle unificateur. » Certes. L'épouvantable Jacob Rees-Mogg me permet même une exceptionnelle incursion au milieu de la Chambre des communes. D'après lui, mes sujets me vouent une « immense affection » due à mon « sens du devoir ». Et d'entonner une version parlée de *God Save the Queen* dans les travées :

« Que Dieu sauve notre gracieuse reine, longue vie à notre noble reine, que Dieu sauve la reine, qu'il l'emmène sur les sentiers de la victoire, pour la joie et la gloire, que soit long son règne sur nous. Que Dieu sauve la reine ! Ô Seigneur notre Dieu, levez-vous. Dispersez ses ennemis et faites-les chuter. Frustrez leurs friponneries, confondez leur politique. Nous fixons nos espoirs en vous. Que Dieu nous sauve tous ! »

Je suis rarement d'accord avec ce fripon-là, mais cette fois j'acquiesce : *amen*.

Reste à peaufiner la réponse du palais. Seule dans mon sombre bureau, à la lumière de la lampe et de la lune, j'écris, je biffe, je récris. Jusqu'à obtenir cette merveille d'équilibre entre empathie et distance, entre écoute et dénégations :

« Toute la famille est triste de découvrir à quel point ces dernières années ont été difficiles pour Harry et Meghan. Les problèmes soulevés, particulièrement la question de la race, sont inquiétants. Quoique certains souvenirs puissent différer, ces questions sont prises très au sérieux, et la famille va les gérer dans le cadre privé. Harry, Meghan et Archie seront toujours des membres bien-aimés de la famille. »

Une manière fort polie de demander à mes sujets de se mêler de ce qui les regarde, tout en les assurant de notre bonne volonté.

Cela n'empêche pas les caméras de poursuivre les héritiers. Interrogé lors d'un déplacement, Charles se mure dans le silence et semble s'enfuir, la tête basse. Quelques heures plus tard, William, lui, laisse déborder une partie de sa colère dans un lieu fort peu adéquat, une petite école de Stratford, dans l'est de Londres, où les Cambridge effectuent une visite. Habillé de couleur sombre, comme en deuil de sa relation avec son frère, le deuxième héritier du trône se lâche, mais à sa manière, extrêmement modérée. Non, il n'a pas parlé avec son frère depuis sa bombinette. Oui, il va le faire. Non, la famille royale « n'est pas du tout une famille raciste ». En coulisses, William fait aussi savoir autour de lui qu'il ne se sent pas enfermé, comme le disait Harry. La fureur, mais avec modération. Un exercice admirable, ma foi.

La tempête aurait pu un peu retomber si chacun s'était mêlé de ce qui le regardait. Mais voilà que les Français viennent à leur tour mettre leur nez dans nos royales affaires. Leur feuille de chou satirique *Charlie Hebdo* me caricature en mégère sadique, le genou sur le cou d'une Meghan à bout de souffle, dans une posture rappelant celle des policiers américains avec ce malheureux George Floyd. Fort heureusement, même les associations antiracistes condamnent.

Les terribles Sussex reprennent leurs activités. Une semaine après ce douloureux entretien, les sondages concernant le couple font grise mine : 45 % seulement d'opinions positives pour Harry. Les voici devenus un sujet aussi controversé que le Brexit ! Rincée, peut-être, par toutes ces émotions, leur cheffe de cabinet, et directrice d'Archewell, Catherine Saint-Laurent, ancienne collaboratrice de Bill et Melinda Gates, quitte son poste. Ce qui fait d'elle « la dernière de treize proches conseillers à quitter les Sussex sur ces dernières années », note le *Sun* avec gourmandise. Incroyable mais vrai, Harry se serait même mis à travailler ! Embauché par une « start-up » spécialisée dans le conseil en santé mentale pour les entreprises, de Hilton à Chevron. Drôles d'employeurs pour un flocon de neige… De son côté Meghan fraie avec des membres du parti démocrate, dont Geneviève Roth, ancienne collaboratrice de Hillary Clinton. De quoi nourrir les spéculations sur d'éventuelles velléités politiques de la duchesse difficile.

À neuf mille kilomètres de Santa Barbara, et un peu moins de la Maison Blanche, entre le palais de Buckingham et Windsor, nous affichons notre bonne volonté. Donal a longuement discuté avec un de ses amis au *Daily Mail.* Il lui a décrit l'évaluation en cours des politiques en matière de diversité au sein de la famille royale, ainsi que la volonté de nommer un chef de la diversité, et cet exercice d'« écoute et d'apprentissage », qui doit confronter dans les semaines à venir mes employés avec une variété d'entreprises et d'individus, pour « améliorer leur approche de la diversité ». J'essaie d'aborder le sujet avec mon époux au cours du dîner.

— Nous allons donc nommer un chef de la diversité…

— Ah bon…

— Qu'en pensez-vous, Philip ?

— Si cela vous semble utile, je suis avec vous.

Depuis sa sortie de l'hôpital et son retour à Windsor, le caractère de mon époux s'est comme délayé dans une mare de docilité – ou d'indifférence. Cela me repose et m'inquiète tout à la fois.

Autre efficace diversion après l'entretien choc sur CBS, cet appel vidéo avec des scientifiques et des enfants à l'occasion de la publication des photos du rover Perseverance qui depuis peu écume la planète Mars. Quoi de mieux que les étoiles pour éloigner les tracas à la vitesse de la lumière ? En outre, le sujet me fait penser à Philip, si féru d'espace et de voyages interstellaires. Pour l'occasion, Angela a tiré de mes placards une robe aux tons verts, dont l'imprimé évoque des courbes et des bulles – ou bien des planètes. Sur l'écran de l'ordinateur, une des expertes évoque cette météorite, tombée récemment dans le Gloucestershire. Je plaisante : « Je suis ravie qu'elle n'ait heurté personne. » Rires des participants. J'évoque le souvenir de Youri Gagarine, et notre rencontre « fantastique » bien sûr, sans rappeler qu'aucun de nous deux ne parlait la langue de l'autre. Je glisse une phrase sur l'importance – pour les astronautes comme pour les autres – de pouvoir rentrer à la maison. Message codé. Comprenne qui voudra, n'est-ce pas Harry ?

Avec la maladie qui guette nos poumons et nos cœurs, je cède aussi petit à petit du terrain à Charles. C'est lui, désormais, qui tient les rênes de la propriété de Sandringham, son organisation, et ses polémiques autour de pièges à oiseaux mal positionnés qui décimeraient certaines espèces protégées. Philip pourra bien récriminer tant qu'il peut, c'est son fils qui gérera son havre de paix de retraité. Mais sans doute ne récriminera-t-il pas. La lumière foudroyante de l'indignation semble l'avoir quitté. C'est Charles qui m'emmène galamment, durant le week-end de Pâques, faire une promenade distanciée dans le parc de Windsor. J'ignore si les jonquilles et les fleurs des cerisiers insuffleront un peu de leur force de vie à mon époux. Mais au moins, sous l'œil des photographes, peut-être regonfleront-elles l'ego d'un héritier blessé.

Dans ce printemps au parfum de scandale et de mélancolie, je ne délègue pas seulement des tâches à mon héritier. J'en confie d'autres à des personnalités qualifiées : je recherche actuellement un assistant de communication, capable de développer notre présence sur Internet et les réseaux sociaux. J'ai déjà trouvé, en revanche, un nouveau Lord Chambellan : Lord Andrew Parker, ancien patron du MI5. Sa lourde tâche ? Gérer, en quelque sorte, les ressources humaines de la famille, mais aussi les relations avec la Chambre des lords. Et ne pas se laisser, je l'espère, tirer les vers du nez concernant quelques-uns des mystères qui nous entourent.

Peut-être pourra-t-il ainsi, Andrew Parker, me dévoiler quelques détails croustillants concernant d'autres personnalités, elles aussi bousculées ces dernières semaines. Au minimum, cela pourrait me distraire de mes propres déboires ! Me faire relativiser, aussi, ces nouvelles annonces liées à l'épidémie : une fois encore, adieu, chevaux, carrosses, soldats, boulets (de canon)... Mon anniversaire officiel, Trooping the Colours, est annulé. Alors si l'ex-chef de l'espionnage avait des choses à me raconter, je lui en saurais gré. Pourquoi, par exemple, le bruyant Nigel Farage, patron du Brexit Party devenu Reform UK, a-t-il décidé de quitter son poste de chef ? Est-ce vraiment parce qu'il se croit suffisamment influent avec son émission de radio sur LBC ? Ou faut-il déceler une raison cachée ? Autre question croustillante : que s'est-il donc passé dans le salon du 10, Downing Street ? Des ministres racontent que Boris Johnson se plaint de « dizaines de milliers de livres » dépensées pour refaire le living de sa résidence. Selon le Premier ministre, sa fiancée aurait commandé « du papier peint en or ». Et lui serait en train de monter une sorte d'association *ad hoc*, simplement pour financer, *via* les donneurs du parti conservateur, les prouesses décoratives de sa compagne. C'est du moins ce qu'affirment les membres du gouvernement, ce que répètent ses employés, et ce qui circule jusqu'au couloir du palais une rumeur, transmise ensuite jusqu'à Windsor par mon fidèle Edward. La somme de 235 000 euros est évoquée pour cette décoration façon Symonds. Le très discret Andrew Parker voudra-t-il, et pourra-t-il, m'en dire davantage ?

Dans le monde, d'autres événements me font relativiser la tragédie familiale : l'invasion du Capitole par une menaçante foule pro-Trump aux États-Unis – sans même que Philip s'en formalise devant la télévision –, le blocage du canal de Suez, le scandale lié à l'inceste en France, la fuite des rebelles hongkongais, les manifestations dans le royaume contre les violences policières et une nouvelle loi en discussion, jugée répressive.

D'autres, enfin m'apportent une tiède sensation de lumière au bout du tunnel. William et Harry ne sont pas vraiment réconciliés, non, mais ils s'entendent au moins sur une chose, grâce à l'intercession, semble-t-il, de leur cousine Zara : cet hommage à rendre à leur maman l'été prochain. Une statue qui sera dévoilée le 1er juillet, jour où Diana Spencer aurait fêté ses soixante ans.

Un peu de beauté a fait irruption dans mon quotidien devenu plus morne, confinée que je suis avec mon

Philip fragilisé. Cette sublime vaisselle, par exemple, créée tout spécialement pour mes quatre-vingt-quinze ans par le Royal Collection Trust, et fabriquée là-haut, au pays anglais de la vaisselle, à Stoke-on-Trent. Je caresse d'un doigt les volutes dorées qui courent entre deux aplats de rose. Un lion et une licorne paraissent tenir en équilibre sur une guirlande de fleurs. Je coche une case dans ma liste mentale : penser à commander plusieurs exemplaires de cette merveille d'anniversaire. Penser aussi à demander à Edward de pister le fameux artiste anonyme Banksy. L'une de ses œuvres – un petit garçon en salopette jouant avec une infirmière super-héros alors que Batman croupit dans une poubelle – vient d'être vendue près de 20 millions d'euros au profit de notre système de santé.

Sur le front de la Covid, il y a eu aussi l'anniversaire du confinement, le 23 mars, la minute de silence et d'hommage aux cent vingt-six mille victimes du virus. Hommage à distance, encore. Un discours de « condoléances » du Premier ministre, un communiqué de ma part. Et un magnifique bouquet d'iris, tulipes, narcisses et renoncules pour remercier le personnel de l'hôpital St Bartholomew de Londres. Je rédige avec soin, à la plume, le message qui accompagne ce cadeau. « Un grand merci à tous les soignants pour leur engagement en cette période d'épidémie, y compris auprès du duc d'Édimbourg. Vous êtes notre appui et notre espoir. *Best regards*, Elizabeth R. »

La situation semble s'arranger. Fin mars, Edward me donne enfin le feu vert pour une vraie sortie, la première depuis plus de trois mois, pour cause de contrainte sanitaire. Et quel feu vert, *indeed*, aussi vert que cet ensemble sublimement printanier choisi par mon habilleuse Angela !

Samedi 17 avril 2021

Du vert tendre et vif, des fleurs blanches, une broche de diamants, mes sempiternelles perles… Un courant d'air me chatouille le nez. Je ne porte pas de masque puisque j'ai reçu déjà ma deuxième injection. Je me sens comme une pâquerette au milieu de ces officiers australiens. Oh, rien qu'une petite visite, un saut de puce au mémorial des forces aériennes australiennes de Runnymede, pour les cent ans de l'armée de l'air.

Je m'approche de la fenêtre du palais. Soudain, ce 29 mars, beaucoup plus de visiteurs, sous un lumineux soleil. Et pour cause : c'est aujourd'hui Happy Monday. Jour de joie pour la plupart de mes sujets : fini, l'injonction de « rester à la maison ». Jusqu'à six personnes peuvent se retrouver dehors, le sport à nouveau est autorisé, les terrasses des pubs et des restaurants sont ouvertes. Les routes se chargent, même si le Premier ministre a pour une fois exprimé son extrême prudence : « Tout le monde doit continuer à respecter les règles ! » Un discours de ma part est d'ores et déjà prévu pour le 11 mai prochain. Bref, l'épidémie de Covid semble refluer. Contrairement à ce mal mystérieux qui ronge Philip et absorbe toute son énergie.

Tout de même. Face à l'adversité, les câlins poilus de mes tout nouveaux chiots corgis seront salvateurs.

Samedi 17 avril 2021

Il est là, dans son cercueil, drapé d'un drapeau, sur le carrelage à damier de la chapelle St George. Dessus, sa casquette d'officier de la Navy, une épée, cadeau de mon père bien-aimé, et un bouquet dont j'ai soigneusement choisi les fleurs : roses et freesias blancs, pois de senteur et jasmin. J'y ai aussi posé un carton, laborieusement écrit à la plume, malgré le poids du chagrin : « *In loving memory – Lilibet.* » Ne pas pleurer, pour ne pas flouter les lettres. Il est là, ma force et mon roc, couché de toute sa longue carcasse, dans une boîte en bois, sous un rayon de lumière – car, ironie du sort, le ciel aujourd'hui est d'un bleu merveilleux.

Jusqu'au bout, mon époux, ce grand têtu, aura tenu ses engagements. Il avait promis de ne pas voir ses cent ans. Il nous quitte, deux mois avant la date, sans même songer aux festivités que j'avais, malgré lui, préparées. Il clamait depuis des années qu'il ne voulait pas de grandes funérailles d'État. Avec la pandémie et son cortège de règles sanitaires, nous sommes trente, seulement, sur les bancs de bois, entre les petites lampes de la chapelle St George. Chaque conjointe avec son conjoint, chaque parent avec son ou ses enfants, et moi je suis seule, à l'écart, interdite par le virus de m'épancher sur un bras ou une épaule. Naturellement vêtue de noir, des chaussures au chapeau, du manteau au sac à main. Dans mon Launer, une photo en noir et blanc : Philip et moi, jeune couple à Malte, quand mes fonctions n'avaient pas encore forcé le bel et prometteur officier à abandonner sa carrière. Des temps plus doux, un semblant de normalité. Alors, nous pouvions marcher côte à côte. Au fond du sac, tout près de ce cliché, cette pochette de soie qui ne le quittait pas. Souvenir de son élégance un peu décalée, qui avait plusieurs fois fait tiquer au palais.

Seule, masquée et gantée de noir, écrasée par la tristesse et la voûte gothique, je me prends à souhaiter partir avec Philip. L'accompagner, tout de suite, me coucher près de lui dans la chapelle de mon père, la chapelle George VI, plutôt que de les laisser, lui et ses coups de sang, reposer seuls dans le caveau royal, au milieu d'ex-têtes couronnées dont il n'a que faire.

L'organisation de ces funérailles n'aura pas été simple, non. Planifier la marche de tous ces gardes et soldats sous le ciel radieux, en conservant la distance de sécurité nécessaire pour éviter les contaminations. Faire rouler, depuis l'entrée officielle de Windsor, le cercueil de Philip dans la Land Rover modifiée qu'il avait imaginée. Inciter mes sujets à ne surtout pas se déplacer en ces temps de pandémie, bien que mon époux mérite l'hommage d'une foule, et plus encore. Faire le compte des invités, triés sur le volet pour respecter les règles sanitaires : non, Meghan ne sera pas là, officiellement pour cause de grossesse. Mais qui d'autre ? Ménager les susceptibilités. Harry et William, les frères brouillés, ne marchent pas côte à côte derrière le cercueil, Edward Young et moi avons diplomatiquement disposé entre eux mon autre petit-fils, Peter Philips, pour faire tampon. Quant aux uniformes, ils n'ont pas droit de cité. Andrew voulait venir en amiral, grade que je ne lui ai jamais accordé à cause de ses liens avec Jeffrey Epstein. Harry espérait pour les funérailles retrouver sa tenue militaire, lui qui, en quittant le royaume, a perdu fonctions et galons. Que de problèmes, de logistique et de soucis à gérer, alors que le deuil submerge et alourdit ma vie… Dieu merci, le masque chirurgical dissimule mes larmes et je peux discrètement pleurer, sans que cela soit trop remarqué. Si mon époux voyait cela, oh, comme il me secouerait ! « Votre devoir, Lilibet, votre devoir est d'incarner la continuité, la stabilité. Celle de la royauté et du peuple britannique ! » J'imagine le prince consort pestant, et je souris à travers mon rideau de chagrin salé.

Philip me quitte, que dis-je, m'abandonne alors que rien n'est réglé. Tant de tempêtes à affronter, sans mon amiral de la Navy ! L'épidémie de Covid sévit toujours malgré le nombre croissant de vaccinés. Le pays reste emmené par l'ineffable ébouriffé, pourtant maintes fois ébranlé. Les Sussex n'ont probablement pas dit leur dernier mot, et Dieu seul sait ce que la naissance de la fille de Harry et Meghan pourra leur insuffler comme idée. Un *soap* autour de leur famille rapprochée ? Une série filmée de leçons sur le féminisme ? Harry et William ne cessent de se chamailler, et la mémoire de feue leur mère Diana n'est pas le dernier sujet pour les y pousser. Andrew tient, lui, à être réhabilité, mais il ne s'est toujours pas rendu aux États-Unis pour essayer de se disculper, dans cette affreuse affaire Epstein. La future saison 5 de *The Crown*, où je suis incarnée par Imelda Staunton, méchante professeur du film *Harry Potter*, réveille mes pires appréhensions à chaque nouvel article et image publiés. Quant au Brexit, il semble que l'on s'écharpe toujours sur ce problème irlandais.

À l'horizon, j'aperçois aussi des éclaircies et des îlots auxquels me raccrocher. Les joies équestres du Royal Ascot, l'affection de mes deux nouveaux corgis et de Candy qui commence à se faire vieille, l'amabilité de ma chère Sophie, les festivités à venir du jubilé de platine – il paraît que les députés veulent m'offrir un lampadaire. Un lampadaire ! Quelle étrange idée ! –, la soie si douce des foulards que je noue sur ma tête pour me protéger de la bruine, et parfois des regards. Angela prétend que nouer ainsi son foulard est le détail mode de cette année. Ainsi, je serais encore au goût du jour ?

Peu avant qu'il me quitte pour rejoindre notre Sauveur, Philip et moi nous étions fait cette promesse : celui qui resterait après le décès de l'autre devrait le regretter, porter le deuil bien sûr, mais pas trop longtemps, puis profiter du reste de l'existence. Dans la presse, certains spéculent sur mon départ prochain, une éventuelle abdication. Impensable, alors que j'ai promis devant Dieu de toujours servir mon peuple et le Commonwealth.

Désormais je navigue, seule, sans mon roc, comme mon royaume vogue lui aussi seul, sans l'Union européenne. Mon pays ne s'épanouit pas autant que le Premier ministre le promettait, mais il ne s'est pas non plus englouti dans des eaux tumultueuses. Peut-être, comme le Brexit, mon existence n'est-elle qu'un processus, une série de problèmes à résoudre pour, sans doute, parvenir à prospérer ? Avec ou sans mon roc, le voilà, mon port d'attache : le devoir.

Devoir de vivre et devoir de régner. Cette promesse, de vivre pleinement mon existence, et ce devoir royal, encore une fois rappelé, me laisseront-ils le temps de rédiger ce journal ? Il est temps de refermer ce cahier. La vie est si courte et je suis si pressée…

Elizabeth R.

Merci à Véronique de Bure, pour son enthousiasme convaincant.

Merci à Antoine ainsi qu'à ma famille et belle-famille, pour leur soutien.

Merci à mes amis pour leurs relectures.

Et merci à Maël, pour sa patience !

NORD COMPO
multimédia

Composition et mise en pages
Nord Compo à Villeneuve-d'Ascq

CET OUVRAGE
A ÉTÉ ACHEVÉ D'IMPRIMER
SUR ROTO-PAGE
PAR L'IMPRIMERIE FLOCH
À MAYENNE EN OCTOBRE 2021

N° d'édition : L.01ELIN000579.A002. N° d'impression : 99322
Dépôt légal : octobre 2021
Imprimé en France